いらない子の悪役令息は
ラスボスになる前に消えます

CHARACTERS
クライス＝アステリア
キルナの婚約者で第一王子。
本来の物語ではキルナを厭うはずが
婚約者にベタ惚れ中の
ハイスペック美青年。
キルナ＝フェルライト
将来、弟のために悪役になる予定の
ワガママ公爵令息。
しかし天然な性格で悪役らしさは
ゼロ。特殊な闇属性の持ち主。

ロイル＝クルーゼン
クライスの乳兄弟で生まれた時から一緒の側近候補。優秀だが遊び人。
リリー＝プラム
キルナ達の学園の同級生。貧乏貴族家出身でキルナを敵視している。
ユジン＝フェルライト
キルナの弟。わけあって離れ離れで育っていたが、お兄様が大好き。
ルーファス
キルナの従者。可愛い主のため生活のすべてをサポートしている。
リーフ＝フェルライト
キルナとユジンの父。キルナには愛情も関心もない様子だが……？

プロローグ

「こんなにがいものたべられないよ！」

僕が食べられないものを出すなんて、意地の悪い料理長はクビだ！

「いったぁい。なんでこんなとこにつくえがおいてあるの？　へ？　まえから？　ルゥうるさい、ぼくにくちごたえするな！」

立場を弁《わきま》えない執事はもうクビ！

「……またべんきょうだって？」

とんでもないことを言い出す家庭教師はクビクビ！

お前らの代わりはいくらでもいる。対して僕は唯一無二の存在だから、何をしたって許される。

公爵家の長男として生まれた僕の代わりなんて存在しない。

そんな僕の世界を脅《おびや》かす存在が現れるなんて、考えたこともなかった。

けれど、何もかもが崩れ去るのは一瞬だった。

「キルナ様。そろそろあなたもお兄様になるのですよ。我儘《わがまま》ばかり仰《おっしゃ》らず、落ち着いてくださいませ」

僕の専属執事のルゥは、いっつもうるさいから普段はスルーするようにしているんだけど、今日は聞き慣れない単語に思わず反応してしまった。

「おにいさま？　なにそれ」

「何度も侍女がお話ししていたでしょう。弟君か妹君がお生まれになるのですよ。医者の見立てでは、今日明日でもおかしくないと」

「ふーん……」

（そうなんだ。僕はお兄様になるのか）

だからなんだというのだろう。僕にはそれがどんなことなのか、よくわからない。お母様のお腹が大きくなっていくのは、たまにお見かけした時に気づいていた。でも、お母様は僕のところになんて来ない。お腹が大きくても小さくても。

――赤ちゃんが生まれても生まれなくても僕のところには来ない。

「ぼくはおかあさまもきょうだいもきらい」

「そのように仰《おっしゃ》ってはなりません」

「なんで？　みんなだってぼくのことをきらいでしょ」

その時だった。大きな泣き声が広い公爵邸に響き渡ったのは。

そして大量の情報が頭の中に、大きな波みたいになだれ込んできたのは。

「キルナ様!?」

僕はあまりの頭痛に、目の前が真っ黒に染まるのを感じた。

＊＊＊

『ねえ七海《ななみ》、このキャラ格好よくない？　超好みなんだけど』

さらっさらの金髪に碧眼の美形を指差してはしゃぐのは、学校から帰ってきた弟の優斗《ゆうと》。中学校の重たい鞄をボスンと床に落として僕のベッドに座ると、何やらゲームのパッケージを見せてくる。それは最近優斗がハマっているゲームだ。昨日も夜遅くまでプレイしていて、お母さんに早く寝なさいと怒られていた。

『うーん。まあイケメンだけどさ。わかるけどさ。こうなるのはちょっと難しいかもなぁ』

僕の弟は何を目指しているんだ？　と訝《いぶか》しく思いつつも、できるだけ悲しませないような言葉を選ぶ。

『ちっがーう。そういう観点で見るんじゃないのー。これはBLゲーだから、イケメンたちに愛を囁《ささや》かれて、癒されるのが目的なんだよ。七海にはわかんないかなぁ、このよさが！　特にクライス王子と主人公のユジンの絡みは最高でね……』

BLゲーの世界観にはついていけないけれど、一生懸命しゃべる優斗は可愛い。もちろん変な意味でじゃなく、弟としてだよ？

僕は中学三年生だけど、そうは見えないくらい小さく、手足も細い。先天性の病を抱えていて、薬の副作用のせいでたくさん食べると吐いてしまうのだ。学校にはほとんど行けておらず、今日も熱があってベッドの住人と化している。

『本当に面白いんだよ、これ。七海もやってみてよ』

テレビ画面を見ていると、すぐに目が疲れて頭が痛くなってくるから、クリアするのは無理だろうなと思いながらも、そのゲームを受け取った。『虹の海』というタイトルに目が行く。

『この虹の海ってタイトルが好きなんだ。だって、七色の海って、七海のことだろ？』

そう言って笑う優斗を見て、僕も笑った。

『ごほっ』

急に咳が出始め、止まらなくなった。

胸がぜぇぜぇする。痛いな……

『な、七海っ⁉　血が……』

血が……口から……

＊＊＊

「……さま。キルナ様！　お目覚めですか⁉　すぐに医者を呼んで参ります」

視界に映るのは見慣れた木目の天井、ではなくて、複雑な模様が描かれた西洋風の豪華な天井だった。

(ああ、ここは、この世界の僕の部屋だ)

目を開いた僕を見て「よかった」と安堵の息を吐いているのは、口うるさい執事のルゥと、いつも嫌いな食べ物を食事に混ぜてくる意地悪な料理長ベンスと、鬼の家庭教師セントラ。

男ばっかりに囲まれながら、うぅ、そりゃそうか……なんせここはＢＬゲーム『虹の海』の世界だもんね、と考える。そう、前世の記憶のようなものがさっき大量に流れ込んできたおかげで、この世界が何で、自分が何者なのかを、僕ははっきりと思い出した。

「ぼく、あくやくれいそくだ」

ぽつりと零《こぼ》れた言葉にみんなが固まる。

「何を仰《おっしゃ》っているのですか？　急に反省するのはおやめください。びっくりするじゃないですか。体調を崩して気が弱くなっておられるのですか？」

お医者様を連れて戻ってきたルゥが、綺麗な形の眉を寄せながら僕の目を覗き込んできた。長く伸ばした銀髪なんて日本人なら考えられない髪型だけど、これだけイケメンなら似合うんだなぁ。

執事の美貌に感心していると、横からテノールの声が響く。

「坊ちゃんの好きな生クリームたっぷりのふわふわシフォンケーキを作りますから、元気出してください！」

料理長のくせに、騎士か？　ってくらいガタイのいいベンスは頼り甲斐のある性格な上に、腕も確かで、弟子たちの憧れの的だという。鼻も高くて男前だし羨ましい。

「残念ですが、今日のお勉強はお休みですね。ゆっくり体調を整えてください」

そう言いながら微笑んでいるのは、家庭教師のセントラ。鬼畜な性格とこの甘い顔立ちとのギャップに、僕は今まで散々苦しめられてきたものだけど、さすがに今日は優しいみたい。……と思ったのも束の間、枕元に分厚い本がどんどん積み上げられていく。

「んぇ？　なにこれ……」

「一日中ベッドの上では退屈でしょうから、よさそうな本を見繕ってきました」

（ちょっと！　重い物体が置かれたせいで、高級マットレスが沈み込んでいるよ）

『魔法学基礎』『初めての社交界』『実践魔法理論』エトセトラ……ずらっと並ぶ題名に頭痛が戻ってきたようだ。

「うぅっセントラのおにぃ……う、けほっ」

長いこと寝ていたせいか、カラカラに渇いた喉から咳が出始めた。

「けほけほっ、ごほっ」

大きく咳き込むと、喉の奥から血が溢《あふ》れてくる気がして、息がしづらくなる。手にもべったりと血がついている……？

「ああ、ちだ、ちがとまらないよぉ。たすけて！　たすけてよ、だれか‼」

「キルナ様、落ち着いてください。血など出ていません。息を吸いすぎです。吐いて。そう、ゆっくり吐いた息を吸うんです」

涙が滲《にじ》んで前が見えないまま、横から聞こえるお医者様の指示に従って、ゆっくりと息を吐く、吐いてから吸う、もう一度ゆっくり吐くことを繰り返す。

「はぁ、すぅ、はぁ」

何度もそれを繰り返すうちに呼吸が落ち着いて楽になり、視界も鮮明になってきた。再び自分の手のひらを見ると、そこには何もついていない。

「ちぃなんてついてない、だいじょうぶ、だいじょうぶっ」

自分に言い聞かせるように呟く。

大丈夫？　本当に？　僕はどうなったの？　思い出せない。血が出てそれからどうなったのだっけ？　あの日、家には僕と弟の優斗しかいなかった。僕はあのまま死んだのかしら……

そうだ、とベッドに横になったまま尋ねた。

「おとうと……おとうとはうまれたの？」

「はい、無事お生まれになりましたよ。元気な男の子です」

お医者様が、僕の涙やら額の汗やらを丁寧にハンカチで拭《ぬぐ》いながら答える。

「ですが、どうして弟君だとおわかりになったのですか？」

不思議そうに首を傾げる彼に、僕は笑った。記憶を思い出してから初めて笑った。

「そりゃわかるよ。だって」

ここは『虹の海』の世界。僕は悪役令息で、今日生まれた弟は主人公のユジンなんだから。

第一章　悪役令息キルナ

BLゲーム『虹の海』の舞台であり僕たちが暮らしているアステリア王国は、大陸の西の端に位置する大国で、この国の人たちは魔法を使うことができる。魔力の量は高位貴族ほど多く、その魔力は、光、火、風、水、氷、土、闇という七つの属性に分かれている。

属性にはそれぞれ色があって、火は赤、水は青、闇は黒というふうに髪の毛や瞳の色に反映されるから、見た目でもなんとなく判別できるようになっているんだけど、この国にはなぜか昔から『黒』を嫌う風潮があるせいで、闇属性は忌《い》み嫌われている。逆に光属性は、王族かそれに近しい貴族にしか現れない希少な属性として尊《たっと》ばれているという。

そんなファンタジックな世界の主人公は、僕の弟のユジン＝フェルライト。公爵家の次男として生まれた彼は、光・火の二属性持ちで光という貴重な属性を備えている上に、魔力の量が非常に多い。

一方、主人公の兄で悪役令息である僕、キルナ＝フェルライトも同じく二属性持ちだけど、闇と水という、まぁ典型的な悪役属性だ。しかも、魔力はなんとほぼゼロに近い。闇属性ってだけでも縁起が悪いと煙たがられるというのに、なんてこと！

それが判明した時から、お母様は汚物でも見るかのような目で僕を遠ざけた。お父様はヒステリックになった妻やその原因である僕を避けるべく、今まで以上に王宮での宰相業務に没頭し、家にはほとんど帰らなくなった。

そんなこんなで五年間一人放置状態だった僕は、我儘《わがまま》放題のお坊ちゃんに育ち、悪役街道まっしぐら。↑今ココという感じだ。

おまけにユジンという非常に有望な弟が生まれたことで、一人息子というだけでなんとか価値を保っていた僕の立場は一気に弱くなってしまった。もう今までのように我儘《わがまま》放題でいるわけにはいかないはず、なんだけど！　やっぱりそう簡単に性格は変えられないんだよね。

せっかく七海の記憶があるのだから、それを活かして大人びた振る舞いをしたいところなのだけど、どうやらそうもいかないみたい。体が五歳のキルナのせいか、僕の思考もそれに引きずられて、すぐに「ぐわあああああ」って感情的になってしまうの。

今だって、具だくさんスープに野菜の肉巻きみたいな……高級料理の名前はちょっとわからないけれど、今世の僕が苦手な野菜がふんだんに入っているお皿を前にして、僕は喚《わめ》いていた。

「だからぁ、おひるごはんはシフォンケーキがいいっていったでしょっ！」

前世では健康重視の食生活で、インスタントやレトルト食品はもちろん、大好きな甘いものもほんの少ししか食べられなかった。今は健康だからなんでも食べられるのに……甘いお菓子をお腹いっぱい食べたいよぅ。

「なりません。お体のためにきちんとした食事をとっていただかなくては」

「ぼくはおかしだけたべたいの。からだなんてどうなったっていいの！」

「いけません！」

頑《かたく》なに栄養バランスばっちりのランチプレートを食べさせようとするルゥの必死な姿に、さすがの僕も渋々鶏肉っぽいお肉をナイフで小さく切って口に運んだ。

別にいいのに。僕は悪役令息で、二十三歳になったら断罪されてギロチンかなんかで死ぬんだから。今五歳ってことは、あと十八年くらいでしょ。ご飯なんて食べてる場合じゃない、はずなのに……

（あ、意外とおいしい、もぐもぐ。あ、この甘辛いタレ、焼き鳥のタレに似ていて食べやすい。あ、

こっちのスープはほんのり甘くて優しいお味）

なんて思っているうちに、うっかり完食してしまった。

「ああっ、ぜんぶたべちゃった！　むぅ、ごはんなんかたべたくなかったのにぃ〜」

悲痛な叫びを合図に、ベンスが生クリームたっぷりのシフォンケーキと野苺っぽい果物の香りがする紅茶をテーブルに並べる。

（うわぁ、僕の好きなプライマーの紅茶、おぉいしぃぃ。生クリームは甘すぎず、好みの味！　シフォンケーキは舌に載せた瞬間に溶けちゃう！　ふんわぁり、しゅわしゅわ。ムグムグ、んぅおいしっ）

「しあわせぇ」

思わず口から本音が漏《も》れた。

（あ、だめ。今の悪役令息っぽくない）

軌道修正するために、僕の食べっぷりを見ながらニコニコしているベンスに向かって、怖い声で言ってやる。

「いまのなしね。もぐもぐ。つぎはこれだけもってこないと、クビなんだからね。ベンスがいくらりょうりじょうずで、ぼくのこのみをじゅくちしてたとしてもクビだよ、クビ！　ごくごく」

ああ、鼻から抜ける甘酸っぱい香りが堪《たま》らない！

「こうちゃおかわりぃ」

「この後はどうされますか？」

平日は午前中にお勉強、午後にダンスやマナーの練習をすることになっている。午後のレッスンは十五時からだから、それまでは好きなことをする時間。やりたいことはたくさんあるから何をしようか悩ましいところだけれど……

「きょうは、おにわのたんけんをしようかな」

それを聞いてルゥがふふっと笑う。ユジンが生まれてからというもの、僕は公爵家のお庭探検を日課にしていた。探検と言ってもあちこち動き回るわけではなく同じ場所で過ごすだけだから、彼にはもう僕の目的がバレているのかもしれない。

「今日も、お庭ですね。承知いたしました。では動きやすい服に着替えましょう」

僕はひらひらした布やキラキラしたボタンのついた服よりも、このシンプルなシャツに何の変哲もないズボン、軽いブーツという装備の方が好き。なのに、ルゥはなぜかやたらと僕を飾りつけたがるから、いつも嫌だ嫌だと駄々を捏《こ》ねながら着替えている。

もし断罪の内容が公爵家から追放されて平民堕ちとかに落ち着いたら、毎日シンプルな動きやすい服を着て過ごしたいなぁと思う。でも――

(僕って結局、断罪後はどうなるのだろう)

実はゲームは借りたものの、やった記憶がない。やっぱりすぐに頭が痛くなるからやらなかったのかもしれない。だから悪役令息キルナがどんな最期を迎えるのか、肝心なところがわからない。

死刑なのか、追放なのか……優斗はなんて言ってたかなぁ。ゲームの話は耳にタコができるくらい聞いたのに、不明なワードが多すぎて聞き流していたのが仇《あだ》となっている。

そんなことをつらつらと考えながら青い芝生を歩き、ようやく目的の場所に辿り着いた。お庭にある噴水横のベンチ。ここに立てば、弟の部屋の窓がちょっとだけ見えるの。中までは見えないけれど、耳を澄ますと、ほら、声だって少し聞こえる。

「ユジン様、ミルクのお時間ですよ」

「ふぇえええん………」

可愛らしい赤ちゃんの泣き声が……止まった。ああ、多分今ミルクを飲んでいるんだ。

(見たいな。見えないかな？)

ベンチの上で背伸びをしてみるも、全然届きそうにない。何かもっといい方法はないかと周囲を見回すと、噴水の縁《ふち》がいい感じに高いことに気がついた。

フェルライト家の噴水はその辺のものとは違う。その大きさたるや五十メートルプールが入っちゃうほどで、水の色も魔法で七色に変わるんだ。パーティーの時にはショーの演出もしているみたい。今まではこんな豪華な噴水、個人宅に必要ないよねって思っていたけれど、今初めて必要だと感じた。だって、こっちの方がベンチより高い!!

さっそく靴を地面に置いて身軽になり、でこぼこをうまいこと利用しながら噴水の石壁を登り始めた。顔や背中に水の飛沫《しぶき》が思ったよりもかかるけど、僕は水属性で水とはかなり相性がいいから、なんてことはない。魔力はショボショボだから、水魔法は未だに初級を練習中だけども。

「キルナ様、そんなところに登られては危のうございます。今私がそちらに参りますから、そのまま動かずお待ちくださいませ」

慌てて走り寄ってきたルゥが、僕を止めようとするけど無視しちゃう。

「きちゃだめ。はぁ、はぁ、もぅちょっとでのぼれるから」

右手が縁《ふち》の天辺《てっぺん》に届き、あと少しであることを確信する。腕にありったけの力を込めて、なんとか体を持ち上げると、どうだろう。見事噴水の縁《ふち》に座ることに成功した。

縁《ふち》が丸みを帯びていて座りにくいのが難点ではあるものの、爽《さわ》やかな風が体を吹き抜け、霧《きり》のような細かい水が体を濡らすのが心地いい。ここで立ち上がれば縁《ふち》の高さに僕の身長が加わって、部屋の中が見える……はず……

（あっ、赤ちゃんが見えた！　あれが僕の弟）

初めて見る弟は、小さくて色白で目がくりくりしていて、天使みたいだった。光と火の色が混ざったピンクゴールドの髪の毛は、少し癖っ毛なのか、ふわふわと波打っている。

僕の真っ直ぐで真っ黒な髪とは全然違う。僕の属性は闇と水だから黒と青が合わさってダークブルーとかになればカッコよかったのだけど、混ぜたらなんと青い色はどこかに消え去って、真っ黒になっちゃったらしい。せっかく異世界なのに黒髪なんてつまらないよね。しかもこの国の人にとって黒は不吉に映るらしく、悪口を言われることもしばしば……

ともあれユジンはゲームの通り、尊い属性を持っているようだし、優しい侍女たちに囲まれて幸せそう。よかったよかった。無事弟の姿を確認できたし、そろそろ降りよう。って、あれ？　ここってこんなに高かったっけ？

想像以上に地面が遠くて、登ってきた時よりも怖い気がする。どうやって降りるか悩んでいると、光沢のあるゴールドのドレスを着た女性が部屋に入ってきて、ミルクを飲み終えたユジンを乳母から受け取り抱き上げるのが見えた。

（あ、あれはお母様だ……）

柔らかなユジンの髪を撫でる白い手を見ていると、なんだかちくっとお腹が痛む。この痛みはなんだろう。そう思った時、つぶらなピンクの瞳とぱっちり目が合った。ユジンがキャッキャと笑みを向けてくれ、その愛らしさに悶絶《もんぜつ》する。あぁ、なんてこと……弟が可愛すぎる。

「あら？　ユジン、何を見ているの？　お外に何かあるの？」

そう言ってお母様が美しいお顔をこちらに向けた。みるみるうちにその顔が強張っていくのがわかり、僕は慌てて体を伏せようとして、失敗した。

どぼーん！

そんな感じの効果音だったと思う。気づいた時には虹色に輝く水の底に沈んでいた。

水の中で目を開けると、キラキラと水面《みなも》がきらめいていた。自分の口から、服から、泡が上っていき、表面に到達するのを見送る。

（どうしよぅ……）

前世は体が弱くてプールの授業は見学していたし、今世は泳ぐ練習をしていない。困ったことに、僕は泳げないのだ。練習、逃げ回ってないで少しはやっておけばよかったかな？　口うるさく泳ぐ練習をしろと言っていたルゥやセントラの顔を思い浮かべる。

手足を動かし浮き上がろうと試みるも、こんなに服が重たいと無理。泳げる人だってこれは無理だと思う。じゃあ、泳げても意味ないね。やっぱり泳ぐ練習なんてしない。

（うぅ、ゴボッ。やばい。息が……苦しくなってきた）

もう駄目だと思って目を閉じたら、すごい力で体が持ち上げられるのを感じた。誰かに抱きかかえられて水から出られたようだ。地面に広げた布の上にうつ伏せの姿勢で下ろされ、背中を叩かれる。

「ガハッ、ゴホッ、うぅ」

うえぇ、水をいっぱい飲んじゃった。しばらく咳き込んで、飲んだ水を吐き出してから見上げると、ハイパーイケメンボーイがそこにいた。この世界は美形揃いとはいえ、子どもながらに彼は群を抜いて整った顔をしている。

（僕、この人知ってる）

ユジンよりも明るい金の髪は、光魔法に特化した王族の色。これは優斗が好きだと言っていたあの王子様の色だ。でも残念、名前を忘れた。

「んっ、たすけるのが、おそい！　だれっ？」

悪役令息の僕はこんな時でも高飛車に問いかける。へへん、相手が実は王子様ってわかっているけど、高飛車。僕ってすごく悪い子。なんせ悪役なんで、不敬罪上等！

「クライスだ。こんなところで水泳か？　ああ、違うな。沈んでたもんな」

（くそっ。なんなのこいつ。僕が泳げないことに文句あるわけ？）

ニヤニヤしながら濡れた髪を搔き上げる姿が、絵になるくらいカッコいいのが余計にムカつく！

「クライス、ね。ぼくのいえになにかよう？」

子ども相手に敬語なんて使ってやらない。あ、大人にも使ったことなかったか。でもクライスだって、王子って名乗らなかったからお互い様だよね。

「父様に急に婚約しろと言われたから、相手を見に来たんだ。面倒臭いと思ったが、こんなに面白いものが見られるなんてな。自分の家の噴水で溺れているとか、ふはっ、ははは」

お腹を抱えていよいよ本格的に笑い出したクライスに、僕は一生懸命弁解する。

「わ、わざとだよ。びっくりさせようとおもってもぐってたの。みずぞくせいのぼくがおぼれるわけないでしょ。もうちょっとしたらうかぶつもりだったのに、じゃましないでよ！」

「ははっ、あ〜そうだったのか。わかったわかった」

全然わかってなさそうなクライスを睨みつける。くそぅ、こんなやつ、王子じゃなかったらぐっちゃぐちゃに叩きのめしてやるのに！

「で、俺の婚約相手、キルナ＝フェルライトというのはお前か？」

「ん、そう……だけど」

婚約相手ってなんのこと？　と訊き返す前に、あっ確かそういう設定だったなと思い出した。アステリア王国第一王子のクライスと公爵家嫡男の僕が婚約して、それは学園の卒業パーティーで破棄されるんだった。

「こんなびしょ濡れのちんちくりんが俺の婚約者か。俺と同い年だっていうのに体はやたらと細くて小さいし、魔力だって全然感じられない。髪は真っ黒で目は、金色？　へぇ、顔は……悪くないな。つまらないお嬢様とかより断然いいか。むしろ……まぁ長い付き合いになる。よろしく」

失礼極まりない挨拶にわなわなと拳を震わせながらも、精一杯笑顔を作ってよろしく、と返した。我慢我慢我慢。だってストーリーを壊さないためには、婚約はしなくちゃいけない。こいつがどんなに嫌なやつだったとしても。

——それが弟の、ユジンの幸せのためだから。

怒りに震えていたのを水に濡れた寒さのせいだと勘違いしたルゥが、大きなバスタオルごと僕を抱えて屋敷のお風呂へと走った。王子もびしょ濡れになっていたので、バスタオルで体を拭きながらついてきていた（っていうかルゥ、ここは僕じゃなくて王子様をお運びするべきところなんじゃ？）。

正直お風呂は大好きなので入浴できるのはうれしい。公爵家のお風呂は前世の自室がすっぽり入るほど大きいから、泳ぎたい放題だ。まぁ泳げないのだけども。

「キルナ様、体の芯まで冷たくなっておられます。今日は私にお手伝いさせてください」

ルゥが切れ長の美しい目をうるうるさせながら懇願《こんがん》してきた。しかしそれは断固として断る。前世の記憶を思い出してからというもの、人に裸を見られるのが恥ずかしくて仕方がない。それまでは大切なナニ？　が見えていようと、平気でお世話させていたのに。

「だめ」

僕はかじかむ手でボタンを外そうとしては失敗し、ルゥは横でハラハラしつつそれを見守っている。あ、また失敗。このボタン硬いんだよね。ベルトの外し方も難しいし、濡れているから余計にやりにくい。

手こずっていると、「貸せ」と横から伸びてきた手にプチプチとボタンが外されていく。

「ああ、さわっちゃダメなのにぃ。じぶんでやるってば！」

その手の主、クライスを睨みつけるが、なんのその。僕の服をあっという間に全部脱がしてしまった。さらに自分の服も脱いじゃったよ、この人。えっどういうこと？

「寒い。もたもたするな」

背中を押されて暖かいお風呂場に入れられる。

「ちょおっと、なんでいっしょにおふろにはいるながれになってるの？」

「婚約者なんだからいいだろ」

飄々《ひょうひょう》と答えながら、彼はがっちりと僕の腕を掴んだまま湯船へと向かった。

「あぁ、まってよ」

(僕はお湯に入る前に体を洗う派なのにっ)

ちゃぽん！　結局抵抗できずに一緒に入ってしまった。入る直前までは横暴な王子様にしこたま文句を言ってやろうと思っていたのに、一度湯船に浸《つ》かると自然と体から力が抜けて、気分も落ち着いた。思った以上に冷えていたらしい。

(まぁいいか。もし風邪なんか引いて、薬を飲めって言われたら嫌だし。とりあえず今はお風呂を満喫しよう)

「ふはぁ、いいきもち～」

お湯の表面にぷかぷか浮かんだ白い花びら。その甘い香りに癒される。

ぶくぶくぶく。顔を半分沈めて口から少しずつ空気を出す。これって特に意味はないけど楽しいんだよね。ああ、もっと頭の天辺《てっぺん》まで温かくなりたいな。ぶくぶくぶく……ぶく。どんどん頭を沈めていくと、白いお湯で何も見えなくなった。

「………」

「ちょ、おい！　お前また沈んでるのか⁉」

慌てたクライスが近づいてくる。へへっ、悪戯《いたずら》しちゃえ。

近づいてきた彼の頭をがしっと両腕で掴まえて、お湯の中に引っ張り込んでみた。でも――

（ぶくぶく、どうだ。びっくりしたでしょ！）

なんて遊んでいたのがいけなかったのかな……

入浴剤でぬめる床を滑って、お湯の中でクライスの下敷きになってしまった。掴まえていたクライスの顔がちょうど僕の目の前で向かい合うような形になっている。体勢が崩れて身動きが取れない。クライスが乗っかっているせいで上に行けない。ガボガボッ。まずい。空気が……

「プハッ、はぁ、はぁ」

「大丈夫か⁉」

またもやクライスが抱き上げて救出してくれたらしい。危なかった、今度こそ死ぬとこだった……

と思いながら息を整える。

「……あの、クライス……たすけてくれて、ありがと」

湯船に立って抱き合ったまま自分より背の高い彼を見上げ、この短期間のうちに二回も助けてもらったお礼を言う。次の瞬間、唇に柔らかなものが触れる感覚に目を見開いた。

(え？？　なにこれ)

ちゅっと恥ずかしい音を鳴らして離れていったのは、クライスの形のいい唇だった。

「な、な、なにするの！　やめてよ」

僕は火照《ほて》った顔を手で覆《おお》い隠しつつ抗議した。熱くなりすぎて頭がクラクラする。クラクラしながらも、僕は目一杯怒る。

「ファーストキスだったのに！」

「どうせ結婚するんだからいいだろ。潤んだ目でお礼とか可愛すぎるし……大体お前が変な悪戯《いたずら》するから……って、おい、泣くなよ。悪かった、謝るから」

ふらついた僕の体を支えようと、クライスが差し伸べてきた手を振り払う。

「ひっく、なんでこんなことしたの？　えぐっ、ぼくたちはけっこんなんてしない。きみは、えぐえぐっ、ユジンとけっこんするのにぃ」

そんなことを言いながらぶっ倒れた。のぼせてしまったらしい。

急いで駆けつけたルゥやお医者様に結局裸は見られたし、ファーストキスはクライスに奪われたしで、もう踏んだり蹴ったり。

それに僕、クライスに大切な秘密をバラしちゃったような……

生まれた時から体が弱かった僕は、元気な弟にずっと憧れていた。彼には眩しい太陽みたいな笑顔がよく似合う。

だけど、優斗は僕を見る時どこか辛そうな顔をしている。頑張って笑ってはいるけど、心は泣いているみたいな顔。そんな顔をさせてごめんね。僕が兄でごめんね。

『けほっけほっ』

『な、七海っ⁉　血が……』

優斗の焦る声。

へっ？　ああ、血が……結構出てるな。布団に溢《こぼ》れないようにしないと。手をお皿の形にして口に当ててるけど、追いつかずにぼたぼたと指の間から血が漏《も》れていく。

ぽたぽた……ぽたぽた……

「……ルナ、キルナ！」

(あ、なぁにこれ。またあの時の夢を見ていた？　なぜか僕の顔が濡れてるけど、血……じゃないね。これは、透明だもの)

「んぇ？　クライスったら、ないてるの？」

仰向けの状態で寝かされた僕の顔に、やたらと水分を振り撒いていたのはクライスだったらしい。

強気で不遜、無敵、みたいなワードがぴったりな彼に泣き顔なんて似合わないけれど、イケメンの特権なのか、眦《まなじり》から零《こぼ》れ落ちるその涙まで美しい。泣いてもイケメンなんてムカつくよ、ほんと。

でも、僕のために泣いてくれたの？　それはなんだか心がほかほかする。

「キルナ、突然倒れるなよ。びっくりするだろ！　いや、びっくりさせたのは俺か。悪かった。次は急にキスしたりしない」

(ああ！　そうだ。僕、お風呂でこの王子様とキスしちゃったんだ！)

思い出すと、また顔がカーッと熱くなってくる。

「なっ、キルナ様とキスですと⁉」

(うぅっ、ルゥいたの⁉　大きな声で言わないでよ。ほら、側に控えた侍女やら護衛やらにも聞こえちゃったじゃない)

クライスは僕の焦りを気にする様子もなく、真剣な表情で話を続ける。

「急にはしない。だが、いつかきちんとキスさせてくれ。俺、絶対お前と結婚するから」

「……ええっと」

(何？　このいきなりの結婚宣言……)

うまく返事をしなくちゃいけないと思うのに、急展開すぎていい言葉が思い浮かばない。まるで僕と結婚したいみたいに聞こえるけれど、クライスは僕と仕方なく政略結婚させられるんだったよね。もしかして、僕のことを好きになったとか？　いや、そんなはずはない。自分で言うのもなんだけど、こんな見るからにハイスペックな王子に気に入られる理由が全く見当たらないもの。そもそも、なんでそんな話の流れになっているのだっけ？

ああ、そういえば倒れる前に、僕たちは結婚しないとか言っちゃったんだよね。朦朧《もうろう》としていたから呂律《ろれつ》も回ってなかったし、はっきり聞こえていたのかわかんないけど、この言い方だとしっかり聞こえていたっぽい。絶対結婚するって意地になっちゃってるんじゃ？　っていうか、クライスの本当の結婚相手がユジンなのは超重要機密なのに、ぺらぺらしゃべっちゃうなんて僕のバカ！　この世界の人にゲームの内容が知られちゃったらストーリーがおかしくなって、二人の恋愛が成立しなくなっちゃうかもしれない。なんとかあの発言は忘れてもらわなければ。

僕は悪役令息で、ユジンとクライス王子の恋を徹底的に邪魔する役！

ユジンをいじめてクライス王子に媚《こ》びへつらって、最終的に処分されるのが使命！

ようし。脳内薔薇《ばら》色の典型的な悪役を思い浮かべながら、甘ったるい声でさっきのプロポーズの返事をする。

「ぼくとけっこんしてくれるんですかぁ？　キルナはぁ、クライスさまのことだぁ～いすきだから、うれしいです～。どうかすえなが～くだいじにしてくださいねぇ」

ここでしなだれかかるように……だよね。

（あれ？　しなだれかかるってどんなだっけ。もたれかかればいい？）

前世の知識を総動員する。でもベッドの住人だった僕は、恋愛はおろか友情を育《はぐく》んだ経験もほとんどない。参考になるとしたら、お母さんが好きで家に大量にあったから闘病中暇潰しに読んでいた恋愛小説や漫画の類《たぐい》だけ。こんな状況で悪役らしくうまくクライスを誘惑できるかしら。

「……」

クライスは無言だ。

（やっぱりどう考えても無理だよね。こんなイケメンの王子様、すぐに美人のお姫様に奪われちゃ

うよ）

クライスの腕にしがみついて頬を寄せながら策を考える。考えるけど……ああ、考えすぎて疲れちゃった。今日は噴水に落ちたし、お風呂でのぼせちゃったし、キスもしたし、婚約もした。一日でゲームのストーリーはかなり進んだに違いない。順調順調。ユジンを幸せにする第一歩は踏み出せた気がする。

この調子で悪役令息キルナとしての使命を全《まっと》うして、優斗がイチオシだと言っていたクライスルートのハッピーエンドに弟を導いて、そして――

……今世こそはいいお兄ちゃんになるの。

（それにしてもクライスの腕はあったかいな……）

「うぅ～んちょっと、ふわぁ、ねむたくなってきちゃった」

僕は彼の右腕にすりすりしながら欠伸《あくび》を噛み殺す。前世もそうだったけど、子どもだからかな。この体もあまり体力はないみたい。

「あ、ああ。ゆっくり眠れよ。……ここにいてやるから」

「んぁ、ありがと。どうしたの？　なんだかクライスかおがあかいよ。むにゃ。きみものぼせたんじゃないの？　きょうは、とくべつによこでねていいよぉ」

僕のベッドはかなり広いから、子どもだったら五人は寝られそう。そういえば、よく優斗も布団に入ってきて一緒に眠ったなぁ。前世のベッドはシングルサイズだったから二人で寝るには狭すぎて、朝起きるとどちらかが床に落ちていたっけ。

瞼が重くてもう限界だった僕は、そのままそっと目を閉じた。布団の中に誰かが入ってきて、その腕に包まれる。

「あったかくて、いいきもち……」

いつもなら一人っきりで眠るベッドで優しい温《ぬく》もりを感じながら、深い眠りに落ちた。

SIDE　クライス

なんなんだ？　この可愛い生き物は。俺は腕の中で猫のように丸まって、すやすやと心地よさそうに眠っている彼から目が離せない。

漆黒《しっこく》の髪の毛は風呂上がりのせいで、まだしっとりと濡れている。右手を当ててふわりと乾かしてやると、あっという間にサラサラと指の間を通り抜けた。髪を乾かす魔法は火と風の魔法の合わせ技だ。

俺は六属性の魔法が使える。光、火、風、水、氷、土。そして王族しか使えない光属性の最強魔法が使える。魔力量も歴代の王たちを凌《しの》ぐほど多く、皆が魔法大国アステリアを統《す》べるに相応《ふさわ》しいと、俺の力を褒め称える。

少し前、そんな俺の元に婚約話が来た。相手は自分と同じ五歳の公爵家の嫡男だという。話を聞いた時は、正直つまらないと思った。会ったこともない相手と婚約なんて。

「おい、ロイル。キルナ＝フェルライトってどんなやつか知っているか？」

ロイル＝クルーゼンとは乳兄弟で、俺の側近として働くべく生まれた時から一緒に育てられているが、今のところただの悪友、という感じだ。

「う～ん。私も会ったことはないですが、噂によると相当な我儘《わがまま》息子だって話ですよ。気に入らない使用人は全員解雇。高飛車で傲慢《ごうまん》で、鼻持ちならない性格なのよ～って、侍女のレイラが言っていました」

侍女のレイラはフェルライト公爵家の使用人を辞め、つい最近入ってきた使用人だ。また年上の女性に手を出したのか。

「お前、子どものくせに大人の女とイチャイチャするのは犯罪だぞ」

「ふふっ、子どもだからするんですよ。私たちはどうせすぐに婚約者を充《あ》てがわれて政略結婚ってやつをさせられるんですから。自由なうちに遊んでおかないと」

「なるほど、それも一理ある。今まさに婚約とやらをさせられそうな状況だからな」

ふぅ、と俺は重い息を吐く。

「婚約相手がどんな子か気になるなんて、青春ですね。でもまぁ噂に聞く限りとんでもない性格みたいですし、幻滅するのが関の山ですよ。期待しないことですね」

「……見に行ってみるか」

「へ？」

「だから婚約する前に嫌なやつだとわかったら阻止したらいいじゃないか。幸い俺にはそれだけの力がある」

「確かにそうですね。しかも公爵家に忍び込んで婚約相手を観察するとかすっごく面白そう。最近詰め込み式の教育しか脳がない教師たちに、山ほど宿題を出されてうんざりしていたんです。そうと決まったらさっそく行きましょう」

こうしてこっそり公爵家に出向いてきた俺たちは、人に見つからないよう庭園の植物の陰をこそこそと動き回っていた。

「隠れにくいですね」

「ああ、植物が圧倒的に少ない。なんだこの庭は。庭師がいないのか？」

「公爵邸に限ってそんなことはあり得ませんよ。とある情報によりますと、公爵夫人は虫がお嫌いなようで、庭園に花を植えることを好まないそうです」

とある情報……また侍女情報か。俺はうんざりしながらベンチの陰に座った。広い割に何もないせいで、これは想像していたものよりかなり難易度の高いかくれんぼだ。

二人で隠れ場所を探してうろうろしていると、ザァーと水の流れる音が聞こえてくる。

「これがあの噂に名高いフェルライト家の噴水ですか。確かに、すごい……」

「そうだな」

『フェルライト家の噴水は壮大で優美。噴き出す水が七色に輝く姿はこの世のものとは思えないほど素晴らしく……』

話の長い家庭教師が長々と説明していたことを思い出しながら、しばらく水の流れを眺めていると、小さな人影が自分の背丈よりも高い縁《ふち》をよじ登っていくのが見えた。

「おいおい、かなり危なっかしいが大丈夫か？」

ふるふると震える両足で、縁《ふち》に立ち上がる。

「……う～ん。ちょっと怖いですね」

ロイルも心配そうだ。少し近づいて様子を見てみようか。そう思っていた矢先に、どぼーん！と派手な音がして、子どもの姿が消えた。

「なっ」

俺は動揺しながらも上着と靴を脱ぎ、その子どもの方へ駆けようとする。が、横から腕を掴まれ動きを止めた。

「お待ちください。服装からして貴族。この家の子どもでしょう。すぐに助けが来るはずです。ここで見守りましょう」

そう諌《いさ》めるロイルの手を振り切って走った。なんだか胸騒ぎがする。行かなければならない。そんな気がするんだ。

俺の予感は的中した。

——俺は虹色にきらめく水の中で、運命の人、キルナ＝フェルライトと出会った。


トントントントン！

人払いをして二人きりの寝室の窓を、誰かがノックしている。誰だ？　キルナが起きるだろうが。

不審者かもしれないと警戒しながら窓際に近づいた。いざとなったら俺がキルナを守らなければ。

ドンドンドンドン！

「おいやめろ。窓を叩くな。キルナが起きる……って、あ」

そこには今回の計画の相棒がいた。いつも爽《さわ》やかに風に靡《なび》く水色の髪が、木登りをしたせいか乱れている。

「クライス様ひどいです。忘れてましたよね、私のこと」

「そういえば」

「そういえばじゃないですよ。物陰からこっそり見ようって話だったのに、いきなり走って行って噴水に飛び込んでしまわれるから。本当に、どうしようかと思いましたよ」

「すまない。あまりに衝撃的なことが続いたせいで、お前と来たことをすっかり忘れていた」

「はぁ。まあご無事だったからよかったですけど。そろそろ帰らないとまずいですよ。私たち一応お忍びで来たんですから」

ロイルに急《せ》かされ、もう一度だけ、とベッドに視線を移した。予期せぬ行動ばかりして俺のことを振り回す婚約者は、まだぐっすりと眠っている。

さらさらの黒髪も長い睫毛《まつげ》もピンクの唇も、なぜか皆愛おしい。今日出会ったばかりなのにこんなに惹《ひ》かれるなんて、どうかしていると思う。

「まさか俺がこんな型破りな黒猫を好きになるなんてな」

色白の小さい手を掴んで、呪文を唱え、キスをしようとしてやめた。急にキスはしない、今度はきちんとキスさせてくれだなんて、変な約束をしてしまったな。が、そんな約束を律儀に守る自分がおかしくて笑ってしまう。

代わりに目を閉じて想像する。呪文を唱え細い薬指に口づけをし、そこに王家の紋章が浮かび上がるところを。虹色のリング状に輝くそれは、白い肌にじわじわと吸い込まれるようにして溶け込んでいく。そうすることができたなら……

けれど、『なんてこと！』と真っ赤になって怒るキルナの顔がちらついた。彼に自分の印を授けるのは、彼の許しを得てからだ。

ゆっくりと目を開けると、小さな手をそっと布団の中へと戻し、その場を後にした。


出ていく時と同じく使用人に見つからないように部屋に帰り、雑事を片づけていると、先ほどからロイルが面白がるような視線を向けてきて鬱陶《うっとう》しい。

「よかったですね。クライス様」

「何がだ。ニヤニヤしながらこちらを見るな」

「婚約者が気に入ったようで何よりです」

「お前にはまだあいつのことは何も話してないだろう」

俺は照れていることがばれないように、極力声を低くして言った。

「わかりますよ。公爵邸から帰ってからというもの、心ここに在らず。ふわふわふわふわ。綿菓子のように甘〜い柔らかい眼差しで、お手紙なんか書いちゃって」

なんだか悔しいが、その通りなので何も言い返せない。

ただ、とロイルは声を落として続ける。

「少し気になることがあります。あの髪の色」

――漆黒《しっこく》の髪。

混じり気のない黒は闇属性の証だ。七属性の中で最も忌《い》み嫌われる属性。しかも、彼からは肝心の魔力がほとんど感じられなかった。

「そんな子どもが、クライス様の婚約者として認められるとは思えない」

第一王子と結婚となれば、将来の王妃の地位を約束されたも同然だ。もちろん力の強い後継を産むために、魔力の量が多く、質も高い者が選ばれる。

「……ああ、それは俺も気になっていた」

「このまますんなり婚約の話は進むのでしょうか」

おそらくキルナの魔力量や属性について、王家は正確な情報を把握できていない。情報不足か、公爵が故意に隠しているのか。いずれにせよこの秘密が明るみに出たら……

「この婚約、破談になるかもしれません」

俺の心を見透かしたようにロイルは呟いた。

＊＊＊

「もう！　なんできのうのよるおこしてくれなかったの？　よるごはんたべそこねちゃったじゃない。そこのメイド、クビ！」

若い女性を指差して僕は宣《のたま》う。

「そこのメイドじゃありません。メアリーとお呼びください、キルナ様。それに、私をクビにしたらこの邸《やしき》のメイドがいなくなります」

小柄で可愛らしい見た目に反してハキハキと言い返してくる意外な性格が面白くて、思わずまじまじと見てしまった。そばかすの散った小さめの顔に少し垂れ目な女性だ。

彼女の言う通り、落ち零《こぼ》れの面倒を見るよりも、先行き明るく待遇のいいユジンの元で働こうと、ほとんどの使用人がそちらに行ってしまって、僕の元で働くメイドはメアリー一人しかいない。執事はルゥしかいないし、家庭教師はセントラだけ、料理人はベンスだけ。

それにしてもメアリーか。メイドときたらメアリーだよね、執事ときたらセバスチャンだよねっ、と定番の響きになんだかうれしくなるけれど、そういえば僕は悲しんでいるのだった。

「うぅ〜。メアリーがおこしてくれなかったからシフォンケーキがたべられなかったよぅ。ふぇぇん」

あの奇跡のふわふわが食べられなかったと思うと、無性に泣きたい気分になる。

「そのまま寝かせて差し上げるようにと私が指示したのです」

僕の泣き声を聞きつけて、ルゥが部屋に入ってきた。

「昨日の分のシフォンケーキも用意してございますから、ご安心ください」

「え、そうなの？　じゃあいいや。たべるたべる。いまたべるぅ」

涙を引っ込めうきうきしながら、僕はルゥと一緒に食堂へと向かった。

「昨日来られたクライス王子からお手紙が届いております」

「え、ああ、クライスね……」

あの王子様然とした綺麗な顔を思い出すだけで、またしてもぼん！　と顔が赤くなる。もうもうもう、知らない。あんな破廉恥《はれんち》で意地悪な子！　顔も見たくな……あ、でも一緒に寝てくれたのはうれしかったな。やっぱり顔ぐらいは見たいかも。

「それともう一つ、お伝えしたいことがあるのですが」

「んっとぉ、それはあとでいいよ。てがみもあとでみる。わるいけど、いまはケーキのことしかかんがえられないの！」

食堂の扉をルゥが開くと、その先には長～い豪華なテーブルが見えた。テーブルの中央には僕の好きなジーンの花が飾られ、品よくコーディネートされている。

僕はいつもこの広いテーブルを独り占めしてご飯を食べる。朝も、昼も、夕方も。今まで誰とも一緒に食べたことがない。お母様はもっと大きな建物にある食堂のテーブルで、お父様は仕事場で食事をとられるの。

そもそも僕の部屋はお父様やお母様やユジンが暮らしているところから少し離れたとこ、つまり別邸にあるから、遠いしここで食べた方が効率がいいよね。

えっ？　可哀想？　可哀想じゃないよ、ぜんっぜん。だって最初からそうだったから、別になんとも思わない。前世を思い出した今ではちょっと変かな？　と思うことはあるけれど……

テーブルの上を見ていると、サラダやテリーヌやスープなんかが並べられていく。野菜嫌いの僕はサラダなんて絶対に食べないのにおかしいな。

「あれなぁに？」

一人分とは思えない量の食事が次々と並べられていくのを見て、不思議に思い訊いてみた。すると、ルゥが言いにくそうに口を開いた。

「今日は旦那様が同席されます、と先ほど申し上げたかったのですが……」

えええええぇ!?

「ルゥ～そんなだいじなこと、もっとはやくおしえてよぉ！」

肝心なことを言わない執事はクビ!!

僕が椅子に座って程なくして、見たことのない美丈夫《びじょうふ》が食堂に入ってきた。そしてこれまた見覚えのない顔ぶれの使用人たちが、無駄のない動きで椅子を引いたり高そうなお酒の瓶を運んだりしている。

（この人が僕のお父様なんだ……）

僕は初めて会うお父様の姿を食い入るように見ていた。

アッシュブラウンの髪にグリーンサファイアの瞳。土と風属性かな？　男らしいその顔つきは、あんまり僕には似てないみたい。

「……おとうさま」

思わず口から出た声は小さくて、聞こえていたかもわからない。当然お父様はこちらを見ない。もっと大きな声で言えばよかった、そう思った。

でも、ううん、と思い直す。聞こえなくてよかったんだ。だってお父様は僕のことがお嫌いだから、声だって聞きたくないに決まっている。もしかしたら、話しかけられてもいないのに口を開けば怒られるかもしれない。僕はギュッと口を閉じて、お父様の方を向いた。

お父様は一番立派な椅子に座ると、重々しい口調で話し始めた。

「王家からお前に婚約の打診が来た」

こくり……なるべく神妙《しんみょう》そうに見えるように頷いた。

「だが、お前は魔力もない上に属性も闇。王子の相手が務まるとは思えん」

こくり（たしかにそのとおりです）。できるだけ真剣そうに見えるように頷く。

「その点、弟のユジンは光属性を持っている上、魔力も豊富。力は申し分ない」

こくり（そのとおりだとおもいます。ふたりはすごくおにあいです）。

「それでも、クライス殿下はお前がよいと仰《おっしゃ》っている」

（ほぇ？　ぼく？）

頷くのを忘れて目を見開いた。僕がいいってクライスが？　うっかり喜んでしまいそうになる自分にストップをかける。

違う違う……勘違いしちゃダメだ。これはただの『せいりゃくけっこん』。昨日のプロポーズだって、「ぼくたちはけっこんしない！」なんていきなり言われて、意地になってただけなんだから。

ゲームでも、ユジンとクライス王子が正式にくっつくのは、悪役令息キルナが断罪された後で、そこまでは婚約者は僕のはず。今のところストーリー通りの展開が進んでいるというだけで、特別な意味なんてない。

「この婚約を受けると陛下にはお伝えした。お前の能力に不安はあるが、他家に殿下の婚約者の座を奪われるわけにはいかん。特に最近は、政治への介入を目論《もくろ》むコーネスト家が、息子をクライス殿下に近づけようと動いている。婚約したからといって油断するな。婚約なんていつでも解消できる不確かなものだ。なんとしても結婚まで漕《こ》ぎつけなければならない。わかっているな？」

「……」

(えと、なんかしゃべった方がいいのかな。「がんばります」とか、「しょうちしました」とか？　でも、どうせうまくいかない婚約なのだし、無責任なことは言わない方がいいのかな？　ええと、どうしよ……)

僕とお父様の視線が交差する。慌てて頷くと、お父様はもう僕に興味を失ったように席を立った。

僕が首振り人形になっている間にお父様は朝食を食べ終えたみたいだ。

(そういえば朝ご飯、まだ一口も食べてない)

テーブルの上には冷たくなったオムレツやパンが、手つかずのまま並んでいた。

「キルナ様、どうかお食事を」

話をたくさん聞いて疲れたのか、頭がぼうっとしている。近くで声がしたので顔を上げると、心配そうな表情を浮かべるルゥがいた。

「あれ？　おとうさまは？」

「もうお仕事に行かれましたよ」

「……そう」

「シフォンケーキをご用意いたしましょうか？」

僕はふるふると首を横に振った。

「いらない。おなかがちくちくするから、いまはたべられそうにないの」

力なくそう言うと、彼は僕の額にそっと手を当てた。

「失礼します。ああ、少しお熱があるようです。今日はベッドでお休みしましょう」

「お連れしますね」と一言断ってから、彼は動かない僕の体を抱き上げて寝室に運んだ。僕は広いベッドに横たわり、先ほどのお父様との会話を思い出した。もっとましな受け答えをするべきだったんじゃ……と考え始めると、またお腹のちくちくを感じ、それ以上考えるのをやめた。

「――を取りに行ってきますね」

頭の中がごちゃごちゃしていたせいで、ルゥが退室する時に告げた言葉を聞き逃してしまった。何を取りに行ったのだろう。ヒントを探してふとサイドテーブルを見ると、青い封蝋《ふうろう》に王家の紋章が捺《お》された封筒が目に入った。

(そうだ。クライスからお手紙が届いたと言っていたっけ)

手に取ると、お花のような……なんだかとてもいい香りがする。封を開けて読んでみたら、お茶会をするから来ないか？　って内容だった。お茶会にクライスの友達も来るから紹介してくれるらしい。子どもだけでやるからとにかく楽しめって。

(なにそれすんごく楽しそう！　早くお返事しなくっちゃ)

そう思うのに、体が重くて動けない。手紙の返事はもうちょっとしてから書こう。

しばらく休んでいると、ルゥが何かを持って戻ってきた。

「こちらは旦那様からです。キルナ様にお渡しするようにと」

差し出されたのは豪華な装飾の施された宝石箱だった。

「あ……」

僕はそれを見て固まる。この箱は見たことがあり、中身も知っている。

『呪いのフィンガーブレスレット』という、ゲームのキルナがいつも左手に着けていたアイテムだ。金のブレスレットから伸びた鎖が中指の指輪へと繋がっていて、その鎖に月の光のようにキラキラ光る宝石がちりばめられた美しい装飾品なのだけど、用途はえげつない。

どういうものかというと、まずはブレスレット。これには認識阻害の魔法が組み込まれており、ゲーム通りだと、僕の髪の毛は藍色に見えるようになる。これで闇属性だということを隠すことができる。

そして指輪。このリングに触れた相手の魔力を奪って、自分の魔力にすることができる。ゲームのキルナはこれで人様の魔力をどんどん奪い取って悪事を働いていた。魔力の回復には結構エネルギーを使うから、奪われる方にしてみたら迷惑この上ない代物《しろもの》と言える。

「常に身に着け絶対に外すなと、旦那様のお言いつけです」

「……わかった」

このアイテムを使ってみんなを騙してクライスの婚約者になるということは、すなわち王家までも欺《あざむ》くということで……一度着けてしまえば、もう後戻りはできない。

(嫌だ。こんなの着けたくない)

だけど、ユジンをクライスルートのハッピーエンドに導くために、これは必要なものだ。僕は悪役令息だから、これを着けてたくさんの人に嫌がらせをしなくちゃならない。

覚悟を決めて左手に嵌《は》めてみると、ブレスレットと指輪は僕にぴったりのサイズで気持ちが悪いほど手に馴染んだ。

(お茶会は来週。いよいよ悪役令息としての生活が始まるんだ)

今日は土曜日だから、午前中の勉強も午後のレッスンもお休み。いつもならそろそろお庭の散策をするのだけど、まだちょっと頭がぐらぐらするし、天気も悪いから諦めよう。

「ユジンはどうしているかしら」

僕は窓の外に広がる淀《よど》んだ空を眺めた。

第二章　当たって砕けるお茶会

「いきたい、いきたくない、いきたい、いきたくない……ふぇ、ああ！　いきたくないになっちゃった！」

「何を……されているのですか？」

ルゥが怪訝《けげん》な顔をしてこちらを見ている。

「きょうのおちゃかいにいきたいきもするけど、いきたくないようなきもするの。なんだかもうわからなくって、はなうらないでしらべてたの」

「左様で……だからジーンの花びらがテーブルの上に散らばっているのですね」

(うぅ、そんなアホの子を見るような目をしないで！)

ルゥに気を取られていると、すぐ横に布巾を持ったメアリーが無表情で立っていてびくっとする。

「メアリー、だまってちかづかないで！　こわいよぉ」

「片づけてもよろしいでしょうか」

「あ、はなびらはおいておいてね。あとでつかうから」

今日のことが心配で、昨晩はあんまり寝られなかった。お父様は完璧にごまかせると思っていらっしゃるみたいだけれど、僕はもうクライスに会っているから、今さら髪の色を変えても闇属性だということはバレバレなんだよね。

クライスはあの日、みんなには内緒で遊びに来ていたって手紙に書いてあったから、お父様はそのことを知らないんだ。このまま王宮に行くと、大変なことになるかもしれない。

「嘘吐き！」って言われちゃうかな。クライスにどんな反応をされるか想像すると、お腹がちくちくする。

王家に嘘を吐くと、どうなるのだろう。牢屋に入れられるのかな？　もしかして殺される？

僕はいい。いつでも死ぬ覚悟はできている。さすがに今日死ぬとなると予定より早すぎるけど、仕方がない。でも、公爵家に迷惑をかけたら……ユジンまで巻き添えになったらどうしよう。

「なにかさくせんをかんがえないと」

被害を最小限に抑えて、ユジンを守る方法を。


別邸の前には大きな馬車が停めてある。これに乗って今から王宮に向かうのだって。

「なにこれ。すごぉい、ひろくてふっかふか」

質のいいクッションのおかげでお尻は痛くなさそう。扉が閉められガラガラと音を立てながら馬車が走り出した。

僕が公爵家の門を潜《くぐ》るのはこれが初めて。行き先が王宮ってこともあって、ひらひらしたのやキラキラしたのがたくさんついた服でおめかしさせられたのには参ったけれど、こうやって外に出られたのは本当にうれしい。

（ふあぁ〜、これが王都！）

窓からは西洋風の石畳や街並みが見える。あ、煉瓦《れんが》造りのオシャレなカフェ。あ、その隣はお菓子屋さんかな。え⁉　あれはどうなってるの？　店頭の飴がピカピカと七色に光っている。

馬車の窓を全開にして大声で叫びたい気分だけど、斜め向かいにお父様が座っているから我慢する。仕事に行くついでに送ってくれるらしい。

（ねぇ、おとうさま……）

僕は一度もこちらを見ないお父様に、心の中で話しかける。

（きょう、もしかしたら、たいへんなことがおきるかもしれないの。うそがばれて、ぼくのせいでおうちもたいへんになるかも。ごめんなさい）

謝りたい。もう謝って逃げ出したい。でも、それじゃあ僕の役割を果たせない。

ゲームのキルナは雑魚《ざこ》キャラの死にキャラのくせにこのアイテム一つで卒業まで生き延びたんだから、僕にだってできるはず。お父様に相談なんてしない。一人でなんとかしなくっちゃ。

とりあえず、まずはクライスの口止めだ。黒髪のことをどうにか内緒にしてもらうしかない。でもどうやって？　悪役らしく、脅して？　あの俺様王子様のクライスを脅すなんてことができるかしら。

ぐるぐる策を練《ね》っているとなんだか少し気分が悪くなってきた。寝不足気味だし、初めての馬車で酔っちゃったのかもしれない。もっとお外を眺めたいのに……

「着いたぞ」

王宮に着いた頃には、僕はもうぐったりしていた。

「さっさと歩かないと置いていくぞ」

どうやら城門からは徒歩のようだ。お城までの長い長い道のりを見て、今日の花占いは当たっていたなと思った。


それから数十分後、僕はピンチに陥《おちい》っていた。置いていくぞと言って、宣言通り置いていくだなんて誰が思うだろうか。

「ここどこぉ？」

完全に僕は迷子になっていた。必死にお父様の後ろをついていこうとしたものの、ただでさえ速すぎて子どもの足では追いつけない上に、体調も悪くて吐きそぅ……と思っているうちに見失ってしまったのだ。

とぼとぼとあてどもなく真っ白な廊下を歩きながら、遠方に聳《そび》え立つお城を見上げた。

（お城は七色じゃないんだ……）

この世界にはやたらと七色が出てくるからお城も七色を期待していたのに、全然違った。そこにあるのは荘厳《そうごん》な白亜の城で、どこもかしこも塵《ちり》一つなくピカピカに磨き上げられている。こんな手間のかかる家、自分が住むのは絶対にごめんだって思うけど、でも考え方を変えると、綺麗に保つために雇用が生まれてるってことだよね……

そこまで考えて僕はいいことを思いついた。あ、そうだ。公爵家を追放されたらここで拭き掃除の仕事をさせてもらおう！

こう見えて前世の僕は掃除が好きでよくやっていたの。熱が出て外に出られない時も、机の引き出しや本棚を整理して隅々まで埃《ほこり》を拭き取ると、鬱々《うつうつ》とした気分が晴れて元気が出たのを覚えている。

「そうじふ、いいかも。ぼくのてんしょくかも」

そんなことを呟きながら、とりあえず通路を奥へ奥へと進んでいくと、たくさん歩いたせいか、汗が止まらなくなってきた。

「ふぅ、あついな」

この通路は外にあって、両脇には赤や黄など色とりどりのお花が咲いていたり、蝶々みたいな虫が飛んでいたりと景色は最高！　なのだけど、なにせ日陰がないのが問題だった。

(さっきからこの飾りが邪魔なんだよね)

右腕にジャラジャラとついている宝石を取ってポケットに仕舞ってみる。すると大分腕が軽くなった。

(ん、いい感じ。首に巻いてあるスカーフみたいな飾りもいらないや)

シュルンと外してそれもポケットに入れる。そんな調子で不要なものを外していくと、かなり軽装になり動きやすくなった。ポケットは膨らんで不恰好になってしまったけれど、まぁいいでしょう。

僕は少しだけ気分がよくなってきて、歩く速度を上げた。建物に入ると通路の右側に手をつけるようにして進む。これ本で読んだの。迷路から出る時は右手を壁から離さずに進めばいつか出られるのだって。あれ？　ここって迷路だったかな？

「うわっ」

通路を曲がるところで急に人が出てきてぶつかってしまった。

「ご、ごめ……」

思わず謝りそうになったけど、やっぱり謝らない。悪役が謝ったら変だもの。

「あら、ごめんなさい。私がちゃんと前を見ていなかったから」

ぶつかった相手は同じくらいの歳の女の子だった。さすがに放ってはおけなくて、慌てて尻餅をついているその子に右手を差し出し、助け起こす。その手を取ってすくっと立った女の子は、なんと！　僕より少し身長が高いみたい。く、くやしくなんかないもん。

「ふふ、ありがとう。あなたも今日のお茶会に参加するの？」

「さんかするよ。でも……ばしょがわからないの」

女の子とお話しすることなんて、前世でもほとんどなかったから緊張する。しかもとびきり可愛い女の子だ。ピンクの大きなリボンでストロベリーブロンドの髪の毛を纏めていて、そういえば少し色彩と雰囲気がクライスに似ているかも？

「クスッ、迷子ね。私も同じところに行くから連れていってあげる。でもその前に……その衣装をなんとかしなきゃね」

「え？」

彼女は僕の上着を指差した。暑いからと色々触っちゃったせいで、変になってるみたい。別に僕は気にならないんだけどな。

「今日は滅多にない第一王子のお茶会よ。そんな服では行けないわ」

（そうなのかな？　どうしよう）

そう言われると、途端に不安になってきた。

「大～丈夫！　私に任せて。衣装はいっぱい持ってきてるの」

にっこり笑うとえくぼができてこれまた愛らしい。ぽぉっと見惚《みと》れていると、いつの間にか大きな衣装室に連れられていた。

「サディ、ただいま」

「あら、ミーネ様。こちらのお方は？」

「さっきね、廊下で運命的な出会いをした子よ」

ちょっと！　変な紹介をしないでほしい。

「キルナとよんで」

「よろしくお願いいたします。キルナ様。メイドのサディでございます」

あのねあのね！　とミーネがはしゃぐ。

「この子をとびっきり美しく飾り立ててあげたいの」

「またミーネ様の可愛いもの好きが出ましたね」

「だってこんなに可愛いんですもの。私のセンスでもっと美しく仕上げてみせるわ」

可愛い？　僕が？　何言ってるんだろう、この子。

「私に任せてくださる？」

「え、あ……うん。……よろしく」

一抹《いちまつ》の不安を覚えたものの、ミーネの迫力に圧倒されて、僕はそれだけしか言えなかった。よくわからないけどなんだか張り切ってくれているし、ここは任せてお茶会に参加できるようにしてもらおう。

結果から考えると、その判断は明らかに失敗だったと思う。

「………⁉」

鏡を見て僕は言葉を失った。

「まぁまぁまぁまぁ！」

「素晴らしいわ！」

二人は声を合わせて絶賛している。

「せっかくなので髪の毛も整えますね。ウィッグもたくさんございますから」

あまりのことに唖然としてしまい、もうされるがままだ。だって鏡に映っていた僕は——

「どうみてもおんなのこ……」

若草色のドレスはふんわりと裾が膨らみ、袖は繊細なレースで彩《いろど》られ、艶《つや》やかなハニーブラウンの巻毛は腰につくほど長く、緩やかにハーフアップで纏められている。

「完璧だわ！」

女性陣は惚れ惚れするような目で鏡の中の僕を見ているけれど……

（僕、女の子になっちゃったよ。ふえーん）

かくして女の子の姿になってしまった僕は、絶望的な気分でお茶会に向かった。ミーネについていくと、色とりどりの花が咲き乱れる広い庭園に、白を基調にセンスよく配置されたテーブルセットが目に映った。

（ふわぁあああ、なにこれなにこれなにこれ！）

テーブルの上にはうっとりするほど美しいお菓子が所狭しと並んでいる。クリームたっぷりのケーキに、マカロン、スコーン、クッキー、その横にあるのは……

（あ、これ、七色に光る飴だ！　馬車から見えたやつ！　しかも薔薇《ばら》の形？　どうやって作ったんだろ？　すっごーい！）

「遅れてごめんなさい、クライス」

「ミーネ姉様。別に構いませんよ。今日は友人だけのお茶会ですから」

僕が一人興奮している間に、ミーネがクライスに遅刻のお詫びをしている。っていうか、え、姉様？　ミーネってクライスのお姉さんなの？

第一王子のクライスのお姉さんということは、彼女はこの国の王女様ってことだよね。僕は衝撃の事実に目を丸くした。

「ふふ、とっても素敵な人を連れてきたから許してちょうだい」

「姉様のご友人ですか？」

「私はついさっき友達になったのだけど、クライスも知っているはずよ。だってあなたがお茶会の招待状を送ったのでしょ？」

あ、僕の話をしているみたい。そうだ、挨拶しなきゃ。この格好を見てクライスはどんな反応をするんだろう。大笑いするかな？　バカにされる？　それともふざけるなって怒る？

（恥ずかしすぎるよぉ！　ああ、何年後と言わずむしろ今死にたい！）

だけど、もうこうなったからには仕方がない。当たって砕けろ、だ。

「えと、おまねきいただきありがとうございます。キルナ＝フェルライト……です」

普段使い慣れない敬語を駆使して華麗に挨拶してみせる。

（どうだ、クライス。なんか文句があるなら……って、あれ？　ないの？）

クライスったら僕が女の子の格好をしているというのに完全にスルーだ。なんで？　もしかしてこの服装で合ってる？　いやいやそんなばかな……

「よく来たな、キルナ」と歓迎し、約束通りお友達の紹介をしてくれた。よく見るとここにいるメンバー全員どこかで見たことがある。って、え？　なにこの顔ぶれ。これってミーネ以外、全員攻略対象者なんじゃない⁉

記憶にあるものより若いけれども、『虹の海』のゲームパッケージに載っていたイケメンたちだ（くそう、イケメンは五歳の時からイケメンだとは）

おぼろげな記憶を頼りに頑張って整理してみると……

クライス＝アステリア、明るい金髪。光、火、風、水、氷、土の六属性を持つ。アステリア王国第一王子。

ロイル＝クルーゼン、水色の髪。氷属性。クライスの乳兄弟で側近候補。確か伯爵家だったはず。

ギア＝モーク、茶色の短髪。属性は土？　魔法騎士団長の息子。伯爵家の長男。

リオン＝ブラークス、緑の髪。風属性と、他（忘れた）。魔術師団長の息子で伯爵家の多分三男。

ノエル＝コーネスト、赤い髪。火属性。侯爵家の次男。

と、うん、まぁこんな感じ。え、全然整理できてない？　残念ながら細かい内容は忘れちゃったの。むしろこれだけ覚えていただけでもすごいと思う。優斗からキャラ設定を聞いていてよかったぁ。ちなみにクライスとこの四人は王宮で一緒に暮らしていて、家庭教師から勉強を教わっているのだって。

え、僕も仲間に入りたいかって？　それは嫌。だって勉強は嫌いなの。

SIDE　クライス

（遅いな……）

好きな人を待つとはこういうことかと、俺は生まれて初めての落ち着かない気分を味わっていた。

「遅れてごめんなさい、クライス」

西の通路から二人の少女が小走りでこちらに向かってくる。今日呼んだ招待客に女の子の友人はいなかったはずだが、ミーネ姉様と、あともう一人は誰だ？　え……？

「えと、おまねきいただきありがとうございます。キルナ＝フェルライト……です」

俺に向かって不安そうに挨拶をする可憐《かれん》な少女？　は、今か今かと待っていたその人で間違いない。が、なぜ女の子の姿に!?

（これはなんだ。何が起きている？）

透き通る若草色の生地でできたドレスには、白や黄緑色の花がちりばめられ、小さな宝石が控えめにきらめいている。ドレスと同色の大きなリボンが腰からふんわりと流れ、華奢《きゃしゃ》な体つきを強調し、その姿はまるで春の妖精。あまりに似合いすぎている。これでは誰も彼が男だということに気がつかないだろう。

しかし、好きで着ているというわけではなさそうだ。その証拠に美しい顔は真っ赤に染まり、猛烈に恥ずかしがっていることが伝わってくる。

（あの気の強いキルナが意味もなくこんな格好をするだろうか。何か理由があるのか？）

ロイルに、頼むから説明してくれとアイコンタクトを送るが、彼もわからないのだろう。大急ぎでぶるぶると首を横に振っている。と、その時だった。

暖かい風が強く吹き、キルナの腰まで届くハニーブラウンの髪がさらさらと靡《なび》いた。

彼はそれを鬱陶《うっとう》しそうに手で押さえている。髪？　なるほど、そうか！　これは『黒髪を隠すための作戦』か。ならばここは話を合わせるべき、なのだろう。多分……

「よ、よく来たな、キルナ。俺の学友たちを紹介しよう。まずはロイルだ」

「はっ、はい。わたくしロイル＝クルーゼンと申します。お、お見知り置きを」

さすがのロイルも事態についていこうと必死なのか、いつもより挨拶が堅苦しくキレがない。

「ギア＝モークです。こんなに可愛い女の子と……知り合いになれるなんて、光栄です」

事情を全く知らないギアは、突然現れた美少女に緊張しているようだ。

「リオン＝ブラークスです。よろしくお願いします」

優しげに笑いかけるリオンは、この中で一番冷静かもしれない。

「僕はノエル＝コーネストです。仲よくしてくれるとうれしいな！」

彼はいつも通り胡散臭《うさんくさ》い笑顔を振りまいている。

「最後に俺の姉、ミーネ」

「ミーネ＝アステリアです。よろしくね、キルナちゃん」

「今日は子どもだけのお茶会だから敬語は抜きだ。マナーも気にしなくていい。菓子はセルフ形式にした。好きなものを好きなだけ皿に載せて食べてくれ」

キルナからの手紙にはお茶会に参加するのは今回が初めてだと書いてあったから、できるだけ堅苦しくないスタイルを考えた。

自己紹介が終わると自由に食事をしながらの雑談が始まるが、どうにもキルナのことが気になって話が頭に入ってこない。皆の視線の中心は完全に彼（女？）だった。当の本人はというと、甘いものに目がないようで、並んだ焼き菓子やケーキをキラキラした瞳で見つめている。

「ねぇ、クライス」

「なんだ？」

急にキルナに名前を呼ばれ、声が裏返りそうになる。

「ここにあるおかし、ぜんぶたべてもいいの？」

「ああ、いいとも」

「ほんと？」

「ああ」

「ほんとにほんと？」

「ああ……」

「ほ、ほんとにほんとにほんとにほ……」

「ああ、本当だ。好きなだけ食べていい」

俺がそう答えると、キルナは「しんじられない！」と頭《かぶり》を振った後、ようやく質問をやめ、「おちゃかいってすごいんだね」と、心底うれしそうに自分の皿に菓子を載せ始めた。

「んと、どれにしよう、まよっちゃうな……」

なんて呟きながら宝物でも扱うように一つ一つ真剣に、丁寧に皿に並べていくその姿はまさに天使。ギアなんて食べるのも忘れ、ぼんやりと彼の方ばかり見ている。ミーネは相変わらず可愛いは正義！　目の保養だとばかりに、キルナを見つつ茶を飲んでいる。

子どもたちしかいないので、とりとめもなくころころと話題は移り変わり、定番の魔法の話になった。貴族の子どもは魔法の話に興味津々だ。魔法大国アステリアは魔法教育に力を入れているから、魔力のある者は十八歳になれば学園に通い本格的に魔法を学ぶことになる。

「やっぱり火がかっこいいよね。ボボボボーって攻撃魔法で魔獣を仕留めてさ」

「風魔法は剣術と合わせるとめちゃくちゃ強いらしいよ」

「やっぱり光魔法でしょ～。人間技とは思えないことができるらしいよ。どんなのかはよく知らないけど」

一方キルナはというと、会話には加わらず、自分の皿をまるで宝石箱かのように眩しそうに見つめている。だがじっと眺めるばかりでなかなか食べようとしない。

ようやく動いたかと思うと、スプーンでひと匙《さじ》の苺のムースケーキを掬《すく》って口のところに持っていき、そっと口を開け、食べずにまた口を閉じた。

何度かそんなことを繰り返していたが、やがて諦めたようにスプーンを置き、今度は小さなクッキーを摘《つま》んで口元に運び、しばらく何かを考えるふうな仕草をした後、また皿に戻した。

（……こいつは一体何をしているんだ？　腹でも痛いのだろうか）

心配になってきた頃、ほぉっと一つため息を吐いて、キルナは思い詰めたような表情で苦しそうに呟いた。

「どうしよぅ……こんなにきれいなおかし、もったいなくてたべられない」

「ぐはぁ！　キルナちゃん恐るべし！　もぅ異次元のかわゆさだわ！」

隣で鼻息を荒くしている姉が怖い。

時間が経ちそろそろ腹も膨れてくると、ノエルとギアがいつものように言い合いを始めた。

「リオンはもう中級魔法が使えるんだ。いいなぁ。それに比べてギアの魔法は全然だもんね〜」

「俺は剣の方が得意なんだ！　ノエルだってまだ中級魔法は使えないんだから一緒だろ！」

「ええー、ギアと一緒にしないでよぉ。あ、そうだ」

と、突然ノエルがキルナの方を向いた。

「キルナちゃんは、何か魔法を使ったことはある？」

「え、ぼく？」

夢中で菓子を眺めていたキルナがようやく顔を上げた。そして一呼吸置いた後、「あの、少しだけ……」と小さく答えた。

（魔法を使ったことがあるのか）

意外だと思った。あれっぽっちの魔力で何か使える魔法があるのだろうか。ノエルは身を乗り出して続けた。

「すごい！　やってみせて？」

「ふぇ？」

明らかに戸惑っている。見栄を張っただけか？　なら止めてやった方がいいだろうかと様子を見守っていると、キルナはなぜか申し訳なさそうに左隣に座っているギアの手を取り、ぎゅうっと握りしめながら、呪文を唱えた。すると――

「あっ、水のお花だ、きれい〜」

水でできた小さな花が、俺たちの頭上にふわふわと浮かんだ。初級の水魔法だ。

「すごいですっ！」

「可愛らしいお花が太陽の光できらめいて、とっても素敵！」

皆が口々にキルナの魔法を褒め称えている。が、俺はなんだか面白くなかった。

(その手はなんなんだ？　なぜギアと手を繋いでいる!?)

思わず殺気を含んだ目でギアを睨んでしまう。

「あら、ギア。なんだか顔色がよくないわ。具合が悪いの？」

ミーネ姉様がそう呟いた瞬間だった。

「「「あっ！」」」

花がただの水に戻ってざばーっとテーブルの上に降りかかり、美しく整えられたテーブルセットが一瞬にして水浸《みずびた》しになってしまった。積み上げられたマカロンも、クッキーも、ケーキも何もかもびしょ濡れだ。キルナがさも大事そうに眺めていた皿も……

「あ……」

キルナは青い顔をしてその光景を見つめていた。その手は細かく震え、悲愴感を漂《ただよ》わせ、金の瞳からはぽろぽろと宝石のような雫が零《こぼ》れ落ちる。

「ぼく、なんてことを……」

打ちひしがれ哀れみを誘うその姿は、何か神聖で、触れてはいけないもののように感じる。

静かに涙を流す姿がこんなに美しいだなんて。

（天使が泣いてる……）

時が止まったかのように、全員が彼の姿に見惚《みと》れていた。ああ、やばい、なんだこれ。変な性癖に目覚めそうだ。思考停止状態の頭を無理やり叩き起こし、この場の収拾に全力を注ぐ。

「おい、キルナ。大丈夫だから泣くな」

そう言って右手をテーブルに翳《かざ》しながら呪文を唱えると、テーブルの上から水が消え、全てが元通りになった。

「あれ？　どう、なったの？」

キルナが目をパチパチさせている。

「クライス様は上級の光魔法が使えます。その力で、物質の時間をある程度戻すことができるのです。ですからもう大丈夫ですよ、涙を拭いてください」

ロイルが優しく説明し、ハンカチを手渡した。こいつが気障《きざ》ったらしいのはいつものことだが、面白くない。

キルナは俺の婚約者なのに。

「こっちに来い」

「ふぇ。う、うん……」

俺に怒られると思っているのか、辛そうに伏せた目はこちらを見ようとしない。

「ほら、これ食べてみろ。シェフ自慢のロイヤルクッキーだ」

「んむ」

小さな口にウサギ型のクッキーを押し込んでやると、キルナはもぐもぐと口を動かした。さっきまで強張っていた顔がパァッと綻《ほころ》んでいく。

「やっと、笑ったな」

単純なやつ。俺は苦笑した。本当にわかりやすすぎるな、こいつは。貴族として育てられたとは到底思えない。だが、そこがまた好きだと考えてしまうから始末に負えない。

「ここに座れ」

「ここって？　クライスのひざのうえに⁉　え、なんで？」

「いいから」

手を掴んで引き寄せようとするが、彼はそれに抵抗して足を突っ張る。

「む、むり！」

「座れ！」

「ひ、やぁっ」

軽い体を両腕で掴まえて無理やり膝に乗せるという実力行使に移ると、キルナは真っ赤になってこう言った。

「なんてこと！」

＊　＊　＊

〝まほうをつかっているとちゅうで、てをはなさない〟。

「何を書かれているのですか？」

突然ルゥが僕の部屋に入ってきたから、書いている途中の紙をガバッと自分の体で隠した。

「ルゥ、みちゃだめ！　これはぼくのたいせつなメモなの！」

僕は大事なことはなんでもメモしとく派。でも中身を見られるのは恥ずかしいの。

今は昨日のお茶会の反省点をメモり中。失敗は成功のもとっていうでしょ。だからこれで大丈夫。

次は失敗しない。僕は左手を机に備えつけてあるライトに翳《かざ》した。

シャランと涼やかな音を鳴らしその存在をアピールしている魔道具《フィンガーブレスレット》は、ライトの光を反射して輝いている。

キラキラキラキラ、水の花のように——

水を好きな形に変える魔法は水魔法の中で一番簡単で、たくさんある初級魔法の中で唯一できるようになったものだった。セントラに教えてもらった後、ルゥと何度も練習して、最初は全然ダメだったけど今では十回やって八回はなんとか成功させられるようになっていて……

（うまくできるようになったはずだったんだけどな）

ギアの顔色が悪くなったと聞き、思わず手を放したのがいけなかった。魔力が足りず維持できなくなった水の花は一瞬でただの水に戻り、魔法は失敗してしまった。

ああでも、僕の魔法は全然ダメだったけど、クライスの魔法ときたら。

僕は机に突っ伏して、昨日のお茶会を思い出す。

『あっ！』

目の前で花が散っていくのが見えた。

ひょっとしたら今世で一番かもってくらいうれしくて楽しくてふわふわしていた気分がすうっと消えて、代わりにドロリとしたものが心の中を満たしていくのを感じる。

（僕のせいだ……）

せっかくこんなに素敵なお茶会に呼んでもらったのに、取り返しのつかないことをした。

もうみんな僕のことを嫌いになったに違いない。

ある意味僕って才能あるよね。特に意識していなくても自然と悪役になれちゃうんだもの。王子様のお茶会を台無しにするなんて実に悪役らしい行いだ。大成功だ。いっそのこと、ここで大笑いしてやればいい。ははははーって。ほら、笑え！

僕は口元に笑みを浮かべようとしたけれど、なぜだかうまくいかない。

まあでも十分だ。もう十分悪役だ。

そう思った時、クライスの声が聞こえた。

『おい、キルナ。大丈夫だから泣くな』

（クライスはばかだな。大丈夫なはずないじゃない）

返事もせず、零《こぼ》れる涙を拭《ぬぐ》うこともせず、ただのろのろと視線を向けた僕に対し、彼は大丈夫だと念を押すように微笑むと、ぐっちゃぐちゃになったテーブルに手を翳《かざ》して何かの呪文を唱えた。

するとテーブルは光に包まれて、まるで何もなかったかのようにみるみるうちに元通りになっていく。目の前で起きたことが信じられずに固まっていたら、それは時を戻す上級の光魔法なんだってロイルが教えてくれた。

時間を操る魔法だなんて、クライスはすごいな。

こんなすごい力を持っていて、こんな僕を助けてくれるなんて。

——こんな人と結婚ができたなら、ユジンはきっと幸せに違いない。

あの後、クライスは僕を自分のところに呼び寄せ、ロイヤルクッキーという世にもおいしいクッキーを食べさせてくれた。それから、なぜか無理やり僕を自分の膝の上に座らせて……

（うひゃああ。そこは思い出すと恥ずかしくなるからやめよう）

ともかく僕はクライスの膝の上という不名誉な場所から、まだ体調が悪そうなギアに声をかけた。

『ギア、だいじょぶ？　きぶんわるくない？』

『ひっ、大丈夫ですから、どうか俺に構わないでください～』

そのままギアは、ちょっとお手洗いに、と逃げるように席を外した。やっぱり嫌われちゃったんだと思う。僕が勝手に魔力を奪ったから。

『大丈夫だ。ギアの顔色が悪かったのは、俺のせいだから』

クライスは苦笑いしながらそうフォローしてくれたけど、この魔道具はあんまり使わないようにしようと、その時、僕は心に決めたのだった。

（ん？　何の音？）

ガガガガガと何かを削ったり組み立てたりするような音が響き、振動で机が揺れた。僕は昨日の回想をやめ、顔を上げて窓の方に目を遣り、その原因をルゥに尋ねる。

「なんだかおそとがさわがしいみたいだけど、なにかしてるの？」

「ええ、それがですね」

え、なに？　温室を作っている？　温室って植物を育てる場所でしょ。

「そんなの、おかあさまがおゆるしにならないんじゃ？」

「旦那様が許可していますから心配はございません」

お母様は虫がお嫌いだから、公爵家にはほとんど花が咲いていない。僕は七海として生きていた時、お花が大好きでよく育てていたんだけどな。

でもね、今も観葉植物はお部屋にたくさん置いて育てているの。花と違って虫はほとんど寄ってこないから、お母様だって嫌がらないでしょ？　まぁ、お母様がここに来られることなんてないのだけれど。

それにしても……温室か。もしそこでお花が育てられたなら素敵だろうな。異世界の花を育てるなんてワクワクするよね。見たこともないお花で満ちた温室を想像してニマニマ笑ってしまう。

（ああ、だめだめ。前世からの妄想癖が出ちゃってる。妄想してる時の顔ってきっと気持ち悪いよね。気をつけなきゃ）

「ねぇ、どうしておんしつをつくっているの？」

僕の質問に、ルゥはにこりと笑って、「クライス王子からキルナ様へのプレゼントだからです」と答えた。

（へ……？　僕に？　クライスからのプレゼント？）

昨日の帰りはクライスが馬車で送ってくれたのだけど、途中から記憶がない。初めての外出だったし疲れて寝ちゃったみたい。

「クライス王子がキルナ様の好きなものは何かとお尋ねになったので、甘いものとお花だと申し上げました。てっきりお菓子や花束を贈ってこられると思ったのですが」

贈られたのはまさかの温室だったってこと!?　さすが王子様、普通の人間とはスケールが違うな。

「でも、むしがこないかしら……」

「大丈夫ですよ。花の中には虫が嫌うものもございます。クライス王子はその辺のこともきちんと考えておられますよ」

温室のことを考えると胸がぽかぽかする。クライスのことを考える時と同じように。

第三章　時の魔法

お茶会から一週間ほど経過し、庭園の温室ができ上がってきた頃、食堂で僕は叫んでいた。

「ちっがーう、やりなおし！　あれもこれもぜんぶやりなおしー！」

テーブルの上に並んでいるのは細部まで精巧に作られた飴細工。本物の薔薇《ばら》や百合《ゆり》の花みたいで色や形はこの上なく綺麗なんだけど、違うの。

「こんなんじゃなかったよぅ。あのあめはもっとおほしさまみたいにキラキラしててぴかぴかしてたもん。ぼくはあれをおへやにいーっぱいならべてゆめのくにをつくるの」

夜になったら虹色に光るそれに照らされながら眠るの。僕が理想の世界に思いを馳せていると、ベンスが項垂《うなだ》れながら言った。

「坊ちゃんの言う光飴を作るには材料が足りないのです。あれにはヒカリビソウという草が必要ですが、今年は例年より雨が少なかったせいでどこの店も品薄でして。もともと温度管理や水量調節が難しく、手間がかかり育てにくい植物なのです。種だけならばなんとか手に入るのですが」

ヒカリビソウ……それがあれば、あのピカピカ光る飴ができるの？

「じゃあ、ぼくがそのヒカリビソウをそだてるよ」

「え、坊ちゃんが？」

ベンス、ルゥ、メアリー、どうして微妙な顔でこちらを見ているの？

「ちゃ、ちゃんとできるよ！」

「はい、できるだけ頑張りましょうね」

いや、ルゥその言い方、多分無理だけどみたいなニュアンス入ってる。

「さすがキルナ様ですね。楽しみです」

棒読みだよ、メアリー。

あれ？　もしかして、僕にはできないって思ってる？　もぉ、バカにして！　前世で植物を育てたことはあるし、温室だってもうすぐ完成する。できないはずがない。

（よぅし、絶対に上手に育てて、みんなを見返してやるんだから！）

そのためにはまず必要なものがある。僕はルゥに猫撫で声を出してお願いしてみた。

「ねぇ、ぼくね、おかいものにいきたいの」

「お買い物、ですか。何をお買い求めで？　必要であれば取り寄せましょう」

「だめだめ、じぶんでえらびたいの！　しょくぶつのそだてかたとか、しょくぶつずかんとか、じぶんがこれっ！　ておもったやつじゃなきゃいやなの」

「うう〜ん。なるほど。本屋に行きたいと」

「そう！」

「申し訳ございません。外出してよいものか私の一存では決めかねますので、旦那様に一度お伺いしてみましょう」

今まで僕がこの屋敷を出たいなんて言ったことはなかったし、ルゥも少し困っているみたい。行っちゃだめかな？　行きたいな。王都にとは言わない。もう近場《ちかば》でいいの。小さな町の本屋で構わないの。

SIDE　リーフ

部屋には重々しい空気が漂《ただよ》っていた。

「なるほど、キルナが外出したいと。それを私が許すと思っているのか？」

「申し訳ございません旦那様。しかしキルナ様は少しずつ外の世界に興味を持ち始めているご様子です。どうか許可していただけませんでしょうか」

「……」

私はこうなることを恐れていたのだ。だからあの日も——

『キルナが、クライス殿下の婚約者に!?』

打診された時には、腸《はらわた》が煮えくり返る思いだった。なぜだ。どこからキルナのことが漏《も》れた？限られた使用人だけ付け、公爵家奥深くの別邸にひっそりと隠しておいたというのに……

『王がお呼びです』

『ああ、すぐに行く』

なんとしてもこの話は断らねばならない。王の執務室に向かいながら、私は拳を固く握りしめた。

『リーフ＝フェルライト宰相がお越しです』

『フフ。よく来たな』

人の悪い笑みを浮かべている王を今すぐに殴りつけたい衝動に駆られたが、なんとか堪《こら》えて話を切り出す。

『どういうことでしょうか？　陛下。なぜ私の息子をクライス殿下の婚約者に？』

『どうもこうも。お前が隠しておくのがいけない』

『……仕方がないのです。誇れる属性も、使える魔力も、何一つ持たずに生まれてきてしまったあの子は、貴族の世界で生きていくことはできません。母親ですらあの子を排除しようとしております。私が守ってやらなければ……』

『外にも出さず、誰にも見せず？』

『責任を持ってあの子を育てるつもりです。教育も家できちんと施します。キルナの側には信頼できる使用人だけを配置し、公爵家には厳重に結界を張って護っています。もしも闇の魔力が暴走した際には、私も共に死ぬ覚悟です。ですから、私たち親子のことはどうか放っておいてください』

『お前の覚悟はわかった。だが、それであの子は幸せか？』

『それは……』

『世に出すことは恐ろしいことだが、素晴らしいことでもある。幸いクライスは光属性であり、豊富な魔力を持っている。きっと彼の力になれるはずだ』

陛下はわかっていないのだ。これはそう簡単な話ではない。

『クライス殿下のためにはユジンの方がよろしいのでは？　あれは光と火の力を持ち魔力にも恵まれました。殿下の伴侶として相応《ふさわ》しいかと』

『クライスは、あの子がよいと言っている』

『キルナが、よいと……？』

私が呟くのを見て、王は静かに諭《さと》すように話を続けた。

『お前が誰よりも子どものことを想っているのはわかっている。だがな、私にしかわからん。わかりにくすぎるのだ、お前は。お前から彼に婚約の話をしなさい。決して断るように仕向けてはならないよ』

『……御意』

翌朝、私は公爵家別邸の食堂に向かった。食堂には小さな子どもがちょこんと座っていて、長い睫毛《まつげ》に縁取《ふちど》られたつぶらな瞳が、必死に自分の姿を見つめている。

ああ、なんてことだろう。久しぶりに近くで見るキルナは、とても〝可愛い〟。

婚約の話は断ってくれればいいと、わざと強い口調で話をしたが、キルナは断らなかった。ただ真剣に話を聞き、静かに頷いていた。

クライス殿下がこの子を守ってくれるだろうか。この子の運命を変えてくれるのならば、あの婚約を受け入れよう。そう心に決め、私は重い口を開いた。

「よかろう。外出の許可を出そう。ただし条件がある。それは……」

＊＊＊

「お、キルナ。やっと起きたか」

朝起きると、なぜか王子様におはようの挨拶をされた。

（あれ？　僕の家のソファに、どうしてクライスがいるのだろう）

寝起きでぼんやりしている頭をなんとか動かしてその理由を考えるのだけど。う〜ん、僕まだおねむで……

「……」

「おい、寝るな！」

もうクライス、ちょっと静かにして。朝はけっこう苦手なの……

やっとはっきり目が覚めた僕は、果物ジュースを飲みながら、クライスと一緒にルゥのお話を聞いた。

「旦那様から外出のお許しが出ました。ただし、条件があります」

「じょうけん？」

「はい。一つ目は、貴族であることがわからないように変装していくこと」

「はーい」

「二つ目は、本屋以外に立ち寄らないこと」

「はーい」

「三つ目はクライス王子の手を絶対に放さないこと、以上です」

(はい？　一つ目と二つ目はわかるよ。でも三つ目って？　大人の人と手を繋ぐならわかるけど、僕も五歳。クライスも五歳。手を繋いだって全然意味なくない？)

「どうした、心配なのか？　大丈夫。何があっても俺は絶対お前の手を放さないから」

考え事をしている顔が不安げに見えたのか、クライスはそう言いながら僕の手を握った。ぎゅうっと力強く僕の手を握るその手はあったかくて、胸がぽわっと温かくなる。

「そうだ。クライス、あの……プレゼント、ありがとぅ」

お礼を言うのは悪役っぽさには欠けるけど、本当にうれしかったから今回はいいことにする。

「ああ、温室な。お前は花が好きなんだろ。好きなだけ育てたらいい」

まったくもう、クライスはばかだなぁ、と思う。僕なんかを喜ばせたって全然意味ないのに。


というわけで、出発する前に二人揃ってお着替えタイム。

「ねぇ、これほんとうににあってる？」

着替えさせられた服は、ショートパンツにピッタリしたシャツに、編み上げニーハイブーツ。僕はこの世界の庶民の姿というものに馴染みがないから、鏡を見てもこれでいいのかがわからない。

「え、あ、ああ、すごく似合って……いや駄目だろ！　却下」

クライスの意見に、僕は内心ほっとする。

「だよね、ちょっとパンツがみじかくてふとももがですぎてさむいし、なんかおへそもみえちゃってはずかしいかんじがするし」

「……」

「ちょっとクライスったらあかくなってうつむくのはやめてよ。すぐきがえるから！　ルゥ、ちゃんとえらんでよ！」

「はい、すみません。一度着てもらいたく、こほんっ、あ、これもいいですね」

渡されたのは羽織もので、帽子がついている。前世のパーカーみたいなものかと思って着てみると……

「ん～なにこれ、ネコミミ？」

「…………」

「またクライスがだまっちゃったじゃない。へんなふくばっかりわたさないでよ。もういい、ルゥにはたのまない。メアリー、はやくえらんで」

「これは……」

クライスが口に手を当てて呟く。

「いい、ですね」

ルゥは鼻に手を当てている。え、鼻血？

「メアリーにこんな才能があったなんてなぁ」

って、ベンス。いつからいたの？

僕の服装は、白シャツにグレーとピンクのチェックのハーフパンツ、膝丈の編み上げブーツを履いて、首には紺色のチョーカーと決まった。チョーカーは庶民の間で今流行《はや》っているのだって。正直僕から見ると、特に騒がれるほど変わった服装ではないと思う。

クライスは品のある白シャツにモスグリーンのパンツにブーツという出で立ちで、二人とも貴族とまではいかないけれど、ちょっといいところの坊ちゃんという感じに仕上がっている。

これで庶民に見えるかな？　いや、でもクライスはだめだ。だって顔が王子様すぎるもの。そのイケメンすぎる顔をじっと見つめて僕は言った。

「あのさ、ぼくのかみのけのいろをみて、なにかいうことない？」

これは絶対に訊いておかなきゃならないことだった。藍色になったこの髪をクライスにはまだ見せたことがなかった。忌《い》み嫌われる黒髪を魔道具で藍色にして隠している僕を彼がどう思っているのか、確認しておかないと。

もしお前の秘密を王家にバラすと言われたら？　今すぐ婚約破棄しようと告げられたら？　そう考えると心臓がバクバクして、手先は冷たくなってくる。恐る恐る見上げると、少し屈んだ彼と至近距離で目が合いドキリとする。

「そうだな。本当の髪色は二人きりの時に見せてほしい」

（んん？　……どういうこと？）

「悪かった。お前が本来の姿で王宮に来られないことくらい、少し考えればわかることだったのに。変装してまで会いに来てくれて、うれしかった」

ぐいっと肩を引き寄せられて抱きしめられる。怒らないの？　なんでクライスが謝るの？　思っていたのと全然違う展開に頭がついていけず、混乱している僕の耳元で彼は囁《ささや》いた。

「なぁ、それよりちょっとキスしていいか？　今のキルナ、可愛すぎる」

「ふぇっ？」

なんでキス？　っていうか近すぎ！　耳元でイケボはやめてぇ。

「だ、だめにきまってるでしょ！　クライスのばか」

今日向かうところはフェルライト公爵領にある港町ズーク。新鮮なお魚が食べられる市場が有名で、いつも朝からたくさんの人で賑わっているのだって。あちこち寄ってみたいけど、本屋以外行ったらだめなことになっているから我慢我慢……

庶民設定だから町の入り口で馬車から降りて、そこからは徒歩で向かう。僕とクライスはしっかり手を繋いで（しかも恋人繋ぎで）、本屋へと進んだ。

「本屋はこっちだ」

クライスは以前この町に来たことがあるらしいから迷わずに行けそう。吹き抜ける風から潮の香りがして海が近いことがわかる。

しばらく歩くと煉瓦《れんが》造りの豪華な建物が見えてきた。

「着いたぞ」

え、これ？　こんなオシャレな建物がまさかの本屋？　しかもカフェと本屋が一緒になってる⁉

これって前世でも憧れていた最先端の本屋さんだ！

僕が目を丸くしていると、クライスがそれを見て笑った。

「本の品揃えが豊富でドリンクもうまいと評判のブックカフェだ。どれでも好きな本を読みながらお茶ができる。キルナは何を飲む？」

「え、えと、じゃあ、このはちみついりのミルクティーにする」

「ああ、わかった。席は……窓際の、あの席に座ろう。海が見えて景色がよさそうだ」

「そ、そうだね」

（あれ？　おかしいな。なんだかこれってデートみたい？）

僕のイメージでは、今日は小さな町のちょっと寂れた本屋さんで、植物図鑑はどこですか？って本屋のおじいさんに尋ねて、いやーどこじゃったかなー、この辺にしまったと思ったんじゃが。おお、あった、ここじゃここじゃ、ほいっ！って感じになるはずだったのに!!

「どうかしたか？」

「え、ううん。なんでもない」

きちんと分野ごとにコーナーが分かれているから探したい本はすぐに見つかった。植物に関する本でイラストの多そうなものを三冊選んで席まで運ぶ。

「さすがにすわっているときくらい、てをはなしてもいいんじゃ？」

「駄目だ」

（え、なんでだめなの？）

なぜか即答され首を傾げた。だってこれじゃあ本を読むなんて無理だよ。左手だけで本を読んで、お茶を飲んで、ってするのは大変すぎる。それに……すごく恥ずかしいんだよね。みんなの視線をひしひしと感じるの。まぁまだ子どもだから深い意味はなく、手なんか繋いで可愛らしいわねーって雰囲気の視線だけども、一応中三まで生きた前世の記憶もあるから余計に辛い。

「ほら、俺が本を押さえといてやるから、ページはお前が捲《めく》れ」

「うん」

（えっとーヒカリビソウ、ヒ、ヒカ、おっ、多分この辺だ）

ぺらり、と捲《めく》ったそこには、お目当てのヒカリビソウのイラストと育て方がわかりやすく載っている。

『日当たりがよく、風通しのよい場所で育てましょう。直射日光が当たると葉が焼けるので避けましょう。温度は十八度から二十五度前後、湿度は六十から七十パーセントを保ちましょう。水をやるタイミングは――』

（ふむふむ。なるほどね）

詳しく書いてあるし、絵もたくさんあってわかりやすい。これならいけそうだ。

「あ、このくさってはながさくんだね」

「ああ、一度湖で見たことがあるが、とても幻想的な光を放つ花が咲く。今度一緒に見に行こう」

さらりとデートに誘われ、僕はなんだか居た堪《たま》れない気持ちになるけれど……湖に光の花が咲き乱れる風景は見てみたい。

「あ、みてみて、これジーンのはなだ。ぼくしってるはなのなかで、このはながいちばんすきなの」

白い薔薇《ばら》に似たジーンの花は、国民に愛されている国花だ。花言葉は『愛』。『ユジン』の名前もここからきている。お母様は花がお嫌いなのに、花から名前をとるなんて変なの。違う人が名付けたのかしら。

他にはどんなのがあるのかな？　異世界には変わった植物がたくさんあり、見ているだけで心が沸き立つ。ページをゆっくり捲《めく》る音が心地よくて、いつまでもこうしていたいと思う。

「これは知っているか？　ヒカリビソウと同じように発光する花だ。滅多に見られない花ではあるが」

クライスの手元を見ると、黒い百合《ゆり》に似た花のイラストが載っている。

「あ、これがルーナのはななんだ……」

――ルーナの花。

妖精が好む花だ。満月の夜に一度だけ咲いて、そして幻のように消えてしまう。それは妖精が持っていってしまうからだと、セントラがこの前読んでくれた絵本にあった。

見た目はとても美しいけれど、花言葉は『死』と『再生』。不吉な花言葉を持つのは、花びらに強い毒があるからだ。種を植えたわけでもないのにある日突然芽を出して、ゆっくりと長い時間をかけ成長していくという。

まだ生態が解明されていない奇妙な花。『キルナ』の名前の由来はここにある。

「きれいな花だろ」とクライスは言う。

「そうかな。あんまりすきじゃない」と僕は答えた。


「ねぇクライス、あのさ、ちょっとだけうみをみにいかない？」

気に入ったものを二冊購入して本屋を出ると、僕は隣を歩く彼に向かってそう提案した。

「こんなにちかくなんだからいいでしょ？　みるだけだから～」

約束はどうしたのかって？　ふふふ、何を隠そう僕は約束は守らない派。窮屈なのは嫌いなの！

だけどクライスときたら、今日はやめておこう、なんて信じられないことを言う。

「クライス。やくそくはやぶるためにあるんだよ！　しらないの？」

「誰の教えだ、それは」

興奮のあまり自分でも何を言ってるのかわからない。それにしても困ったな。どうやったら説得できるかな？　いい案が思い浮かばないから、とりあえずお願い作戦だ。

「いこうよいこうよいこうよ～。おねがい、みたらすぐにかえるから！」

僕は手を合わせてお願いポーズでクライスに頼み込んだ。だって、どうしても近くで見てみたいんだもの。すごい、なんてもんじゃない。なんたって、青じゃないんだから。七色だよ。七色の海！実は本屋の窓から見えていたこの景色が、気になって気になって仕方がなかったの。

「ちょっとだけ、だぞ」

クライスはため息を吐きつつも、やっと折れてくれた。

（ふふ、相当渋っていたけど、こんなに綺麗な海が近くに見えているんだし、クライスも本当は行きたかったんでしょ？）

砂浜には僕たち以外誰もいなくて、ただ静かな波の音だけが聞こえている。僕は一目散に海に駆け寄り、虹色の海水に手を浸《ひた》した。

「ほわぁ、ほんとにななないろだ！」

でも、あれ？　掬《すく》うと透明になっちゃうな。

「海が七色なのは当たり前だろ。何を言っているんだ？」

「ぼく、（この世界で）はじめてうみをみたから……」

（ここはやっぱり『虹の海』の世界なんだ）

僕は水平線を見ながらすうっと異世界の潮の香りを吸い込んだ。七色の水面《みなも》は太陽の光でキラキラと輝き、少し波立っているけど穏やかだ。

二人で手を繋いで真っ白の砂浜を歩く。

(星砂、久しぶりに見たな。優斗がどこかのお土産《みやげ》にくれたんだっけ。コルク栓のついた小さなガラス瓶の中に星砂が詰まっていて、僕はそれを眺めては美しい海を妄想していたんだったな)

ここの砂は見た目も可愛いし、さらさらしていて触り心地も抜群。持って帰って今日の思い出にしよう。これで砂時計を作ったら、きっと素敵に違いない。

ズボンのポケットの中に星砂をどんどん詰め込んでいく。「また服を汚しましたね」とメアリーに叱られるかもしれないけれど、袋がないから仕方がない。

できるだけ綺麗な砂を探しながら、そうだ、と僕は尋ねた。

「ひかりまほうでときをもどすことができるなら、かこにもどったりすることとかもできるの？」

時間を遡《さかのぼ》る魔法なんて存在したらすごいよね。人類の夢だもの。

クライスは少し考えてから、答える。

「それはさすがに無理だな。『時の魔法』は人間の手には余るものだから、今発見されている最大の魔法を使ったとしても、せいぜい物の時間を少しだけ戻せる程度だ」

つまり、あのお茶会で見せてくれた魔法は最大級の魔法だったんだね。今更ながらそんな魔法を簡単に使いこなすクライスに驚きを隠せない。

「そっか。そうだよね」

あれだって、すでに人間技じゃなかったもんね。

「なんだ？　キルナは過去に戻りたいのか？」

まだ子どものくせに、とクライスがおかしそうに笑う。

「そんなんじゃないんだけど……」と、僕は俯《うつむ》く。

違うよ。僕はね、もし時を戻すことができるなら、今この時に戻りたいの。数年後にそう思うってわかっているの。

僕の幸せは〝今〟にある。

でもクライスの幸せは〝未来〟にある。

だから勇気を出してお願いしてみる。できるだけクライスがその気になるように、上目遣いであざとく可愛くを心がけて。

「ねぇ、クライス。キス……してくれる？」

お願いだから僕に今をちょうだい。もしあの頃に戻れたらって、僕はこれから先ずっとこの日のことを思い出しながら生きていくから。

ちゃんとあなたの未来を応援するから……

クライスは優しく微笑み、僕の頬に手を添えると、そっと口づけをくれた。

大好きなシフォンケーキみたいに甘いキスだと思った。

「なぜ泣いている？」

「ないてないよ」

全然泣いてない。

泣いてないけど、もし泣いているとしたらそれは……

――この瞬間がとても素敵だと思ったからだよ。


幸せな時間はあっという間に過ぎ、もう帰ろうかという時だった。

声が……聞こえた。

「……よんでる。ぼく、いかなきゃ」

波の音に交じっていてはっきりとは聞こえないけど、誰かが僕を呼んでいる。

早く声の元に行かなくちゃと気が急《せ》いて、砂浜をつんのめるような姿勢で走った。もっと速く走りたい。なのに砂に足を取られて進みにくいのと引き止める腕が邪魔で、思ったように前に進むことができない。

「待て、どこへ行くんだ？」

振り返ると、クライスが本当にびっくりしたような顔で僕を見ていた。

(そうか。クライスにはこの声が聞こえないんだ)

きつく握っている手を一生懸命外そうとするけれど、びくともしない。

「なんではなしてくれないの？」

僕は泣き喚《わめ》きながら、その手を力一杯引っ掻いた。思い切り爪を立てて、何度も何度も。それでも彼は手を放さない。

「はなして！　はなしてよぉ」

「絶対に放さないと約束した」

確かにそうだけど、僕は行かないといけないのに！

（……あれ？　でも、どこへ行かないといけないのだっけ？）

気づけば僕とクライスは腰あたりまで海に浸《つ》かっていて、さっきまで僕を呼んでいた声はもう聞こえなくなっていた。護衛と思われる人たちが、大急ぎで僕たちの方へ集まってくるのが見える。

「あ、ぼく……あ、あ、なんてこと……」

ふと、僕の手の先……クライスの手を見ると、その甲には僕の爪痕《つめあと》がしっかりとついていた。血だって滲《にじ》んで……

「ち、ちがでてるよ。ちがたくさん……ふっふう、はぁ、はぁ、だめ……くるしっ」

「大丈夫だから、ゆっくり息をしろ」

クライスが僕の肩をそっと抱いて優しく背中を撫でてくれる。

「血が苦手なのはお前の執事に聞いている。こんなのかすり傷だ。光魔法ですぐに治せる」

よしよし、よしよし。背中を、頭を、撫でてくれる手が心地いい。

「だから大丈夫だ」

僕はこのクライスの「大丈夫」という言葉が好きなの。この言葉を聞くと、どうしてこんなに安心するんだろう。

SIDE　クライス

昨晩、フェルライト公爵から、キルナとの外出を認めるから来るように、との連絡があった。どうやらキルナが本屋に行きたいとせがんだらしい。二人で手を繋いでいくならば行ってもよい、という訳のわからない条件つきだが、キルナと一緒に出かけられるならなんでもいい。しかも手を繋げるとか、役得でしかない。

俺とキルナの初デートは超厳戒態勢の中行われた。それはそうだろう。一国の王子と公爵家の長男が二人で出かけるのだ。相応の護衛がつくのは当たり前だ。でも、それにしても多すぎる。俺が一人で出かける時より数倍多い。

キルナは気づいてないようだが、この本屋なんて今日は特別に貸し切られている。でなければ、日曜日の午前中に、超人気店の海が見える窓際の特等席が『どうぞ座ってください』とばかりに空《あ》いているはずがない。

「ほぇーすごいね。これがほんやなの？」

と、隣で目を輝かせているキルナには内緒だが、店員以外は全員市民に扮《ふん》した護衛たちだ。彼らの視線を浴びながら、俺は緊張しすぎて青ざめている店員に、コーヒーとハニーミルクティーを注文した。

二人の飲み物はきちんと毒見され、店長によって恭《うやうや》しく運ばれてきた。異常に高級なティーカップが使われているが、キルナは本に夢中でそれにも気づかない。

本当に花が好きなのだろう。ページを捲《めく》っては、あーだこーだとうれしそうにしゃべっている。ジーンの花が一番好きだというのは覚えておこう。俺の好きなルーナの花はどうやらお気に召さないらしい。

本を二冊購入して店を出ると、キルナが海へ行こうと言い出した。約束では本屋以外に立ち寄らないことになっている。迷ったが、どうしてもとせがむキルナに負けてしまった。

「ちょっとだけ、な」

海だ海だとはしゃぐ姿はとても可愛らしい。

砂浜の砂が星形なのに気づくと、せっせとポケットに詰め込んでいた。詰め込みながら、時の魔法についてやたらと熱心に聞いてくる。五歳のくせに過去に戻りたいというキルナがおかしくて、俺はつい笑ってしまった。

けれど、すぐにしまったと思った。切羽詰まったような表情を見て気づく。違う……彼にとってこの質問はもっと重大なことを意味している。でも、俺にはそれがなんなのかがわからない。

彼が今何を考えているのか知らなければならない。そうしなければ後悔する——そんな殊勝な考えも、次の一言で霧散した。

「ねぇ、クライス、キス……してくれる？」

一瞬耳を疑った。まさかキルナが自分からキスをねだるなんて！　しかも、上目遣いだと!?

俺はみっともなく震えていたかもしれない。大事すぎて、壊したくなくて、その小さな唇にできる限り優しくキスをした。温かく甘い唇に、心が溶けてしまいそうだ。

だが、キスをしながら彼の頬を伝う涙に気づく。

「なぜ泣いている？」

俺にはその涙の意味がわからない。わかってやりたい、なんでも話してほしいと思うのに、彼はただ、泣いてないのだと、そう言い張っていた。

遅くなるとまずい。そろそろ帰ろうかと思い始めた時、唐突にキルナが言った。

「……よんでる。ぼく、いかなきゃ」

「待て、どこへ行くんだ？」

嫌な予感がした。俺たちの周りに人はいないし、彼が向かおうとするその先には海しかない。なのにキルナは手を放せと暴れ、どうにかして俺の手から逃れようともがいている。

(なんだ？　何が起きているんだ？)

不可解な状況に困惑しながら、俺は今朝の公爵の言葉を思い出す。彼はなんと言っていた？

『いいですか、何があっても絶対に手を放してはなりません。手を放せば、もう二度とキルナは戻ってこないかもしれない。あの子を外に出すとはそういうことです……』

そういうことってどういうことなんだ、公爵！　もっときちんと説明してくれ、と思うが、今はそれどころじゃない。何がなんでもこの手を放すものかと握り続けた。彼の薄い爪に肉が引き裂かれ、血が滴《したた》ろうとも、どうだっていい。

（絶対にキルナを守ってみせる！）

俺は呪文を紡《つむ》ぎ、自分たちの周りにできる限り強力な結界を張った。

その後、なんとか落ち着いた彼が泣き疲れて眠ると、俺たちは護衛たちによってすぐに王宮の医務室へと運ばれた。

「殿下、お手の傷を処置いたします。どうかお放しください。彼もあちらのベッドで診察いたします」

ぎゅっとキルナを抱きかかえ、手もしっかりと握ったまま放せないでいた俺は、侍医に促されて、やっと腕と手の力を抜いた。

（無事に帰ってこられたんだ……）

手にはできたばかりの生々しい傷がくっきりと残っている。自分の魔法で簡単に治せるものだが、どうしても彼のことが気になり、わざわざ処置する気にならなかった。キルナの爪痕《つめあと》だと思うと、ずっとこのままにしておきたいくらいだ。でも治しておいた方がいいには違いなかった。彼は血が苦手だから。

「傷だらけではないですか。しかもかなり深い。これは彼が？」

侍医が眉を顰《ひそ》めるのを見て、しまったと思った。

「違う。キルナのせいではない」

彼が悪く思われては大変だ。やはり診《み》せる前に処置しておけばよかった。これ以上傷を見られるのを避けるため、左腕を引いて体の後ろに隠し、光魔法を使って完璧に治していく。

「おお、いつ見ても光魔法の回復術は素晴らしい！　しかしこれでは我々の仕事がなくなりますな」

診察が済むと、侍医のおべっかを無視して、キルナが寝かされているベッドの方へと駆け寄った。

「意識はありませんが、他にこれといって別状はありません。お眠りになっているだけです。心配はございません」

それを聞いて少し安心する。

「宰相にもお伝えいたしました。今日はこのままキルナ様を連れて屋敷に戻られるとのことです」

「そうか……公爵に謝罪したい。今どこにおられる？」

「謝る必要などありません」

ちょうどその時医務室に入ってきたのは、リーフ＝フェルライト公爵その人だった。俺は彼の前に出ていき、深く頭を下げた。

「申し訳ありませんでした。私の責任です。フェルライト公爵との約束を破って彼を海に連れていってしまいました」

「あなたが謝る必要はない。海に行きたいと言ったのはこの子だと聞いております」

「しかし、連れていったのは私です。私が……」

なおも謝ろうとする俺の言葉を公爵は制止し、静かな声で言った。

「もうよいのです。ただ、もう……キルナには会わないでいただきたい」

「そんな!!」

「わかったでしょう、あなたも。この子は普通とは違う運命を背負っている」

そう言った公爵の目は、怒りではなく、悲しみに満ちているようだった。

「普通とは違う運命？　それはどういうことですか？　海でキルナは誰かが呼んでいる、と言っていました。あれは一体なんだったのですか」

――よんでる、いかなきゃ。

キルナは確かにそう言った。あの誰もいないはずの海で。

――絶対に手を放してはならない。

公爵はそう言った。放すと二度とキルナは戻ってこないかもしれない、とも。

俺の知らない何かがあるのだ。

「それはあなたには関係のないことだ」

「あります。キルナは私の婚約者です」

「やはり、婚約は解消しましょう。私から陛下にそうお伝えします」

「そんな、待ってください!!」

俺の叫びも虚《むな》しく公爵はキルナを大切そうにその腕に抱えると、転移魔法の呪文を唱え、青白い光と共に姿を消した。

＊　＊　＊

「あれ、ここどこ？」

目が覚めると、僕は見慣れた自室のベッドの上にいた。

さぁ、あざとく可愛くがモットーの悪役令息キルナです。僕は丸二日眠ったまま起きなかったらしい。お医者様は熱を測って何日か分の薬を用意し、まだしばらく安静にしておくようにと注意してから退室していった。

あれから僕たちはどうなったのだろう。あの護衛たちに保護されて戻ってきたのかな？　状況を説明してほしいのに、ルゥったらおいおい泣いてばっかりで話もできない。全然役に立たないよ、この執事。

「キルナ様～よくぞご無事で。うぅ、キルナ様にもしものことがあったら……私はぁあああ」

「ってもう、あつくるしいよ。ちょっとはなれて！」

起きたばかりで喉が渇いていた。無意識に喉に手を当てると、どこにいたのかメアリーがすっと横から白湯《さゆ》を渡してくれる。一気に飲み干して喉が潤《うるお》うと、頭の中もようやくすっきりしてきた。

あれは一体なんだったのだろう。あんなに必死になって声のする方に行こうとしていたのに、どんな声だったのか、なんと言っていたのかはもう覚えていない。なんだか夢でも見ていたみたいな感覚だ。起きていたのに変なの、と思う。

「クライスはほんとうにだいじょうぶだったかしら」

僕が引っ掻いたせいでたくさん血が出ていた。たくさん迷惑をかけてしまった。

――今度会ったらいっぱい謝ろう。

そう決めたのだけれど、僕はそれが実現不可能なことを知った。

「約束の一つも守れないのか。お前には失望した。しばらくの間、謹慎を命じる。と、旦那様は仰《おお》せです。外出は当分諦めてくださいませ」

やっと大泣きするのをやめたルゥが辛そうに告げた。海が見たいと我儘《わがまま》を言い、約束を守らなかったのは僕だ。自業自得だ。

「そう、わかった」

僕はそう返事をすると、机の上に置かれている植物図鑑を手に取った。

別に平気。生まれてから僕の生活はずっとここだけだった。だてに五年間引きこもり生活をしていたわけじゃない。謹慎なんて全然苦じゃない。ただ今まで通りというだけ。

——失望した。

お腹がちくちくする。まだ疲れているのかもしれない。クライスと見た時はあんなにわくわくした図鑑も、頭の中が一つの言葉でいっぱいで、今は楽しく読めそうにない。

——お前には失望した。

図鑑を枕元に置き布団を頭まですっぽりと被ると、僕は体を小さく丸めて目を閉じた。

第四章　お母様とお茶会

（ん、まだ……）

最近お腹の奥がちくちくすることが増えている。そういう時は、この砂時計を眺める。そうすると少しだけ、痛みが和《やわ》らぐの。

「また、眺めていらっしゃるのですか？」

ルゥが、僕の机にそっと温かいミルクを置いてくれる。

「だって、綺麗なんだもの。いつまでだって見ていられるの」

「お体に触ります。そろそろお眠りにならないと」

ルゥが心配そうに僕の肩に温かいガウンをかけ、涙を拭いてください、とハンカチをくれた。

（あれ？　僕は泣いていたのかしら？）

「何か辛いことがおありですか？」

ルゥの問いかけに僕は首を横に振る。

「ううん。辛いことなんてないよ。むしろ幸せすぎてびっくりするくらい。だって、この砂時計を見るたびにあの日のことを思い出せるんだから」

そう言って頬杖をつきながら、また砂時計をひっくり返した。クライスとの思い出がこの中に詰まっている。

——だから大丈夫。そうだよね？

＊　＊　＊

結局あれから公爵家を一歩も出ることなく、クライスとも会うことなく、十三年の月日が流れた。

ということで、僕は十八歳になりました！　え？　魔法はいっぱい使えるようになったかって？

実はね、初級魔法を三つ使えるようになったの。これはすごい進歩でしょ。

ただ状況は、どちらかというと、いや、確実に悪くなっているかな。あの事件のこともあって、お父様は本格的に僕を見限ってしまったらしい。誰も訪れることのない別邸はどんどん予算が削られて質素になっているし、使用人は相変わらずルゥとセントラとベンスとメアリーの四人だけ。まあ、人数が少ない方が覚えやすくていいよね。

幸い、僕には前世の記憶があるから大抵のことは自分でできるし、特に問題なく暮らしている。

クライスには謝罪の手紙を送ったけれど、返事はない。たくさん迷惑をかけてしまったから、僕のことを嫌いになっちゃったのかもしれない。そうじゃなかったら、返事くらい書いてくれるよね？

初めのうちはちょっとだけ期待して待っていたけど、もう気にしていない。少しお腹はちくちくするものの、僕は上手にそれを無視している。

そしてこのモヤモヤする心を癒してくれる存在がここにいる。

「キル兄さま～！」

（ああ、天使！）

ユジンはピンクゴールドのふわふわ髪がよく似合う美少年に育っていた。こんなに可愛い子をいじめないといけないなんて、うぅ、それはやっぱり無理かも、と悩んでしまったのは仕方がないと思う。でもそれは先の話だし、まだ考えなくてもいいよね。

「あの大きいつぼみはもう開きましたか？」

「ふふ、まだだよ。でも膨らんできているから、もうすぐ咲きそうだね。ほら、白い花びらが少し見えてきてる」

前世から植物を育てることが好きだった。クライスが温室を贈ってくれたおかげで、せっかくゲームの世界にいるんだからここの植物を色々育ててみたい！　という願いが叶い、僕は自分だけの小さな世界を完成させた。

花が少ない公爵邸の中で唯一多種多様な花が見られるこの温室にユジンは興味を持ったらしく、こうしてひょっこり遊びに来るようになった。すぐに侍女たちに諭《さと》されて連れ戻されているけれど、全然懲《こ》りていないみたい。

「ここへ来てはいけないと、お母様に言われているでしょ？」

僕が尋ねると、ユジンは悪戯《いたずら》が見つかった時のような顔をして笑った。

「だって、お花が素敵だし、キル兄様に会いたかったから……」

そう言われると悪い気はしない。人のために作った温室ではないけれど、誰かに見てもらえるとうれしくって、ついついお勧めの花なんかを紹介してしまう。

「見て、この白い花はね、ジーンという名前でね。花言葉は『愛』なんだよ。ユジンの名前はこれからとったんだよ」

「愛……？」

うん、と僕は大きく頷いてみせた。

「じゃあお兄様、あのとってもきれいなお花の花言葉はなんですか？」

「ん～どれ？」

ユジンの指差す先を見る。温室の一番奥だ。ここからじゃ見えない。

(えっと、何を植えていたかしら？)

奥の列は確かコルトという薬草を植えていたはず。でもあれは花なんて咲かないよね……

首を傾げながら奥の花壇に近づき、それを見た瞬間に背筋が凍りつくのを感じた。

——どうして、この花が？

僕はユジンの手を引いて、温室の隅にある艶《あで》やかな花から彼を離した。

「その黒い花には触っちゃいけないよ。毒があるからね……」

植えた覚えはないのにそこに一本、毅然《きぜん》と存在しているのは〝ルーナ〟という花。『死』と『再生』を意味する不吉な花だ。

「ごめんね。その花のことは……よく知らないの」

つい答えをはぐらかしてしまったけれど、ユジンが気にする様子はない。

「黒いお花もつぼみが大きくなってるから、もうすぐ咲きますね」

そう言ってほにゃりと笑った。

今日もまた午前中の勉強タイムがきてしまった。僕は机の上に教科書と問題集を広げながら隣に座った家庭教師を盗み見る。

セントラ＝バース。侯爵家次男の彼は、アイテムで変化した後の僕とよく似たネイビーブルーの髪色をしている。真っ直ぐな髪質もよく似ている。だけど、断然違うのは顔（ちくしょう！）。

この甘いフェイスとセクシーな泣き黒子《ぼくろ》はどんな人間も虜《とりこ》にしてしまうという噂を、この前服を仕立てに来たお兄さんに聞いた。しかも彼は見た目だけでなく、頭のよさでも有名らしい。なぜなら彼は、新魔法を次々と開発している若き天才魔法学者なのだ！（なんでこんな人が僕の家庭教師なの？）。顔よし、頭よし、人当たりよし（こんな人間の横に並びたくない）。

しかし、僕にとってはモテモテの紳士でも天才魔法学者でもなく、鬼家庭教師だった。

「キルナ様。その呪文を詠唱する時は指をあと二十度曲げるようにと前にも言いましたが」

うぅ、細かいよ！

「魔法基礎学十七ページを開いてください。おや、ここは昨日宿題で出したところですが、白紙のようですね」

うぅ、キラーンって眼鏡の端が光った!?　やばい、怒ってるぅうう。

「だって昨日は、最近育て始めた食虫植物が虫を食べるところを観察していたの。朝から見ていたのになかなか食べなくて、気づいたらもう夜ご飯の時間になっていたの」

僕は一生懸命宿題ができなかった理由を説明するのだけど、あんまり効果はないみたい。

「罰として、今日は二倍宿題を出します」

「ええええ！　そんなぁ、今日は水草の研究のために池の中を捜索しないといけないんです～。僕忙しいんです～」

「いいですね？」

にっこり笑顔だけれど、その笑顔が偽物だってことを僕は知っている。これ以上何も言わせませんよ、という顔。こうなるともう「は、ィ」と、頷くしかなかった。

「時にキルナ様、最近お腹が痛くなる、というようなことはありませんか？」

急に真顔になったセントラがそう質問する。

お腹？　う～ん。たまにちくちく痛む時があるけれど、あんまり深く考えたことはなかった。

「前から時々痛むことがあって、最近……ちょっと痛むことが増えてる、けど、な、なんで？」

前世では生まれてからずっと病弱で毎日しんどい思いをしていて、苦いお薬も我慢して飲んでいた。今世は魔力量が雀《すずめ》の涙レベルだったり勉強が苦手だったりと、能力はイマイチなものの、体だけは健康だと信じていたのに……

「これって何か……悪い病気、なの？」

考えれば考えるほど泣けてくる。確かに体力のない体だと思っていた。子どものうちはまだ小さいからかと考えていたけれど、十八歳になった今でもこの体は細いまま、なかなか筋肉もつかず、あまり大きくならない。病気だから、かな？

セントラはお医者様ではないけれど、なんでも知っている。僕のお腹の痛みにも心当たりがあるのかも。

「その痛みは、あなたが辛い時や悲しい時に起こるのでは？」

うん、確かにそう。と僕が頷いたのに対し、彼は難しい顔をして言った。

「それは病気ではありません。かといってよいものでもない。それはあなたの魔力が行き場を求めて暴れているサインです。闇属性のあなたの魔力は負の感情に左右されやすい。ですから、そういった感情を持つ時に、痛みとなって表れるのです」

「え、でも僕、もともと魔力はほとんどないって。暴れるほどの魔力は持っていないと思うのだけど……」

貴族の子どもが生まれると、必ず神殿から神官が派遣されてきて魔力量や属性の検査を受ける。僕も例に漏《も》れず生まれた時に検査されている。

「あなたの魔力は今のところ少ししか外に出ていません。だから普通に鑑定しても、魔力はほぼゼロに見える。しかし実のところ、あなたはかなりの魔力を秘めています」

「えぇ、そうなの!?」

し、新事実！

「闇属性は極めて稀《まれ》で特殊な属性です。そのため知られていないことも多いのです。その魔力量が普通の鑑定魔法では測定できないということも、あまり知られていません」

だから僕を検査した神官にはわからなかったのか。じゃあ仕方がないね、と思う反面、ちょっと許せないとも思う。だって、闇属性なことに加えて魔力もほぼなしと判定されたせいで、僕は両親から毛嫌いされることになったのだから。

「人によって魔力が一番集まるところというのは異なります。手の人もいれば、胸の人もいる。あなたの魔力はお腹に溜まりやすい」

ここです、と彼は僕のお腹をトンと指差す。そしてそのままつぅーっとお臍《へそ》のまわりに円を描くように指を動かしていく。

「んぁ、やめて、くすぐったぃ！　もうわかったから！」

この人、触り方がいちいちエロいよ。

「本来なら魔力は使えば発散され、また新しく生成され循環します。しかし、あなたは闇属性のその魔力を使う術《すべ》を持たない。だから凝《こご》ってしまう」

うまく出せないから溜まっちゃう……うーん、それってつまり便秘みたいな感じかな。

「魔法なら水魔法を使っているじゃない。それじゃだめなの？」

「魔力というのは属性ごとに異なっていますから、闇の魔力は闇魔法を使うことでしか放出できないのです。ちなみに水の魔力をあなたはほんのわずかしか持っていません。その神官が測定したのはそれでしょう」

くっ、説明が難しくなってきた。僕は水の魔力をちょびっとと、闇の魔力をお腹いっぱい持っているってことだよね。で、闇の魔力は闇魔法でしか使えない、と。

「えと、それなら、どうやったら闇属性の魔法って使えるようになるの？」

「それは……」

え？　黙るの⁉　そこ超重要ポイントだよね。頼むから教えてよおおお！

僕の切実な願いが通じたのか、「そうですね。そろそろお話ししましょう。旦那様に口止めされておりますが、もうあまり時間がありませんし」そう前置きしてセントラは話を続けた。

「闇属性の魔法を使うには、妖精との契約が必要です」

（ん？　妖精との契約？　というか待って。妖精って本当にいるの？）

「旦那様はそれを避けていましたが、そろそろあなたの体は限界のようだ。魔力を発散できなければ、いずれは暴発してしまいます」

「暴発って……僕、大丈夫なの？」

「このまま放っておくと、まぁ、死にます」

「ふぇ？　死⁉　それって、い、今すぐ？」

ふむ、と少し考えてセントラは告げる。

「そうですね、余命五、いや六年というところでしょうか」

六年！　絶妙なところついてきたね。今から六年後ということは、このままいくと僕が断罪される日あたりが寿命ってことになる。

なんだ、それならちょうどいいじゃない。僕はちょっと安心して息を吐いた。ほっとした顔の僕を見て、セントラは訝《いぶか》しげな表情をしている。

「六年というのはあくまで目算に過ぎません。あなたの体調、環境、感情などでその数字はいくらでも変化します。それは明日かもしれないし、今日かもしれない。まぁ、あなたに限らず人間の寿命なんて皆そうですが」

ただ、とセントラは付け加える。

「もしもルーナの花を見かけたら、急いだ方がいいかもしれません。それはあなたへの警告であり、契約の準備が整った合図でもある」

――ルーナの花を見かけたら……

「妖精にはどこへ行けば会えるの？」

「それはあなたにしかわかりません。いずれにせよ、妖精と契約するにはこのガチガチに結界の張られた公爵邸を出なければなりません。今日にでも旦那様に進言してみましょう」

SIDE　リーフ

「クライスとの婚約をなかったことに、だと？　もちろん却下だ」

私の願いは王により簡単に棄却されてしまった。その後も十三年の間に何度となく説得を試みたが王は首肯《しゅこう》せず、ついに私は焦燥に押し潰されそうな心の裡《うち》を明かした。

「私は不安なのです。このままではキルナもあの人のように……」

キルナが海に行きアレの声を聞いた、と報告があった時には心臓が止まるかと思った。

「……お前はまだ乗り越えられないのか。お前の姉、カーナ＝フェルライトの死は、防ぎようのないものだった。誰のせいでもない。何よりもう何年も前の話だ」

王の言う通り、確かにあれはもう何年も前のことだ。だが今でも目を閉じれば瞼の裏にあの日のことがまざまざと蘇《よみがえ》ってくる。強烈な喪失感と悲しみと共に……

カーナは私の双子の姉だった。

少し先に生まれただけにもかかわらずやたらと姉御肌のカーナに、私は振り回されつつも、その行動力に憧れを抱いていた。

カーナには生まれた時からずっと〝妖精〟というものが見えていて、私はそれを羨ましく思っていた。しかし妖精に好かれるためには闇属性でなくてはならなかった。そして妖精を視るための金の瞳が必要だった。

残念ながら、私は土と風の属性しか持っていない。もちろん闇属性が一般的に忌まれるということは知っているが、カーナはそんなことを気にする人ではなかった。

「妖精がいるから友達が少なくたって平気。私、黒髪に生まれてきて幸せなの」と言い、いつも隣にいる彼らとおしゃべりし、私に彼らの言葉を通訳してくれていた。

「え、なになに？　え、そうなの？　……ね、あっちに綺麗なお花畑があるんだって。見に行きましょうよ」

「でも、もう帰る時間だよ。お外、暗くなってきたよ」

「いいじゃない。ちょっとだけよ」

カーナについていくと、本当に湖のほとり一面に花が咲き乱れていた。

「この花は……えっと、なになに？　ヒカリビソウ？　っていうんだって」

「このお花、すごいよ、光ってる！」

私たちは光る花を両親へのお土産《みやげ》にしようと、時間も忘れ、夢中で花摘みをしていた。

「ね、あっちから声が聞こえるわ。……えーっと、なになに？　……はっきり聞こえないわ。でも……呼んでる。私、行かなきゃ」

「え、姉様？」

カーナはさっきまで私といた場所から立ち上がると、湖の方へと駆けていった。

「あ、待ってよ」

姉との距離はどんどん離れていく。自分の方が足は速いはずなのに、なぜか追いつけない。どこへ行ったのだろう？

「姉様、どこー？」

湖へ辿り着くと、表面が波立っている。まさか、ここに入っていった？

それほど大きな湖ではないが、子どもにとっては十分に広い。しかももう日は落ち辺りは真っ暗で、月とヒカリビソウのわずかな光しか頼りにならない。思い切って水の中に入ってみたけれど、すぐに腰の辺りまで水に浸《つ》かってしまい、これ以上前には進めそうになかった。

「姉様、戻ってきてよ！」

私は力一杯叫んだ。服がびしょびしょになるのも構わず水を掻き分けて姉の姿を捜した。

「誰か、助けて。姉様がいなくなっちゃった！」

えっくえっくとしゃくり上げながら捜し続けるが、見つからない。

「リーフ様、こんなところにいらしたのですか⁉」

「こっちだ！　リーフ様がいたぞ」

姉弟を捜していた護衛や使用人たちが集まってくる。花を摘んでいた時に姉が妖精の声を聞いてどこかに行ってしまった。湖の方へ走って行ったが見つからないし、返事もない……そう護衛たちにことのあらましを伝えた。

その後、湖の隅々まで大捜索が行われたが、深夜になってもカーナは見つからず、捜索の続きは翌日に持ち越しになった。

『ねぇ見て、黒いお花。妖精のお花よ』

『妖精のお花？』

『これが咲いたら妖精と契約ができて魔法がたくさん使えるのだって。素敵よね。妖精が教えてくれたのよ』

『これはなんという花なの？』

『えーっと、なんだったたっけな。……えっと、なになに？　……ああ、そうだった』

——この花はルーナというのよ。

カーナが消えたその夜、私はどうしても眠れず、公爵邸の裏に蕾《つぼみ》をつけていたあの花を見に行った。

満月の夜だった。

そこには漆黒《しっこく》の花が光を放ちながら咲き誇っていた。その花は月の光を受けて一際《ひときわ》強く輝いたかと思うと、跡形もなく姿を消した。

翌日も一日がかりの捜索が続けられたが姉は見つからず、そのまま二度と帰ってはこなかった。

「あの子は妖精が連れていってしまったんだ、もう忘れなさい」

大人たちは泣き喚《わめ》く私にそう言った。カーナのことはもう忘れよう。そう思って生きてきたというのに、生まれてきた我が子は、姉と同じ黒い髪をしていた。

妖精は花が好きだと、よくカーナが言っていた。だから公爵邸には花を植えなかった。けれどキルナは花を好み、クライス殿下は温室を贈りたいと言った。

妖精や妻の目から隠すためとはいえ、キルナから何もかも取り上げている自覚はあった。優しい言葉もかけてやれない。せめて温室くらいは、と作ることを許したが……

温室でルーナの花を見たとキルナの執事、ルーファスから連絡があったのは、それから十三年後のことだった。

「セントラ＝バースの報告によると、彼の体はそろそろ限界のようだ。一刻も早く妖精との契約が必要だ。闇属性の者は妖精との契約なしに闇魔法を使うことはできない。いたずらに魔力を溜め込めば命に関わる。もう猶予《ゆうよ》はない。わかっているな。手を放す時が来たのだ」

王に促され、私はゆっくりと頷いた。おそらくもう自分にできることはないのだ。

彼を見て姉を思い出すのが辛くて逃げ、奪われることが怖くて閉じ込めた。

自分は彼にとって酷い父親でしかなかった。

――すまない、キルナ。

＊＊＊

余命六年、と少しばかり人より寿命短めの僕だけど、セントラに叱られながら魔法やマナーの勉強をしたり、温室の植物を育てたり、たまに顔を出すユジンと遊んだりしながら、なんだかんだ楽しく過ごしていた。

そんなある日、事件は起きた。本邸にいるお母様から、なんとお茶会の誘いが来たのだ。

おかげでうちの少数精鋭の使用人たちが朝から慌ただしく働いている。衣装やら髪型やらとにかく準備で大忙し。そんな中、僕はというと、いつも以上にゴテゴテと飾りつけられるのが不満で仕方がなく、ムスッとした顔で衣装部屋の鏡の前に立っていた。

「嫌だ、こんなの着たくないよ！　家族でお茶を飲むだけでしょ。なんでこんなにフリフリした服を着なきゃいけないの⁉」

「なりません。我々がこの日をどんなに心待ちにしていたことか。きちんとオシャレして立派な晴れ姿を奥様に見ていただきましょうね」

ルゥが僕の前髪を一ミリ単位でセットしながらうれしそうに言う。

こんなの風が吹けば一緒だよって内心思っていたけど黙ることにした。もう散々言い合いをした後で、いいかげん今のルゥには何を言っても無駄だってことがわかってきたから。あーあ、始まる前から疲れちゃったよ。そうだ、お茶会にシフォンケーキは出るかしら。

そうやってあれこれ騒いでいるうちはよかったのだけど、支度が終わりいざ外に出てみると、途端に胸がドキドキしてきた。心臓がぎゅうって縮んで死んでしまいそうな気分。これからお母様とお話しするなんて……そんなことがありえるなんて、今まで考えたこともなかった。

お母様について僕はほとんど何も知らない。ちらっと窓から見えたり、遠くからお見かけしたりしたことはあるけれど、きちんと顔を合わせたことはない。

僕を忌《い》み嫌っているという話は、以前勤めていた使用人たちに聞いた。お母様は代々高い魔力を持つ侯爵家の血筋だという。まさか自分が闇属性の魔力なしの落ち零《こぼ》れを産むことになるなんて思ってもみなかったのだろう。

本当なら子ども好きで優しい人なのだと思う。その証拠に、ユジンが生まれてからというもの、お母様はいつもユジンの近くにいらっしゃる。

(僕が愛されないのは、誰のせいでもなく僕のせいなの。大丈夫、ちゃんとわかってる)

お茶会はフェルライト家自慢の豪勢な噴水が見える庭で行われた。花がないのは少し寂しいけれど、石や緑は規則正しく配置され、美しく整えられた景色が広がっている。そこにテーブルセットが用意され、菫《すみれ》色のドレスを着たお母様がいた。長い純白の髪がそのドレスによく合っている。

「あなたも十八歳になったのね。早いものだわ。十日後には王立魔法学園に入学ね、おめでとう」

え、学園⁉　なんてこと！　むしろ『虹の海』のゲームではそこがメインの舞台なのに、色々なことがありすぎてもうすっかり忘れていた。

目の前に座っているお母様は、まるでユジンとお話しする時みたいに、僕に向かって笑いかけてくれる。

「……ありがとうございます」

僕は緊張してありきたりの返事しかできない自分を呪った。せめてもっと綺麗な声が出せたらいいのに、強張った喉からは掠《かす》れた小さな声しか出ない。

「さぁ、そこにお座りなさい。あなたの好きなプライマーの紅茶を用意したわ」

「僕の好きな紅茶を知っていらっしゃるのですか？　お母様」

興奮してうっかり質問してしまった。あ、しまった。嫌味に聞こえちゃったかな？

「もちろんよ。あなたのことはなんでも知っているわ」

微笑みながらゆっくりとティーカップを傾ける姿は、憧れていた母の姿そのもので。僕はうれしくなって、出されたお茶をこくこくと飲んだ。

（あ、そういえば……）

飲んでいる間に思い出した。お茶会では僕の給仕はルゥがするから、絶対他の人が用意したものに口をつけちゃだめだって言ってたな。でも、いいよね。もう飲んじゃったし、せっかくお母様が用意してくれたんだもの。

（んんっ？　おいしいけどちょっと渋いお味）

やっぱりルゥが淹《い》れたお茶が一番なんだよね〜、と思いながらもにやけてしまう。なんたってこれはお母様が僕のために用意してくれた紅茶だ。生まれて初めて僕だけのために……

こくこくこく。もちろん余すことなく全部いただく。

「どうかしら？」

「はい、とってもおいしい、です……」

言った瞬間に、喉に焼けつくような痛みを感じる。

あれぇ？　おかしいな、喉と胸が……熱くて痛い。ゴポリッと一つ音がして、口から真っ赤な血が溢《あふ》れた。カップはテーブルの端まで転がり、僕の体は硬い地面の上に崩れ落ちた。使用人たちの悲鳴が遠くに聞こえる。

そんな予感がしたんだよね、と僕の中の七海が言う。そうだね、と僕は答える。

自分のことを嫌いな人が用意した飲食物に毒が盛られているってのはテンプレだよね。なんとなく気づいてはいたんだけど、ここに来ずにはいられなかった。キルナとしての僕は、お母様とのお茶会を望まずにはいられなかったから。

でもね、お母様。たった二人でお茶会をして、毒を盛っちゃったら犯人が丸わかりだよ。もっといい方法があったでしょ？　僕を冷たく見つめるお母様に無言で問いかける。

「あなたはいらないの」

彼女はただそう言った。

『七海なんていなければ』

そう優斗が言ったように。

＊＊＊

寒くて冷たくて、頭が割れそうに痛い。暗い暗い闇が迫ってくる。ベッドの中、常に病と闘っているかつての僕がいる。あまりの頭の痛さに目が覚めた僕は、薬を飲もうと自分の部屋を出て、そのままトコトコ廊下を歩き出す。廊下の先にはリビングへと繋がる扉がある。

その扉の向こうから、優斗の話し声が聞こえる――

(そうだ、今日はバスケの試合だったんだ。結果はどうだったのかな？　優斗は強いからきっと勝っただろうな)

聞いてみようと思い、扉のノブに手をかけた。しかし、突然聞こえてきた大きな声にその手が止まる。

「なんで試合観に来てくれなかったんだよ‼」

「すまない。七海が熱を出してしまったからな。次は必ず観に行くから」

「ごめんね、優斗」

「いつもそうじゃん。七海七海って！　今日こそ来てくれるって言ってたのに」

普段は穏やかな優斗がお父さんとお母さんに不満をぶつけている。

小学生の頃からやっていたバスケでその才能を認められ、まだ中学一年生なのにレギュラーを勝ち取った優斗は、ユーモアセンスも抜群で友達も多く、おまけに頭もいい。女の子にもモテるみたいだ。これだけハイスペックなんだから、そりゃそうだよね。

毎日部活をしながら、さらに火・水・金曜日は塾で日曜日は試合、と超多忙。それでも毎日僕の元を訪れ、話し相手になってくれた。変な友達の話とか、鬼教師の話とか、ハマっているゲームの話とか。

それに対して一日中ベッドで過ごす僕には面白い話題なんて一つもない。聞いて頷くばっかりで、何も気の利いた返事なんてできなかった。だから僕はものすごく楽しかったけれど、優斗はどうかな？　つまんなかったかもしれない。

熱が高い日にはコンビニに行ってスポーツドリンクやアイスを買ってきてくれた。入院中には漫画や小説、ゲームなんかを差し入れしてくれた。ほんと、いい弟すぎる……

だから、それを聞くまで彼の本当の気持ちがわからなかった。そう、僕はそれをたまたま聞いてしまったんだ。

「いつもいつも七海のことばっか。俺のことはどうだっていいのかよ？　七海なんていなければよかったのに‼」

そう叫んだ優斗の声は耐えきれない辛さを孕《はら》んだもので、僕が今まで彼から奪ってきたものの大きさを物語っていた。

そうだ、僕のせいだ。今までお父さんお母さんの時間を奪って、独り占めしてごめんね。

――全部優斗に返すよ。

僕はその日から薬を飲むのをやめた。処方された薬は夜中にそうっとトイレに流してしまった。

ガリガリに痩せ細った体は、もうどうせ長くはないってわかっていたのに。

もっと早くこうすればよかった。僕はそれだけを後悔していた。


あの言葉を聞いて一週間が経った頃、優斗はいつも通り優しい弟で、今日も学校から帰ってきて、そのまま僕のところに来てくれた。

「ねえ七海、このキャラ格好よくない？　超好みなんだけど」

中学校の重たい鞄をボスンと床に落として、僕のベッドに座ると、何やらゲームのパッケージを見せてくる（おお、パッケージに載ってる攻略対象者たち、こないだお茶会で見たよ！）。

「うーん。まあイケメンだけどさ。わかるけどさ。こうなるのはちょっと難しいかもなぁ」と僕は答える（優斗が指差しているのはクライスだね。ううん。やっぱリアルの方がかっこいいと思う）。

「ちっがーう。そういう観点で見るんじゃないのー。これはBLゲーだから、イケメンたちに愛を囁《ささや》かれて、癒されるのが目的なんだよ。七海にはわかんないかなぁ、このよさが！　特にクライス王子と主人公のユジンの絡みは最高でね……」

BLゲーの世界観には、正直今もまだついていけてはいないけれど（あ、でもクライスと男同士でキスしちゃったな）、一生懸命しゃべる優斗はやっぱり可愛い（もちろん変な意味でじゃなく、弟として）。

僕は中学三年生だけど、そうは見えないくらい小さく、手足も細い。先天性の病を抱えていて、薬の副作用のせいでたくさん食べると吐いてしまうのだ。その上、最近薬を飲んでいないから余計に体調が悪くなっている。

「本当に面白いんだよ、これ。七海もやってみてよ」

僕はそのゲームを受け取る。淡い虹色の泡のような背景の中に、制服を着たクライスとユジンが、手を繋いで幸せそうに笑い合う姿が描かれている。

「この虹の海ってタイトルが好きなんだ。だって、七色の海って、七海のことだろ？」

そう言って笑う優斗を見て、僕も笑った。

ねぇ優斗、虹の海、僕は本当に見たよ。青い海じゃないんだよ。七色でね、お日様の光を受けてキラキラ光っているんだよ。

ごほごほと咳が出始め、口から赤い血が出てきた。

「な、七海っ!?」

あ、これはまずい……そろそろ死んじゃうな。吐血して、死。前世も今世も同じような死に方をするんだなぁと、冷静に分析する僕。

(っていうか、あれ？　そういえば、僕はさっき毒を飲んで死んだはずだよね)

そうか、これっていわゆる走馬灯ってやつかな。死ぬ前に色々思い出すっていうあれ。

この後、七海《ぼく》は死ぬわけだけど、キルナになったせいかこの辺からの記憶は曖昧《あいまい》だ。まぁ、この感じだとすぐに死んで終わりなんだろうけど、ん？　まだ……続きがあるみたい？　薄れゆく意識の中、握られた手にポタポタと何かが落ちるのを感じ、閉じそうになる瞼を必死に開ける、と。

「――――！」

（泣いているの？　どうして？　優斗は僕のことが嫌いなんじゃないの？）

泣きながら僕に何かを叫んでいるけれど、聞こえない。もう耳も馬鹿になっているのかも。

血を吐いてゴホゴホとむせている間、彼は背中を叩いて吐き出すのを手伝ってくれている。僕の口の中に何か詰まっているものはないか確認して、顔を横に向けて寝かせ、ふわふわの毛布で保温してくれた（さすが優斗。吐血の際の応急処置も完璧だ）。

その後も、携帯で救急車を呼んだり、お父さんお母さんに電話したりと忙しそう。でも、そうしながらも僕の手をギュッと握って放さない。一通り電話をかけ終えると、優斗は僕のガリガリの体を壊れものを扱うように、そうっと抱きしめた。

「――――――――！！！」

耳元でまた何か一生懸命話してくれているけれど、残念ながら僕にはもう聞こえない。体を包み込む両腕から、優斗の震えと温もりが伝わってくる。

ごめんね。ありがとう。大好きだったよ。

――僕は大丈夫だから、もう泣かないで。

＊　＊　＊

さっきまで前世の自分の家にいたというのに、いつの間にか僕はどこか遠くに来てしまったみたい。もちろん公爵邸をほとんど出たことのない僕にはここがどこだかわからない。おまけに真っ暗で、前も後ろも何も見えない。

あれ？　でもあそこに何かあるような……見えはしないし、何かはわからないけれど、とても大切なもののような気がする。

「うぅーん！」

そこに向かってできる限り手を伸ばす。でもだめ。届きそうで届かない。僕は疲れて地面に座り込んだ。ここにルゥがいてくれたら取ってもらえたのに。メアリーかベンスかセントラがいたら。もしもここにクライスがいたら……

そう思うと同時に、お尻の下がさっきより柔らかくなっていることに気づく。なぜか硬い地面だったものが細かい砂になっていた。手に取ってその感触を確かめる。サラサラとして指の間を零《こぼ》れ落ちていくこの感触……あ、これは、星の砂だ。それがわかると、胸の中にあった不安や寂しさはすうっと消えていた。

ここは、僕が幸せだった場所。僕は今、あの砂浜に来ているんだ。

視線を前に向けると、闇の中でキラキラと水面《みなも》が七色に光っている。暗闇のはずなのに世界が輝いて見える。

何度もひっくり返した砂時計。

何度も思い出した場所。

——ああ、そうだ。僕はずっとずっとここに来たかったの。

時間も忘れ、波の音を聴きながら、ただぼんやりと佇《たたず》んでいると、「こっちだよ〜」と無邪気な声が聞こえてきた。この声は聞いたことがある。あの時の声だ。

(呼んでる。今度こそ行かなきゃ)

水面《みなも》だけが輝く真っ暗な世界は、強い潮の匂いがする。ちょっと足が冷たい。多分ザァーっと押し寄せてきた波が僕の足を覆《おお》ったせいだ。引いていく波を追いかけるように、僕はどんどんどんどん海に入っていく。

でもこんなに深いところまできて大丈夫かしら。何しろ僕は泳げない。

(水属性なら泳げるだなんて、偏見もいいところだよね)

「しんぱいないよ～。こっちだよ～」

声につられて顔を上げると、さっきは届きそうで届かなかったものが、今度は手の届くところにあった。

――ルーナの花だ。

温室でいつも見ているけれど、なんだか今日は様子が違う。

(ルーナの花が光ってる⁉)

花の光は柱みたいに空まで繋がっている。その先は……

(あ、月……満月？　砂浜に座っている時は、月なんてなくて本当に真っ暗だったのに。変なの)

月の光を受けて開いた花弁はきらりきらりと楽しげに踊っているみたいに見えた。

この花は、今は海の中からにょきりと生えているけれど、温室にあったものと全く同じものだということが僕にはわかる。手を伸ばして花を掴もうとするものの、なぜか掴めない。僕はそこで重大なことに気がついた。

（あれ？　僕、手がない）

「くすくす、なにしてるの～？　うっかりさんだね～、きみは。わすれてきちゃったの～？」

頭の上から声が聞こえ、見上げると一人の少女、いや妖精がいた。

お伽話《とぎばなし》に出てくるそのまんまの姿！　可愛い！

透明な四枚の羽根をパタパタと動かしながら、自由に飛び回っている。金色の丸くて大きな目。クルクルとしたピンクの巻毛はツインテールに結ばれている。僕は彼女に指を差された自分を見て驚いた。

（嘘、体が……ない）

あ、しまった、と思った。僕の体はまだ公爵家の庭の硬い土の上だ。どうやら手足があると感じていたのは気のせいだったみたい。

「体……なくてもいぃ？」

僕はおずおずと愛らしい妖精に尋ねる。

「うーん、まりょくがないと、けいやくはできないからな～。おなかのなかに、まりょくもいれたまんまでしょお～？」

妖精は困っている。妖精を困らせるなんて僕くらいだろう。大体悪役令息とファンシーな妖精という組み合わせがもうよくわからない。

「きみにはまだひつようなはずだし～、とりあえずちとにくとほねからできた、まりょくいれ、もとい、ほかほかのにくたいをとりにもどった方がいいよ〜。けいやくは、それからだね〜」

見た目に反してえらく賢そうな妖精に諭《さと》され、僕はその通りにしなくっちゃと思う。だけど、しばらく考えて、それは無理なの、と首を横に振った。

「だって毒を飲んでしまったの。喉も胸も焼けるように熱かったし、息もほとんどできなくなってた。僕の体はもう役に立たないよ」

お茶会での出来事を思い出す。断罪を待たずしてお母様に殺されるなんて、ほんと絶望しかないよね。悪役令息キルナ＝フェルライトとして、完全に役立たずだったとしか言いようがない。だってまだ、ゲームのオープニングすら始まっていないのだから。ルゥの言いつけを守らずにうっかり毒入りの紅茶をがぶ飲みしちゃったせいで、何もかも中途半端《はんぱ》になってしまった。

クライスとユジンはうまくいくかな？　クライスはムカつくけどかっこいいし、ユジンはとってもいい子だから大丈夫な気はするんだけど、悪役なしで恋愛が成立するのかが心配なところ。

悪役令息として、学園で出会い次第に惹《ひ》かれていく二人をとことん邪魔するはずだったのに。ユジンの靴を隠したり、教科書を破いたり、階段から突き落としたりする（のは危ないからやめておこう）とか……まぁ色々嫌がらせをして卒業パーティーで断罪されて、婚約破棄されるはずだったのに、その前に死んじゃうなんて僕のバカ。

今世こそ弟の役に立っていいお兄ちゃんになる、という夢は脆《もろ》くも崩れ去ってしまった。

そしてこんな時でも目の前にいる妖精はコロコロと笑っている。僕は今、悲しい話をしているのにとっても薄情！

じとりと恨めしい目で見る僕を、妖精はかけらも気にすることなく無邪気な笑顔のまま言った。

「あっちは、だいじょうぶだとおもうよ〜。きみのことをたいせつにおもうひとたちがなんとかしてくれてるはずだよ〜」

僕のことを大切に思う人？

『そんな人いないよ』って前の僕なら答えてた。でも今は少し考える。そんな人がいるかな、いたらいいなって、今ならちょっと思えるの。

「こっちこっち〜」

さっきとは別の妖精がコロコロと笑う。あれ？　他にも妖精がいたの？　一人、二人、三人……といつの間にか集まってきている妖精たち。彼らはみんな楽しげで、鈴を転がすような綺麗な笑い方をしながら、僕の周りを飛び回っている。

「もどりみちをおしえてあげる〜。ついてきて〜」

ここには月明かりしかないけれど、彼らは七色に発光しているから見失うことはなさそうだ。

SIDE　ユジン

キル兄様を最初に見たのは僕が四歳になってすぐのことだった。

お母様は「あちらの建物に行ってはダメよ。お化けが出るからね」と言っていた。だけど当時の僕は近づいてはだめと聞くと余計に行きたくなるお年頃。蝶々を追いかけるふりをして、うまいこと建物に入っていった。

ひどくがらんとしている。もしかして誰も住んでいないのだろうか。階段を上ると歌が聞こえてくる。澄んだ声と聞いたことのないメロディーに引きつけられ、その声のする部屋へと向かった。部屋のドアは風通しを考えてか、少し開いている。

隙間からそっと中を覗くと、木製の勉強机が見えた。机の上に何かあるな、なんだろう？

繊細な細工が施されたガラスの中をサラサラと星の砂が流れている。

——砂時計だ。

砂が全て流れ落ちると、またくるりとひっくり返された。白くて華奢《きゃしゃ》な美しい指でそれをひっくり返すのは……

「誰？」

突然声をかけられてびくりと震える。

(しまった。見つかってしまった。逃げなければ！)

僕が緊張して固まっていると、もう彼は近くに来ていた。

「あら？　君は、もしかしてユジン？」

しゃがんで僕の目線に合わせ、優しく微笑みかけてくるその人はとてもきれいで……僕はもう、お化けでもいいや、とその場に止《とど》まって、彼の問いに頷いた。

「う～ん、迷子になっちゃった？　侍女たちはどうしたの？」

眉を曇《くも》らせ心配そうに尋ねてくる彼に、ここに来るために用意していた言い訳をする。

「えっと、ちょ、ちょうちょうをおいかけてたらまよっちゃった」

「そう、心細かったね。ちょっと待ってて、ルゥを呼んでくるから」

そう言って彼はすっと立ち上がった。ああ、行ってしまう、と思った僕は急いでその袖《そで》を掴んだ。

「あの、あなたはおばけなの？」

僕は焦るあまり、変なことを聞いてしまった。本当は名前を聞きたかったのに。

「おばけ、か。お母様がそう仰《おっしゃ》った？　僕はね、キルナというの」

「きるな……」

「そう。君のお兄ちゃんだよ」

「ぼくの、おにいたま……」

あ、噛んじゃった。

「か、可愛い！　ユジンが僕のことをおにいたまって呼んでくれた！」

僕が噛んじゃったのはたまたまだったけど、お兄様は喜んでくれたみたい。さっき少し暗い顔をさせてしまったから、これはこれで結果オーライだ。

「あの、きるにいたまってよんれもいいれしゅか？」

「もちろん！　ふわぁ〜小さい子のしゃべり方って、なんて可愛いのだろ！」

うれしそうな顔を見て僕は決めた。よし、本当はきちんとおしゃべりできるけど、この人の前ではつたない言葉路線でいこう。

「何を、していらっしゃるのですか？　キルナ様」

「あっルゥ、ユジンだよ。迷子になっちゃったんだって。本邸まで案内してあげて」

銀髪のお兄さんもかっこいいけれど、僕はキル兄様の袖を掴んだまま言う。

「き、きるにいたまといっちょがいい」

「ごめんね。僕はあそこへは行けないの」

お兄様は寂しそうに笑った。

「そうだ。ユジンにいいものをあげよう」

そう言って手渡されたのは、ピカピカ光る飴だった。花の形をしたその飴は驚くほど精巧にできていて、まるで夢の国の花のよう。これは僕の宝物にしよう。

「もう迷子になってはいけませんよ」

ルゥと呼ばれた銀髪の男の人が道案内をしてくれ、元いた建物に戻してくれた。

「あの、またいってもいい？」

どうしてもまたお兄様に会いたい、明日も明後日《あさって》も会ってお話ししたいと思って聞いてみた。

でも、少しの沈黙の後、彼は言った。

「おそらく奥様、あなたのお母様はそれをお許しになりません」

そんな……もう会えないなんて絶対に嫌だ。僕が泣きそうになっていると、優しい声で彼はヒントをくれた。

「キルナ様は花がお好きで、よく温室にいらっしゃいます。そこでなら、もしかすると会えるかもしれません」

僕はもらった飴を握りしめ、幸せな気分で自分の部屋へと帰っていった。

「ユジン様っ、大丈夫でございますか？　ああ！　足に擦り傷ができてしまいましたね。少々お待ちください。今すぐ医者を呼んで参りますので！」

僕の膝からうっすらと血が滲《にじ》んでいるのを見て、慌てふためく侍女たち。

「いいよ。よばなくてもだいじょうぶ」

ちょっと転んだだけなのに大げさだよ、と思いながら、僕は膝に手を当てて呪文を唱えた。

「まぁ、さすがはユジン様。もう回復魔法が使えるのですね」

すごいすごいと褒めそやす彼女たちに、僕はにこりと愛想笑いを浮かべる。

生まれた時から勉強も運動もなんでもそつなくこなせた。まだ五歳だけれど、魔法だってもう中級魔法をいくつか使えるようになった。そんな僕のことを両親、特にお母様は溺愛しているらしく、四六時中くっついて離れない。部屋のチェストやクローゼットは、頼んでもいないのに彼女が与えてくれるおもちゃや、やたらと宝石のついた派手な衣装で溢《あふ》れている。

だけど、これが本物の愛かと言えば疑問だ。お母様は多分この髪色と光と火の魔力が好きなだけ。それさえあれば、僕が僕じゃなくても全然構わないのだと思う。

「なんて見事な髪色かしら。ピンクゴールドの髪の毛なんて滅多にあるものじゃないわ。今日はお茶会についてきてね。お友達にあなたを紹介したいの」

「それなら、おにいさまといっしょにいきたいです」

「お兄様？　そんなものあなたにはいないわ。二度と口にしないでちょうだい」

公爵家のもう一つの建物には優しいお兄様が住んでいるということを僕は知っている。なのに、お母様はそれを認めようとしない。どうやらお兄様のことを忌《い》み嫌っているらしい。

どうしてお母様がお兄様を嫌っているのか。その理由も段々わかってきた。使用人たちが言っていたのだ。

「別邸には闇属性で魔力もほとんどない出来損ないが住んでいる」「我儘《わがまま》で高飛車で性格も悪いから手に負えない」「あの落ち零《こぼ》れを奥様はどう処分されるおつもりだろう」と。

（みんなお兄様のことを、全然知らないくせに……）

お兄様は、色だけを愛するお母様や、ただ公爵家の次男としてちやほやしてくる使用人たちとは全然違う。お兄様一人が僕自身を見て、僕自身を愛してくださるんだ。

「キルにいたま〜！」

「ユジン、また来たの？」

僕が温室に遊びに行くと、困ったように、でも湧き出る喜びを隠しきれない、という表情で迎えてくれるお兄様。彼に会うと、自分という存在がやっと認められた気がして、なんだかこそばゆいような温かさを感じる。

（ずうっとお兄様の近くにいたい……）

いつだってそう思っているんだけど、すぐに侍女たちが追いかけてきて、本邸の方へ戻るように促してくる。

（彼女たちはお母様の手先で、キル兄様の敵だ！）

本当なら我儘《わがまま》を言ってここに残りたいという思いを、ぎゅっと押し込めて帰ることにする。彼女たちがお兄様に悪さをすると困るし、お母様に告げ口されてここへ来られなくなっても困る。この家には僕ばかり贔屓《ひいき》して、お兄様を蔑《ないがし》ろにする人間が多すぎるから、細心の注意を払って行動しなければ。

今すぐには無理でも、いつかこの状況をどうにかしたいと思う。お兄様にいじわるをするやつは、僕が許さない。それがたとえお母様でも……

「クライス王子を今度ここにお招きしましょう。あなたのことをきっと気に入るわ。第一王子のお相手は、あなたが相応《ふさわ》しい。彼と結婚すれば将来の王妃よ。あなたはもっと幸せになれるわ」

この人は何を言っているのだろう。クライス王子はキル兄様の婚約者だ。あの素敵な温室をお兄様に贈ったのも彼だと聞いている。

「ぼくはおうひになんてなりたくありません。クライスおうじにもあいたくない」

クライス王子のことは嫌いだ。キル兄様を一番好きなのは僕なのに、お兄様の中にはいつも彼がいる。でも、僕が何を言おうと彼女には関係ないらしい。はっきりと拒絶した僕の声が、全く届いていないみたいだ。

「いつお呼びしようかしら。ふふ、おめかししなくちゃね。そのままでももちろん可愛いけれど、絹をたっぷり使ったブラウスを着て、大きな宝石のついた腕輪をつけたら、より美しくなるわ。ねぇ、ユジン。こっちへ来て、その髪の毛をお母様に触らせて……」

白くて細い腕が頭に伸びてくる。気持ちが悪い、そう思った。ああ、早く温室に行きたい。

僕が十三歳になったある日のこと。いつもなら僕にべったりくっついて離れないお母様がいなかった。どこかに出かけたのだろうか。

（でもこれってむしろラッキーだよね。ご飯を食べたらキル兄様に会いに行こう）

テーブルに並んでいるのはいつも通りの朝ご飯だけど、今日は料理長に言ってデザートはなしにしてもらった。だって、僕には最高のクッキーがあるから、よけいなデザートは必要ない。

ポケットに忍ばせた瓶に笑みが漏《も》れる。これは昨日、温室に行った時にキル兄様が持たせてくれたものだ。「お母様や使用人に見つからないようにこっそり食べてね」って。

しかもこのクッキーはお兄様が自分で焼いたものらしい。感動のあまり「食べるのが勿体ないから飾っておきます」と言ったら、「腐っちゃうから早く食べて」と注意された。そりゃそうか、残念。

お兄様の作ったものなら腐っていても食べるけど、どうせならおいしいうちに食べたいもんね。

焼き菓子だから日持ちはしそうだけど、念のために品質保持の魔法もかけておいた。時の魔法は光魔法の中でもトップクラスに難しいからまだ簡単なものしか使えない。それでも少し賞味期限を延ばすくらいはできるはずだ。

食後にお兄様に似たキュートなウサギ型クッキーを一つだけ取り出して頬張った。バニラの甘い香りと芳醇《ほうじゅん》なバターの香りが口いっぱいに広がる。

（し、幸せすぎる！）

僕はもっと食べたい気持ちと熱い戦いを繰り広げながら、なんとか瓶の蓋を閉めた。

自室に戻ると使用人が部屋を出た隙を見計らって、窓から木を伝ってするりと降りていく（実は何度もこうやって部屋を抜け出したことがあるから、脱走はお手のもの）。

行く場所はもちろん温室だ。早く会いたい気持ちを抑えきれず早足で歩いていくと、おおっと危ない！　庭園の方に見慣れないテーブルセットが見えた。誰かがお茶会でもしているのだろうか。白い靄《もや》で見えにくい中をよく目を凝《こ》らして見てみると、座っているのはお母様と……キル兄様!?

普段からもちろんお綺麗だけど、着飾ったお兄様の姿は洗練されていて、しかもティーカップを持つ手の動きも一つ一つ優雅で気品があって見惚《みと》れてしまう。さらに、お母様にとびきりの笑顔を向けながら紅茶を飲んでいるではないか。ああ、笑顔が勿体ない！

（つまらないお茶会には連れて行くくせに、お兄様とのお茶会に呼んでくれないなんて！　やはりあの人は僕の敵だ）

お母様は一見穏やかそうに笑っているけれど、目は笑っていない。なんて気持ちが悪い笑みなのだろう。本当ならあんな人に近づきたくはないけれど、お兄様がいるなら話は別だ。僕も入れてもらおう。そう思って駆け出そうとした時だった。

お兄様のお口から真っ赤な血が溢《あふ》れた。華奢《きゃしゃ》な体が椅子からぐらりと崩れ落ちる。

「キル兄様！」

僕は全速力で走り寄る。僕よりも早く、あの銀髪のお兄さんがお兄様の体を抱え素早く応急処置を始める。僕も回復魔法の呪文の詠唱を始める。お母様は暴れながら何か喚《わめ》いているが、そばかすのメイドが取り押さえたようだ。お兄様はもう意識がないのかぐったりとしている。

今僕が使える中で一番の回復魔法の詠唱が終わると、それに最大限の魔力を込めて、血に染まった胸元に手を当てた。

（キル兄様！　お願いだから死なないで！）

SIDE　クライス

何度宰相の執務室に出向いても追い返され、公爵邸になんとか忍び込もうとしても以前より結界が強化され全く入る隙がない。昔忍び込んだ時のように転移魔法を使っても、それすら弾かれてしまう。

キルナに会う方法がないまま、十三年の月日が流れた。

「クライス様。まだやっていたのですか？　これ以上はお体に毒です。訓練は明日にして今日はもう休みましょう」

「はぁ、はぁ、ロイルか。もうそんな時間か」

朝から魔法訓練場で結界を張っては破るという練習を繰り返しているが、なかなかうまくいかない。俺の主属性である光魔法は、結界を張るのは得意だが解くのには向かないのだ。

「くそっ！」

自分の張った結界すら破れないことに苛立ち、光の壁を殴りつけた。ビリビリと痛んだ手をよく見ると、皮がめくれ血が滲《にじ》んでいる。確かに今日はやりすぎかもしれない。

「フェルライト公爵家の結界を解こうとなさっているのでしょう？」

ロイルは肩をすくめながら言った。

「さすがに厳しいんじゃないですか。だってあのセントラ＝バースが張った結界です。天才と名高い彼の結界は誰にも破れません」

「破ってみせる。俺は絶対にキルナに会いに行く」

「もし破ることができたとしても不法侵入になっちゃいますよ。五歳の頃ならともかく……今はやめておいた方がいいでしょう。フェルライト公爵の機嫌を損ねるのは、あなたにとって得策ではないはずです」

ロイルの忠告は全くその通りだった。頭ではわかっているのだ。今は会えないのだと。ただ、それでも足掻《あが》かずにはいられない。

「はぁ、まったく、クライス様の一途さには脱帽します。それだけの美貌と力に恵まれ、第一王子という肩書きも持ち、美しいご令嬢やご令息に日々言い寄られているというのに全く見向きもしない。毎日毎日修業修業って、中央神殿の神官じゃあるまいし。私だったら遊び放題で毎日楽しく暮らしてしまうところなのに……」

「お前は実際、毎日楽しく遊びまくっているだろう」

俺は胡乱《うろん》な目でロイルを見た。こいつは昔から全然変わらない。

「あはは、私のことはさておき。そう急がずとも、もうあと少しで王立魔法学園に入学です。同い年の彼も入学してくるはず。そこでまたお会いすることができますよ」

ロイルはそう言うが、そんな悠長《ゆうちょう》なことを言ってはいられない。

父様が公爵の言い分を撥《は》ね除けてくれたおかげで、なんとかキルナとの婚約は継続中だ。

だが、会うこともままならない今、できることといえば自分の力を磨くことくらい。せめて彼に会った時に彼を守れる強い男になっていようと、こうして修業を続けている。無力な自分に心底腹が立つ。好きな人に会いにいくことすらできないなんて。

(一刻も早くキルナに会いたい……)

その想いが通じたのだろうか。翌日、フェルライト公爵が俺の元を訪れた。

「クライス様、宰相がお越しです」

思いもかけない訪問者に心臓が震える。何度宰相の執務室に通っても一度として応えてはいただけなかったというのに、一体何を言われるのだろう。


——どうかキルナと会ってほしい。

正直今聞いたことが信じられなくて、言葉に詰まる。

「私はクライス殿下とキルナに、謝らなければなりません。私の勝手でキルナを公爵家に閉じ込め、あなたの訪問を拒んでいたことを深くお詫びいたします。申し訳ございません。クライス殿下」

公爵が……頭を下げている！　天変地異の前触れだろうか……いや、それより！

「やめてください。謝罪など。本当にキルナに会えるのですか？」

その問いに公爵は確かに頷いた。

「私は長いことあの子を苦しめてきました。このままではいけない、とようやく気がついたのです。これからは少しでもその償いをしていくつもりです。キルナは今でもあなたを求めている。もしまだあなたにあの子への気持ちが残っているのなら……」

「もちろんです。私は、キルナを愛しています。キルナに会わせてください」

俺はきっぱりとそう言った。公爵はその言葉を聞き父親らしい安堵の笑みを浮かべた。どんなことにも動じず険《けわ》しい顔を保っていることから『岩の宰相』と呼ばれている彼に、こんな表情ができるなんて……と、周りの使用人たちも固唾《かたず》を呑んでこちらを見ている。

「では、王立魔法学園の入学式が十日後、その前に一度……」

その時だった。緊急用の転移魔法陣が光り、フェルライト公爵家のメイドが現れた。小さい顔にそばかすの散った少し垂れ目の女性。彼女は酷い顔色をしており、額には汗が滲《にじ》んでいる。至急の要件でここに来たことが見て取れる。

「宰相、大変です！　キルナ様が、先ほど屋敷の庭園でお倒れになりました」

「原因はなんだ？」

「毒です」

俺と公爵は顔を見合わせる。

「申し訳ございません。私がついていながらこのような……」

「話は後だ」

公爵は俺の手を掴むと、素早く呪文を唱えフェルライト家へと飛んだ。


「キルナ！」

公爵と共に転移した先には口から大量の血を流し、息も絶え絶えに横たわっているキルナがいた。

俺は走り寄って力なく地面に放り出されている彼の手を握った。苦しみもがいたせいか、ほっそりとした手にも美しい形の爪にもべったりと血がこびりついている。

テーブルいっぱいに並んだ菓子を見て天使のように笑っていたのに。

『クライス、うみへいこうよ～！』と俺の腕を引っ張っていたのに。

十三年ぶりに見る彼は、ヒュウヒュウと細く苦しそうな呼吸をしていた。色白の肌は青白く、ピンクの艶《つや》やかな唇は紫色になっている。

誰がどう見てもそこには濃厚な死の気配があった。おそらくどんなに高名な医者に診《み》せたとしても、あとは苦しまずにできるだけ楽に死ねるように祈りましょう、と宣告されるレベルだ。

なんで側にいて守ってやれなかったのだろう。やるせなさに、ぎりっと歯を食い縛った。

血に染まった彼の胸元にはピンクゴールドの髪色をした少年が縋《すが》りつき、泣きじゃくっていた。

「キル兄様。お願いだから、目を開けて。目を……あけてよ……うぅっ」

その手からは癒しの光が漏《も》れている。が、もう限界なのだろう。光は弱々しく、今にも消えてしまいそうだ。それでも彼は諦めずに力を送り続けている。

「ルーファス、何があった」

「はい、実は……」

キルナにルゥと呼ばれていた執事が、悲痛な面持ちで公爵に状況の説明をしている。話によると、茶会が始まると同時にキルナと母親の周囲に白い結界が張り巡らされ、近づくことができなくなったらしい。その中で、彼はよりにもよって母親に毒を盛られたという。

「なんとか結界を解除して毒の成分は分析できたのですが、解毒剤を作るには材料が足りず、すぐには作ることができないようなのです。キルナ様は辛うじて息をしていますが、意識がなく……申し訳ございません。何があってもお守りできると過信していた私の責任です」

「いや、お前だけの責任ではない」

「しかし……」

「キルナはずっと母親の愛情を求めていた。この茶会を誰よりも望んでいたのはこの子だ。お前はその願いを叶えてやりたかったのだろう？　状況はわかったから少し休め。あとユジン、酷い顔色だ。一度離れなさい」

公爵がユジンと呼んだ少年に近づきそっとその肩を掴んだ。

「嫌です。だって、まだ……」

「あとは、彼に任せなさい」

その言葉に俺は頷くと、公爵とユジンが一歩下がって使用人たちと共に見守る中、高く低く呪文を唱え出した。

（絶対に助けてみせる。やっと会えたのに、死なせてたまるか！）

これは百三個もの魔法陣と、長い長い呪文を必要とする恐ろしく難解な魔法だ。成功率はかなり低いが、おそらくこの状態の彼を救えるとしたらこれしかない。なんとか耐えてくれ……キルナ。
一、二、三……数分が、永遠のように長く感じる。三十、三十一、三十二……苦しむキルナのことが気になるが、魔法陣を、呪文を、間違えないよう目を瞑って無理やり集中する。
七十、七十一、七十二……陣の形もそうだが魔力の量も大きさも線の太さも、何もかもぴったりと正確に描かなければ魔法は発動しない。八十、八十一、八十二……間違えたら最初からやり直しだ。そして、今、そんなことをしている時間がないことははっきりとわかっている。必ず成功させなければ。
九十、九十一、九十二……『ルーナの秘術』。これは回復魔法の上位に位置する再生魔法で、代々王家に伝わってきた古代魔法だ。こんな大それた魔法は学園で基礎を学んでからゆっくり覚えればいい、と笑っていた父に熱心に頼み込んで教えてもらった、王家の人間にだけ使える最上級の光魔法。俺はこれで、キルナを助ける。助けてみせる！
百一、百二、百三。

――完成だ!!

ついに最後の魔法陣を描き終え、動かし続けていた手を止めた。汗が滝のように流れ、呪文を唱え続けるために酷使した喉が痛む。目を開くと、俺とキルナを百三の魔法陣が取り囲み、二人を繭《まゆ》のように包み込んでいた。

魔法陣に手を翳《かざ》すと虹色に輝く王家の紋様が浮かび上がる。俺は魔法陣を全て発動させると共に、魔力の塊をキルナの口に注ぎ込んだ。

（なぁ、キルナ、愛している。どうしてもお前を失いたくないんだ。頼むから……生きてくれ！）

俺とキルナの口が合わさると同時に、セントラ＝バースが天に向けて結界解除の魔法陣を放つのが見えた。

＊　＊　＊

体もなく、ほぼ死んじゃっている状態の僕は今幽霊みたいなものなのかしら。うぅ、幽霊は怖いよぉ。ぶるっと寒気を感じながら前をふよふよ飛んでいく妖精たちについていくと、青色に光る巨大なドーム型の壁が現れた。

「なんだろう、これ？」

「これはきみんちにはられたけっかいだよ～。これがあるとね、なかにははいれないんだ～」

「ええ!?　そうなの？　じゃあ体を取りに戻れないよ、どうしよぅ」

しばらく僕たちが壁の前で立ち往生していると、急に目の前の壁が、天辺《てっぺん》から順に氷が溶けるように消えた。綺麗さっぱりドームがなくなって、よかったこれで中に入れる、と胸を撫で下ろす（正確にはまだ胸はないけれど）。

もうこの幽霊状態にも慣れた僕は、ぴゅーと飛んで公爵家の敷地に入って、自分の体を探した。公爵邸を上から見下ろすなんて、なんか変な感じだ。

僕が倒れたのは、確か庭園の噴水近くのあの辺り。だけど、いくら探しても目的のものは見当たらない。すると、「こっちこっち、ここだよ～」と呼ぶ声が聞こえた。妖精の行く先にはルゥやセントラやメアリーやベンス、ユジンに、あとお父様⁉　がいて何かを取り囲んでいる。

「あれは……魔法陣でできたテントサイズの特大ボール？」

複雑な魔法陣がこれまた複雑に入り組んでいるせいで、ボール内の様子は見えない。でも妖精はその虹色のボールの上を、くるりくるりと回っている。どうやらあの中に僕の体があるみたい……

ええっと。どうしたら戻れるのかな？　わからないから助けて～と訴えても、妖精たちは「ここだよ～ここここ！」と言いながらコロコロ笑っているだけだ。

僕はぎゅっと目を瞑り（まだ目はないけど）、思い切ってその特大ボールにぶつかってみた。

（……っ‼）

ん？　思ったような衝撃は来ない。うまくいったの、かな？　手を動かそうとすると、ぴくりと少しだけ人差し指が動いた。

おぉ、無事体の中に戻ってこられたみたい。重い瞼を開くと、まだ視界はぼんやりしている。ただ、ふにっと柔らかい感触を唇に感じた。

（んぁ。何これ、マシュマロ？　僕、何か食べてるの？　こんな時に？　あ、わかった。これってもしかして……）

「しふぉんケーキ⁉」

味わおうとしてそれが間違いだったことに気づいた。うえぇ、酷い血の味だ。気持ちわるぅ。

「う、ゴホッ、うえっ、っ、ごほっ。はあ、はあ、はあ」

口の中のネバついたものを吐き出し、ゆっくり何度も空気を吸ったり吐いたりしていると、やっと息が整っていく。まだちょっと胸は苦しいし、喉も痛い。だけど呼吸ができないほどではない。なんとか生きているようだ。とにかく息をすることだけに専念する。

「「キルナ（様）！」」

ふわふわした意識が形を取り戻してきた時、僕は目の前に信じられない光景を見た。

（お、お父様が泣いてる？）

なんで、あのいつも不機嫌そうな顔をしているお父様が号泣しているの？　もしかしてせっかく死んだと思ったのに生き返っちゃったから？

「よく……生きてくれた」

（あ、違う。僕が生きていてうれしいって、泣いてくださったんだ）

お父様の頬を伝う涙が自分のためのものだとわかり、胸の奥がぽぉっと温かくなる。つられて僕も泣いていると、まだ力の入らない体を後ろから支えてくれていた誰かが、そっと涙を拭《ぬぐ》ってくれた。振り向くと、眩《まばゆ》いほどのオーラを放つ美青年が、そこにいた。

（クライス⁉　なっ、なんたるイケメンぶり！　成長した王子様、恐るべし。僕はこんなに貧相なのに……って……え？）

ちらりと自分の衣服を見て声にならない悲鳴を上げる。ちょ、血だけならまだしも……さっき胃の中身を全部吐いたから、今の僕はゲロまみれだ。服もそうだけど、顔も悲惨な状態に違いない。久しぶりに会ったクライスにこんな姿を見られるなんて、せっかく九死に一生を得た場面だけど、もう死にたい気分。

「や、やだ、僕きたな……」

「キルナ。よかった……」

「あ、あの、僕、今、すごく汚いよぉ。おねがい、だから、はなれてぇ」

クライスの腕からなんとか抜け出そうと胸板をぎゅうぎゅう押してみるも、びくともしない。

(くっ、なんて逞《たくま》しい胸板！)

彼は僕が自分の汚い姿に取り乱していることに気がつくと、それでも一ミリも離れることなく僕の体を抱きしめたまま、優しく耳元で囁《ささや》いた。

「キルナは汚くなんてない。ほら、浄化魔法で消してやるから。な、これで大丈夫だ」

――大丈夫。

彼が呪文を唱えるとブワッと光が僕を包み込み、全てなかったかのように綺麗になった。

そう、クライスはすごいの、全部大丈夫にしてくれるの。

いつだってこんな僕のことを助けてくれるの。

僕はうれしくなってにやけてしまう……

(やばい、生き返ったところなのにニヤニヤするなんて、完全に変なやつだよ！)

どうしよぅ。クライスがカッコいい……

（六年後にはきっぱりお別れしないといけないのに困るよ！）

ああ、だめだ。死にかけて頭がおかしくなっているのかしら。頼もしい腕の中で一人悶《もだ》えていると、僕の瞳を見つめながら彼が言った。

「もう一度、キスしていいか？」

キス……したいな。クライスとキスしたい。僕は「うん！」と頷きかけて、首を捻《ひね》った。

（あれ？　でもちょっと待って。今、もう一度って言った？）

そういえば体に戻った時、唇に何か柔らかな感触があったような……

「あ……もしかして……」

（あ、あ、あんな汚い僕の唇と、この綺麗な唇が、くっついてたの!?）

「なんてこと！」

僕はさっきの酷い血の味を思い出して、再びふわ～っと意識を失った。

SIDE　クライス

キルナが……寝ている。

再生魔法は成功し、無事キルナは戻ってきた。それからというもの、俺はずっと彼と共にいる。

なんと、夜も一緒のベッドで寝ている！　これはもし彼に異変が起きたら、すぐに対応するためだ（決して邪《よこしま》な気持ちは……いやまぁ少しはあることを認めるが）。

ただ、彼の周りには執事のルゥはもちろん、メイドのメアリー（緊急を知らせに来たのはこの女性だったし、キルナの母親を取り押さえたのも彼女だから、メイドではなく護衛なのかもしれない）、と男気溢れる料理長のベンス、勉強の時間は絶対に減らさない家庭教師のセントラ（俺まで巻き添えで勉強させられている）と、毎日様子を見に来てキルナの頭を撫でていくフェルライト公爵（行動もそうだが顔も緩みっぱなしで、以前とは別人になっている）と、弟のユジン（俺を敵《かたき》でも見るかのように睨みつけてくる子ども）がいつも、いつでも取り巻いているせいで、迂闊《うかつ》なことはできない。

（くそっ、二人きりになりたいのに！）

……まぁいい。それでも近くにいる許可を得て、こうして朝も昼も夜も一緒にいられるのだから。この十三年間キルナのことを考えない日はなかった。その彼が同じベッドで、すぐ横で寝ているなんて、俺は今、最高に幸せだ。あ、目が覚めたようだ。布団の中で彼がもそもそと動いている。

「キルナ、おはよう」

「クライス？　ん、おはよ……」

朝が弱いキルナはまだぼんやりとしている。可愛い。

「なあ、朝のキス、してもいいか？」

「もぅクライスってば、いちいちそんなこと聞かないでよ！　恥ずかしいから」

キルナはツンツン怒っている。が、耳は真っ赤だ。昔いきなりキスするなと怒られたからわざわざ確認しているのに、とも思ったけれど、それは言わないでおく。確認せずにできるならその方がいいしな。その真っ赤な耳が誘っているようで、そこに啄《ついば》むようなキスをする。

「んぁ、耳はくすぐったいよぉ」

くすくすと無邪気に笑う彼の声が久しぶりに聞けて、心が満たされていくのを感じた。しかし、執事の視線が冷たいので、これ以上はやめておこう。名残惜しいが、布団から出てさっさと身支度を済ませる（もちろん衣服はこの部屋に運ばせてあるから、何日でも宿泊可能だ）。

「王子、坊ちゃん。朝食をお持ちしました！」

ノックと共にベンスの威勢のいい声が聞こえた。ここ数日はまだ完全に回復できていないキルナのために、食事はこの彼の部屋までベンスが運んできている。寝台横のサイドテーブルの上に、いい香りのする朝食が並べられていく。

「お、今日はグラタンとパンとスープか。うまそうだ」

「本当に坊ちゃんと同じメニューでよろしいのですか？　別にお作りしましょうか？」

「いや、いい。俺はキルナと同じものが食べたい」

「へへっ、僕のご飯を見て羨ましくなったんでしょ？　クライスのご飯は野菜だらけだったものね。あんなの食べられないよね、普通」

こいつの『普通』はよくわからない。昨日までは、気を利かせたベンスが、王宮風の豪華なフルコースを用意してくれていたのだ。見た目も味も極上で正直驚いた。

聞けば料理人でベンスの名前を知らない者はいないという。昔は王宮で料理長を務めていたこともあるそうだ。今でも弟子入りしたいと思っている者がたくさんいるし、彼を引き抜こうと画策している美食家の貴族も大勢いるが、彼はそれを全て断っている。

キルナはこの実は凄腕料理人であるベンスの作ったもの以外ほとんど食べたことがないらしいから、彼の『普通』というのはかなり偏《かたよ》ったものだと思う。

王立魔法学園の学食で出される食事も一流の料理人が作るわけだが、さすがにベンスには及ばないだろう。彼の口に合うものがあるか、少し心配だ。

「おいしいね」

「ん？　ああ。うまいな」

「このパンの中にさ、ポポの実が入ってるでしょ。僕これ好きなの」

「これか、じゃあやるよ」

黄色くて丸い実を指で摘《つま》んで口に近づけてやると、キルナは小鳥のようにパクリとそれを食べる。

「あむ。んむ、もぐもぐ。甘くておいしっ。ありがと」

朝食の最後にデザートのシフォンケーキが出てくる。どうやら食後はシフォンケーキとプライマーの紅茶という決まりらしい。

「えと、クライス、あーん」

「え？」

一瞬訳がわからなくて固まる。にこにことシフォンケーキの刺さったフォークを俺の口に近づけるキルナ。これは……なんだ？

「遠慮しなくていいよ。さっきのお返しだから」

「あ、ああ。もらうよ」

遠慮していたわけではないが、ありがたくいただく。大好物のシフォンケーキを分けてやった、と満足そうな彼が可愛すぎる。ただ、俺にはいいが、他のやつにはしないように注意しておかなければ。

明日から始まる学園生活。絶対に彼から目を離さないようにしようと、固く心に誓った。

第五章　悪役の師匠

あれから昨日まで、とにかく寝まくりの療養生活を続けた僕は、もうすっかり元気になった。ルゥの気持ち悪いほど献身的な看病がよかったのか、毎日僕の部屋を訪れてお花を届けてくれるキュートなユジンの力なのか、栄養満点でしかも食べやすいご飯を作ってくれるベンス、毎日なぜか頭を撫でに来るお父様、それとも……片時も離れず僕の側にいてくれたクライスのおかげ？

何はともあれ今は喉も胸もどこも痛まない。健康そのものだ（ただ契約はまだできていないから残念ながら余命は六年だけど）。

学園初登校日、馬車の中。僕はできる限り可愛らしい声でクライスにお願いしていた。

「学園でもずぅっと一緒にいてね！　離れないでね！　絶対ね！　絶対絶対絶対だよ」

この十日間、ほとんどベッドから出してもらえなかった僕は、『第一王子クライス＝アステリアは、強い執着心を抱いて自分につきまとってくる婚約者、キルナ＝フェルライトのことを鬱陶《うっとう》しく思い、彼から逃げ回っていた。そんなある日、優しい性格で愛らしい美少年ユジン＝フェルライトと出会い二人は恋に落ちる……』という序章の大まかな流れと、キルナのキャラ設定を思い出しながら作戦を立てていた。

結果、いっぱい考えたけど、特にいい案は思い浮かばず（あ、バカだからじゃないよ。本当だよ！）、とにかくゲーム通りのこと（細かくは知らないから雰囲気だけだけれど）をやれば間違いはないだろうという結論に至り、僕は今、執着系悪役男子になっている。ひたすらクライスに執着して離れないようにする作戦だ。ふふ、こわいでしょ？

よし、ここでクライスの腕にべったりひっついて、頬っぺたを押し当ててすりすりしちゃおう。

「ねぇ、クライス。わかった。わかった？」

「……ああ。わかった。お前もずっと俺から離れるな」

そう言って彼は、もう十分に引っついているにもかかわらず、さらにぴったりとくっついてくる。肘とか膝とか当たっている部分から伝わってくるぽかぽかの体温に、僕は戸惑いを隠せない。

（ここは嫌がって離れるところでしょ？　……なんかこれじゃあ照れちゃうよ！　僕は今まで放置されて育ったから人と密着することに慣れてないの）

自分から近づいておいてなんだけど、バクバクうるさくなってきた心臓のために一度離れることにする。でも……あ、あれ？　動けない。
いつの間にか手が恋人繋ぎになっているし、クライスと壁に挟まれて身動きが取れなくなってい
た。第一王子専用の馬車はとにかく広～くて、二人で座っても余裕のはずなのに。
（なんでなの!?　近すぎだよ！　まずいよ、このままじゃ僕の心臓が……）
なかなか作戦通りに進まず消耗した僕と、やたらと上機嫌なクライスを乗せた馬車は、無事王立
魔法学園の校門前に到着した。
「ほわぁ～～」
なんて大きな門なのだろう。天辺《てっぺん》が雲にかかるほどたっっっっかい。他の馬車も門の前でストッ
プし、中から人が降りてきていた。どうやらこの先は馬車を降りて徒歩で行くらしい。
（ふぇ？　なにこの手）
先に降りた彼が僕に手を差し出している。もしかして、エスコートしようとしているの？
「ね、ねぇ、僕、一人で降りられるよ」
「いや駄目だ。この馬車の段差は結構高くて危ない。ほら、俺の手を取って降りろ」
「え、でも……」
確かにこの国の人の平均身長は前世に比べかなり高めなのに対し、僕は前世から見ても小柄で華《きゃ》
奢《しゃ》な体格だから、階段一つとっても一段一段が思ったよりも高くて少し不便を感じている。この馬
車もステップが高すぎてちょっと怖いのは事実だ。だけど、男なのに人の手を借りて降りるなんて、
恥ずかしいような……

尻込みしてもじもじしていると、クライスは一度降りたにもかかわらずもう一度馬車に乗り込んできた、かと思えば僕を抱《かか》え上げ、そのまま降りてしまった。周りには他の生徒たちもいるのに、こんなところでまさかの抱っこ！

（え？　抱っこ？？　え？？？）

頭の中が抱っこのことでいっぱいになっている間に、僕たちは入学式の会場に着いたらしい。正直いつあの大きな門を潜《くぐ》ったのかもわからない。アステリア王国第一王子(プラス抱っこされた僕)の入場で、当然周囲の視線はこちらに集まっている。

「へぇ、結構な人数がいるんだな。俺たちは、あ、あそこか」

好奇、憧れ、嫉妬、そんな様々な感情がこもった視線を一切気にしない彼は、真っ直ぐに自分の席へと向かっていく。う〜ん、これは王子らしいと言うかなんと言うか……いや、その前に。

「クライス！　いい加減に降ろしてってばぁ！」

あまりの羞恥《しゅうち》に真っ赤になったみっともない顔を見られたくなくて、式が始まってからも僕はずうっと下を向いていた。しばらくそうして俯いていると、クライスは新入生代表の挨拶のため、名残惜しそうに舞台へと向かった。

「クライス王子。素敵〜！」

「キャー殿下カッコいい！」

彼が壇上に登ると、黄色い歓声が湧き起こる。あれ？　そういえば王立魔法学園は『虹の海』のメインとなる場所。ＢＬゲーの舞台なんだからもちろん男子校だ。なのに今の甲高い声はなんなのだろう。ゲームと違って女子がいるのだろうか？

人が多すぎてパッと見ただけではわからない。ただ一つだけわかるのは、彼が想像以上に人気者ってことだ。みんな目を輝かせて彼を見つめ、一言一句聞き漏らさないよう話に集中している。僕も挨拶する彼の姿を見たいという気持ちが抑えきれなくなって、そろそろと顔を上げた。一目見たらまたすぐに顔を伏せるつもりで。

クライスは舞台の上でも堂々と爽《さわ》やかに挨拶をしていた。

（やっぱりすごいな、クライスは……）

しかし顔を上げたその一瞬の間に、壇上にいる彼とパチリと目が合ってしまった。しかもこちらに向けてにこりと微笑んだように見えてどぎまぎしてしまう。

だけど、隣にいたチワワ的な男の子が「ああ、クライス王子が僕に微笑んでくださった……」と感激の涙を流し始めたのを見て、少し冷静になった。

（あ、なんだ、びっくりした。僕に向かって笑いかけたのかと思った。まだ抱っこの衝撃から立ち直っていないから、今は目立ちたくないの。放っておいてほしいの）

その後も僕はできるだけ前髪で顔を隠し、忍者のように気配を消そうと努めていた。

「――新入生代表、クライス＝アステリア」

「カッコよすぎます！」

「あなたについていきます！　王子～！」

盛大な拍手と共に、賛辞が飛び交う。ふぅ、よしよし。クライスの挨拶も終わった。先生の挨拶は最初に終わったはずだし（あんまり聞いていなかったけれど）、これで入学式もそろそろ終わり。終わった後は各自、自分の教室に向かうだけ。きっと誰も抱っこのことなんて覚えてないだろうと安堵していると、クライスが満面の笑みを浮かべながら戻ってきた。

「おい、キルナ。ちゃんと聞いていたか？」

その一言で、再びみんなの視線がこちらに集まるのを感じる。僕はもうこの辺で考えることをやめた。

一日目にして、目立つか目立たないか、なんて気にしたら負けだということを学んだ。クライスと僕は、どこを歩いても生徒たちの注目の的で、ひしひしと視線を感じる。王子様なんてどうしたって目立つものだし、そうでなくとも彼の華やかな容姿は人の目を惹《ひ》きつける。

その婚約者で、公爵家嫡男で、しかも今まで引きこもりで表に出てこなかった怪しい人物なんて、どんなやつなのかみんな気になって仕方がないに決まっている。おまけに入学式に王子様に抱っこされながら入場した男、それが僕だ。もう開き直るしかない。

とはいえ、そう簡単に開き直るなんて無理！　やばいよ。帰りたい。

僕はお腹の痛みを耐えながら、クラス分けの確認をするため掲示板へと向かった。

（えっと、どこかなどこかな……）

一年生の名簿を上から順に探していくと、自分の名前とそのすぐ下に彼の名前を発見した。

「あ、あった！　よかった。クライスと一緒だ」

ゲームでも同じクラスだったから分かれるはずはないと思っていたけれど、正直少し心配だった。クラスが違うとずうっと一緒計画は大分実行しにくくなるものね。それに一人だとやっぱり不安だし……

ちらりと隣を見ると、一緒だなって彼が微笑んでくれた。

教室に着くと前の黒板に座席が表示されていた。

「お、ここだ。キルナは俺の隣だな」

「ふぇ、隣？」

やった！　これだけ人数がいて（三十人くらい）、隣の席ってすごい確率じゃない？　たまたまか、ひょっとして名前の順かな。キルナ、クライス、あ、そうかも。キの次はクだし。

いざ席に着いてみると、あぁ、僕は今学園にいるんだなぁってしみじみと思う。前世では病気のせいで学校にはほとんど通うことができなかったし、今世では公爵家をほとんど出ることなく生きてきた。そんな僕が今普通に学園に来て、普通に席に座っているなんて。

（どうしよう、うれしい……）

感動で胸がぽわぽわする。隣には優しい友達（あ、婚約者か）もいて、おまけにさっきからコロコロと笑いながら僕の頭上を飛び回っている妖精もいる。

（妖精？　あ、忘れてた。そういえば僕、妖精が見えるのだった）

でも彼らは基本的に花の近くが好きだから、少し遊びに来てもまた蝶々のようにひらひらと花を求めて出ていってしまう。

窓から出ていった妖精たちを目で追っていると、クライスが横からこそっと声をかけてきた。

「キルナ、どうしたんだ？」

「あ、今そこに妖精がいたの」

実はもうクライスには妖精が見えるようになったという話はしている。闇属性のこともバレているし、彼にならば言ってもいいかなと思って、なんとか無事生還した次の日に伝えた。結構突拍子もない話だと思うんだけど、彼はちょっとだけ驚いた顔をした後すぐに信じてくれた。そしてこんなふうに頭を撫でてくれて……

僕の頭を優しく撫でながらふわりと笑う王子様になんだかキュンとしてしまう。ああ、くそう、カッコいいな。クライスったら、そんな甘い笑顔見せちゃだめだよ。ユジンの敵が増えちゃうでしょ。

そうやって心の中で無駄に甘々な王子様に文句を言っていたら、教室の扉が開いて新緑のような髪色をした大きな男の人が入ってきた。

「さあ、新入生の諸君、入学おめでとう。担任のライン＝ウェローだ。よろしくな」

おお、筋肉ムキムキのマッチョな先生だ。体はでっかいけれど、とても愛嬌のある笑顔で好感が持てる。ライン先生は学園の見取り図や教科書など必要なものを一通り配り終えると、カードキーを一枚持ちみんなに見せた。

「これは寮の鍵であり、各部屋の鍵にもなっている。財布代わりにもなる大切なものだから絶対になくすなよ。魔力を流せば自分の手の中に収納することができる」

次の瞬間、先生が持っていたカードは手品みたいに消えた。

(え、すごい)

「それから学園の建物についてだが……」

僕は大切なことをメモしながら、説明を聞く。食堂や体育館といった前世でお馴染みの施設の他に、転移塔やら、魔法訓練所やら、宵闇《よいやみ》の洞窟やら、妖精の森やら、聞き慣れないファンタジックな香りのする建物や場所が色々と出てきて、聞いてるだけでわくわくしてしまう。

「……という感じだ。まぁどうせ一度に話しても覚えられんだろう。時間がある時に色々見て回るといい。では今日はこれで解散。食堂で飯を食べたら、早めに寮に行って部屋の掃除でもしなさい。それが今日の宿題だ。学生寮は、貴族でも使用人なしで生活することになっているからな」

ガッハッハ、と大きな声で笑いながら、ライン先生は教室を出ていった。

魔法を学ぶための学校、王立魔法学園。この学園で僕は六年間生活するんだ。この教室で、クライスと一緒に……

(なにこれ、楽しみすぎる！　ああ、どうしよぅ。僕はここでやらなきゃならない悪役業務があるのに！)

虹色に輝く新品のカードキーと、学園の地図と、さっき書いた大事なことメモを手にして、ほぉっと小さく息を吐いた。

「……早くご飯を食べて、探検に行かなくちゃ」

どっさり配られた教科書の方は見ないことにした。

「クライス王子、あの、ちょっとよろしいですか？」

「殿下〜一緒にご飯食べましょうよ〜」

学園の食堂ってどんな感じかなぁと考えていると、あちこちからクライスに食事のお誘いの声がかかった。

（あ、そうか。僕にはクライスしか知り合いがいないけど、彼には友達がたくさんいるんだ）

いつの間にかまた恋人繋ぎになっていた手を外しながら、にっこりと笑って僕は言った。

「いいよ、僕のことは気にしないで。あとはご飯食べて寮に行くだけでしょ。地図もあるし大丈夫だよ。クライスは行ってきて」

執着系としては「行かないで」って引き留めるべきだったかな。でも、まだ初日なんだし、僕のせいで彼が他の友達といられないなんてやっぱりよくないと思うから。今日は友達のところに行ってもらおう。

「悪いがキルナ、ここでちょっと待ってろ。すぐに断ってくるから」

「なんで？　断らなくてもいいよ。友達のとこに行ってきてよ」

「いや、行かない。俺はお前と一緒にいたい」

むむ、こういう時彼はなかなか頑固だと思う。せっかく執着系悪役男子を一時中断してあげているのに。いいの？　チャンスだよ？　今だけだよ？

僕は言うことを聞かないクライスを睨みつけるけれど、ぜんっぜん効果はないみたい。むしろ手を握る力はさっきよりも強くなっている。

(もしかして……友達ゼロの僕のことを心配しているの？)

そうだとしたらわかってないな、まったく。僕ほど一人で平気な人間もそうそういないっていうのに。

はぁ、とため息を吐いて、僕のことをわかっていない彼に一から説明してあげることにする。

「あのね、クライス。僕は本当に一人で大丈夫だよ？　今までだって、ずうっと一人で生きてきたんだから。僕にとってはご飯なんか、一人で食べるのが当たり前なの。見たでしょう？　ジーンの花が生けてある別邸の食堂。あそこで毎日一人でおいしいご飯とシフォンケーキを食べていたの。朝も昼も夕方も。だから別に学園の食堂で一人だったとしても、少しも寂しいなんて思わない」

ね、わかったら早く行って！　と続けようとしたのに……それはクライスの胸に口がぶつかったせいで言えなかった。ぐいっと引き寄せられた僕の体は、彼の腕の中にすっぽりと収まってしまう。

(ぷはっ、んぅ、そんなに強く抱きしめると苦しぃよ)

「嫌だ。俺はお前を一人にしたくない」

……何をそんなにムキになっているんだろう？　僕はこんなに大丈夫だって言っているのに。

そんなやりとりをしている間に、彼を誘っていた友達も諦めてどこかへ行ってしまった。というか、クライスが、「もう行け」と目や手で合図を出しているのが見えた。

僕なんかのためにせっかくの誘いを全部断ってしまうなんて本当に勿体ない。そうだ、今からでも追いかけて、僕も一緒に行くからみんなで食べようって提案してみようか。あ、でも、やっぱりみんなはクライスと食べたいのであって、僕がついてくると嫌かな？

いつまでもくよくよ悩んでいると、その考えを遮《さえぎ》るように彼は僕の腕を引いた。

「さあ、二人で食堂に行こう。キルナは何が食べたい？」

あれ？　この顔。微笑んではいるけれど、有無を言わさぬ感じがセントラに似ている。

（うぅ、この笑顔に逆らうのは無理そう）

「んと、オ、オムライスかな……」

僕は無難にそう答えた。


クライスが怖い。なんでかわからないけれど、なんとなく怒っている感じがするの。

（僕、なんか変なこと言ったかな）

恋人繋ぎのままぐんぐん引っ張られて到着した先は、食堂、というよりはむしろ高級レストランだった。

天井にはきらびやかなシャンデリア。テーブルにはピシッとかけられた真っ白のクロス。学生が使うには不釣り合いに見える銀のカトラリー。食べたいものを伝えるとウェイトレスさんが注文したものを持ってきてくれるシステムで、仕組みも前世のレストランによく似ている。

待っている間に周りを見回すとものすごい数の生徒がいた。彼らはおしゃべりを楽しみながらおいしそうに食べていて、見ているだけでお腹が空《す》いてくる。

（僕のオムライスも早く来ないかな～）

「お待たせいたしました」

ついにテーブルの上に待ちに待ったオムライスとスープが並べられ、「いっただっきま〜す！」と大きなお口で卵とライスを一緒に頬張った。しかし、「もぐもぐ、ん？　もぐ。……」二口食べると僕はスプーンを置いた。

え、これ本当にオムライス？　と、疑わしい気持ちで食べかけのそれを見つめる。バターライスを黄色い卵が包み込んでいるそれは、どう見ても外見はオムライスなんだけど……違う。『とろとろぉ、ふあふあ、卵が蕩《とろ》けるよぉ‼』ってなるのがオムライスだと思っていたのに、これはなんだか卵が硬いし、ライスは柔らかすぎてねちょねちょするし、中に入っている野菜の微塵《みじん》切りが明らかに大きいんだよね。

(申し訳ないけど、僕、これ食べられない……)

でも学食はここしかないし慣れなきゃだめかな？　でもでも、おいしくないものは食べたくないの。

「どうした？」

クライスはテーブルの向かい側でお肉メインのランチを食べながら、まだ二口しか食べていない僕のお皿を覗き込む。あ、なんか言い訳しておいた方がいいかな……

「もうお腹いっぱい。ごちそうさま。なんだかお腹の調子がよくないの」って感じでどうだろう。誰しもそんな日があるでしょ？　だから今日は許してほしい。

するとクライスはやっぱりか、と呟いた。何がやっぱりなのだろう。

「デザートは？　何か食べてみろ」

お腹が痛いと言っているのにデザート？　と不思議に感じながらも、甘いものは大好きなので促されるまま注文してしまう。運ばれてきたのは生クリームとハーブで美しくデコレーションされたオシャレなシフォンケーキだった。これなら味も期待できそうだ、と思ったのだけれど……

「ふわぁ、おいしそう。もぐ……っ!?」

ガチャン！　あまりの衝撃に、フォークが手から滑り落ちてお皿に当たった。

(何これ!?　こんなのシフォンケーキじゃなぁい！)

『ふんわぁり、しゅわしゅわ。ん〜何これ溶けちゃう！　え、消えちゃった。魔法!?』ってなるのがシフォンケーキのはずなのに、これはパッサパサでいつまでも口の中に残っているし、クリームが甘すぎて舌が痺《しび》れそう。まさかこれがシフォンケーキだなんて、信じられない。

(うぅ……どうしよう)

クライスは一口しか食べていない僕のお皿をじっと見ている。再び言い訳したい気持ちが湧いてくるものの、オムライスも残したのにこれも残すのはさすがに駄目な気がして、もう一口、二口と口に放り込み、うぇっとえずきそうになるのを無理やりお茶で流し込んだ。

前世では野菜は嫌いだったけど我慢して食べることはできたし、失敗して焼きすぎたケーキだって平気だったのに。キルナに転生してからは舌がものすごく敏感で、嫌いな食べ物は全然受けつけなくなっちゃった。これからもここでご飯を食べるのかと思うと、暗澹《あんたん》たる気持ちになる。

でも……始まったばかりの学園生活、こんなところで躓《つまず》いてらんない！

覚悟してまた口を開けた時、クライスの手が伸びてきて僕の口を覆《おお》った。

「んむ？」

「もういい。食うな」

え？　だって――

「まずいんだろ？」

クライスの言葉は図星だった。

SIDE　クライス

俺の婚約者は驚くほど可愛らしい。

「学園でもずぅっと一緒にいてね！　離れないでね！　絶対ね！　絶対絶対絶対だよ」

腕にべったりひっついて、頬を押し当ててすりすりし、懐いた猫のような動きをする婚約者。くそっ、可愛いすぎか！

なんとか理性を総動員し、彼を丸ごと食らいたい衝動を抑える。

「ねぇ、クライス。わかった？」

わかった？　と上目遣いでこちらを見つめてくるキルナ。彼はその威力を理解していないのだろう。ふぅ、落ち着け。学園に向かう馬車の中で下手なことをするわけにはいかない。

「……ああ。わかった。お前もずっと俺から離れるな」

こんなに可愛いとすぐに変なやつに目をつけられてしまう。ああ、大変だ。絶対に彼から離れないようにしなければ。俺は自分の指に彼の細い指を絡ませぎゅっと握った。

校門前に到着すると馬車が停まった。ここから先は使用人とも別れ、徒歩で行く決まりになっているので先に降りて彼を待つ。が、彼は何やら逡巡《しゅんじゅん》しているようでなかなか降りてこない。

「ね、ねぇ、僕、一人で降りられるよ」

なるほど、俺のエスコートに戸惑っているのか。でもキルナは同世代の他の友達と比べても格段に華奢《きゃしゃ》で小さな体つきをしている。第一王子専用の、この無駄に豪華でごつい馬車から一人で降りるのは危険だ。焦《じ》れた俺はもう一度馬車に乗り込むと、その軽い体を抱いて降りた。

ああ、本当に軽い。こんな体で生きていけるなんて不思議だ。

そしてつい最近彼が死にかけていたことを思い出し、背筋に悪感が走った。これほど大切な存在が消えかかっていたかと思うと、心臓ごと冷えて固まるような心地だ。あのフェルライト公爵が長年彼を閉じ込めていた理由が、少しわかる気がした。

俺はキルナを抱きかかえたまま入学式会場へと向かった。俺を見て、そしてキルナを見て、歩みを止める生徒たち。こうして抱っこして一緒に入場することで、こいつが俺のものだと周囲にわからせておかないと。真っ赤になっているキルナには悪いが、にこりと王子スマイルを浮かべ、彼らを牽制《けんせい》した。

毎年入学式では入学テストで一位になった者が代表挨拶をする。今年は俺が代表だ。くそっ、挨拶のためにキルナから離れなければならないなんて。少し手を抜いて二番くらいになっておくんだった(キルナは体調の関係で自宅でテストを受けたが、テストを受けたことには気づいていなかった)。

壇上からは、まだ顔が真っ赤なまま俯いているキルナの藍色の髪が見える。藍色もいいけれど、やっぱり彼には黒髪が一番よく似合う。初めて会ったあの時、艶《つや》やかな黒髪と金の瞳のコントラストに脳内がクラクラするほど魅了されたことを覚えている。

だがそれはいつか二人きりの時に見せてもらおう。多くの生徒たちが集まる学園内ではキルナの綺麗さは隠しておきたい。もっともっと地味にしていいくらいだ。

『こ、このままではまずいです』

キルナに制服を試着させた日のことだった。

白い生地に金の刺繍が施された魔法学園の制服はとても格好がよく、他国でも人気がある。魔法が使える人間(主に貴族)が通う学園だから、金も惜しみなく使われ、形や色、細部に至るまで有名デザイナーによって緻密《ちみつ》に作り上げられている。これを着ているだけで五割増でモテると言われるほどだ。それをもともと美しいキルナが着るとどうなるか。

……ものすごい破壊力だった。

入学式までの十日間、俺とキルナの使用人たちで構成される〝キルナが学園生活を安全に過ごせるようにし隊〟が集まって、色々な策を考えた。例えば制服をわざと大きめにして、体の細さをカバーし、少しダサく見えるようにしようという提案があった。しかし実際に着せてみると……

（彼シャツ？）

袖の余ったシャツ、ウエストがぶかぶかでズレ落ちそうなズボン。なんだかこれは危うい感じで、けしからん！　と却下された（執事が鼻血を流してしまった）。

結局普通のサイズの制服に落ち着き、新たに提案されたのは伊達《だて》眼鏡だった。美しい金の瞳を少しでも隠すのが目的だ。かけさせると、これはいいかもしれない、となった。

だからほら、今キルナは黒縁眼鏡をかけている。

あ、やっと顔を上げた。俺は目が合ったタイミングで彼に向けて微笑んだ（が、なぜかその横の男子が涙を流し出した。なんだ？　あいつ）。

髪はオイルでケアすることを忘れず、ややぼさっと仕上げること。これはメイドのメアリーが教えてくれた。そうすることで洗練されたキルナの容姿を少しでも地味に見せることができるらしい。

これはキルナにもやり方を教えた。こういうのが流行《はや》っている、なんてデタラメを教える俺の話を、うんうん、と素直に聞いている彼に罪悪感が半端《はんぱ》なかった。

なんとかちょっとだけ地味に仕上がったことに満足し、やっとこれで普通の学園生活が送れそうだと皆で胸を撫で下ろした。

ん？　酷いって？　何を言う。これは変な輩《やから》からキルナを守るための防御策だ。

入学式の後クラス分けの発表があったが、俺とキルナは同じクラスだった。席も隣。当たり前だ。最初からそういう話になっている。

は？　ずるいって？　これは俺が決めたわけじゃない。ここの理事長がそう決めて、事前に連絡してきたんだ。

キルナの家庭教師兼王立魔法学園理事長、セントラ＝バース。かなりクセのある人物で、俺は苦手だが、魔法において彼の右に出るものはいない。

彼がここの理事長であることは有名な話だというのに、なぜかキルナはまだ知らないようだ。


ライン先生が教室を出ると同時に、話したこともないクラスメイトが声をかけてきた。

昼ご飯の誘い？　当然断る。俺はキルナと二人きりで食べたい。

俺が彼らの誘いを片っ端から断ろうとしていると、繋いでいる手をそっと解《ほど》こうとしながらキルナが言った。

「いいよ、僕のことは気にしないで。あとはご飯食べて寮に行くだけでしょ。地図もあるし大丈夫だよ。クライスは行ってきて」

（こいつは何を言っている？　俺がキルナを置いて、誰かと食堂に行くはずがないだろう）

彼の発言が本心でないことはすぐにわかる。平静を装《よそお》った彼の声は、いつもより強張《こわば》り引き攣《つ》っているし、手は細かく震えている。

「ここでちょっと待ってろ。すぐに断ってくるから」

俺は彼をこれ以上不安にさせないために、はっきりとそう言い切った。

それでも頑《かたく》なに、俺をどこかの誰かの元へ行かせようとするキルナは、終《しま》いには、「あのね、クライス……」といかに自分が一人で大丈夫な人間なのかを説明し始めた。だが、その説明とは対照的に、瞳からは涙が零《こぼ》れそうになっている。

これは……話し合いが必要かもしれない。

(空気を読め、ロイル、リオン。うるさいやつらを全員連れてあっちへ行け)

目や手で彼らにサインを出し、今にも泣き出しそうな顔をしているキルナを強く強く抱きしめた。

「俺はお前を一人にしたくない」

一人で大丈夫だと言いながら、彼は一人になることを酷く恐れているようだ。小さな体を震わせ、縋《すが》りつくように俺の袖《そで》を握っている。それなのに、なぜ俺から離れようとするのだろう。

一人で食べるのが当たり前なの。今までだって、ずうっと一人で生きてきたんだから。

――だから、これからも一人で生きていくの。

キルナの言葉の続きが聞こえたような気がして、俺は無性に不安になった。気まぐれな猫のような彼は、放っておくとふとどこかに行ってしまいそうな雰囲気がある。ただでさえ彼が臥《ふ》せっている間に、フェルライト公爵から彼の双子の姉の話を聞いたばかりで、俺は少し緊張している。

(しっかりしろ。俺がキルナを怖がらせてどうする)

これから学園の食堂でランチだ。彼の食事事情は〝キルナが学園生活を安全に過ごせるようにし隊〟の話し合いの中でも特に時間が割《さ》かれた案件だ。心してかからねば。俺はこれだけ言ってもまだ何か思い悩んでいるふうな彼を、さっさと食堂へ連れていくことにした。

「さあ、二人で食堂に行こう。キルナは何が食べたい？」

「んと、オ、オムライスかな……」

（オムライス、か）

公爵家で食べたオムライスは、舌に載せた瞬間に蕩《とろ》ける最高の代物《しろもの》だった。果たしてここのはどうだろうか――

予想通り、キルナは二口ほど食べると微妙な顔をしてすぐにスプーンを置いてしまった。どうやら口に合わなかったらしい。デザートを勧めてみると、大好物のシフォンケーキを選んだ。

（よりにもよってシフォンケーキ……）

『フェルライト公爵家のシフォンケーキ』は、実は知る人ぞ知る幻のケーキとして有名だ。時折社交界に出回るのだが一瞬でなくなってしまう。しっとりとキメの細かい生地、ほんのりとちょうどいい自然な甘み、噛むとしゅわりと魔法のように溶けるそれはまさしく絶品で。今ならわかる。あれはベンスがキルナのために日々研究し、改良してできたものだったのだと。

キルナは一切れ口に含んだ瞬間にフォークを取り落とした。驚愕《きょうがく》！　といった表情だ。まさか、これがシフォンケーキ？　信じられない、とでも思っているのだろう。実際に、別物と言えるほどの差があるから仕方がない。

それでも我慢して食べようと口を開け、苦い薬でも飲むようにお茶で流し込むのを見て、俺は彼の口を手で塞いだ。

「もういい。食うな。まずいんだろ？」

そう指摘すると、彼はぎくりと硬直した。どうやら隠しているつもりだったらしい。

「な、な、なんでわかったの？」

「……お前はわかりやすいからな。とっておきの食べ物を用意しているから、早く寮に帰ろう」

カードキーで支払いを済ませると、残ったものは寮の自室に送るよう指示し、腑《ふ》に落ちない様子でう～んと首を傾げている彼を連れて寮へと向かった。

＊　＊　＊

（ん～っと、何これ。お城？）

写真で見たヨーロッパのお城に似ているなぁ、なんて思いながら、僕はそのでっかい真っ白な建物を見上げていた。クライスの住んでいる王宮よりはもちろん小さいのだけれど、こんなに立派な学生寮が存在してよいものだろうか？

「カードキーはこちらに翳《かざ》してください」

間抜けな顔をして立っていたら、門番のお兄さんが親切に門の開き方を教えてくれた。開き方と言っても正確には門は開かない。僕らがカードを翳《かざ》すと、次の瞬間には体が勝手に門の内側に入っていた。

「す、すごいね。僕たち今、転移した!?」

「ああ、ほんの少しの距離だが転移したな。面白いか？」

僕は感動しているのに、クライスは当たり前、みたいな顔をしている。

実のところ、転移魔法は僕にとってかなり憧れの魔法だ。属性問わず使える魔法だけれど、中級レベルで僕にはまだ使えない。これが使えたら、あ、忘れ物した、ヒュンって取りにいけるわけだよ。すごいよね。

そんなことを考えながら歩いていると、お城の、じゃなかった、寮の入り口に辿り着いた。入ってみると、ん〜中までゴージャス！　大きなシャンデリアはずっしりと重たそうな宝石を大量に抱えて吊り下がっているし、壁紙にはきらびやかな金の魔法陣が描かれている。男子寮は狭くて汚くて臭くてどうしようもないところ！　っていう僕の先入観を打ち破る内装だ。

「学生寮へようこそ。お部屋にご案内いたします」

ホテルの支配人みたいな人が、僕たちの少し前を歩いて案内してくれる。各部屋の使い方や、大浴場、テラスなどの共有部分についての説明を手際よく済ませると、彼は丁寧にお辞儀をして戻っていった。

「さ、ここが俺たちの部屋だ。入るぞ」

（あれ？　ちょっと待って、僕とクライスって同じ部屋なの？）

クライスがカードキーを扉の魔法陣に翳《かざ》すと、シュンッと軽快な音がして、僕たち？　の部屋の扉が開いた。その瞬間に頭の中にあった疑問はどこかに消えてしまう。

「すごい！　なんて綺麗な部屋」

落ち着いた水色を基調とした壁紙には、やはり金の魔法陣がたくさん描かれている。これって魔力を流すと発動したりするのかな？

「ふわぁ〜！　広いベッドだぁ！」

なんて大きいベッド！　キングサイズかな？　すごく広くていくらでもコロコロと転がれそうなベッドが二台もある。僕は靴を脱いでベッドによじ登った。

公爵邸の自室のベッドはもっと広いけれど、それはそれ。学生寮だしきっと狭い二段ベッドなんだろうな～なんて想像していたけれど、またもや予想を覆《くつがえ》された。

「クライス、どっちがいい？　ごめんね。僕、うれしくって勝手に寝転んじゃった。こっちがよかったらシーツ綺麗にするよ」

「俺はどちらでもいいから、お前がそっちを使え」

「ふふ、ありがと」

なんだかお泊まりに来た時みたいにめちゃくちゃテンションが上がる。

「それよりキルナ。テーブルのところへ来い。いいものを出してやる」

「ふぇ？　いいもの？」

そろそろと高いベッドから下りてダイニングルームに行くと、クライスが何か小さく呪文を唱え、テーブルに描かれた魔法陣に手を翳《かざ》した。すると何もなかったはずの大理石のテーブルの上に、ぽわんと料理が現れた!?

「オ、オムライスと、スープ!?」

（え？　どういうこと？　どうやって出てきたの？）

きちんと銀のカトラリーまでセットされている。

「さあ、食え」

急に出てきたランチに戸惑いつつも、さっきほとんど食べられなかったせいで腹ペコだった僕は、濃厚なデミグラスソースの香りに誘惑され、無意識にスプーンを握っていた。

「いっただっきまーす！」

卵とライスを一緒にいただく。もぐもぐ、もぐもぐ。ん〜とろとろぉ、ふあふあ、卵が蕩《とろ》けるよぉ‼　これだよこれこれ〜！　そうなの。これがオムライスなの。

思った通りの味にスプーンが止まらない。あっという間にスープまで残さず全部食べてしまった。

（おいしかったぁ。これにシフォンケーキとプライマーの紅茶があったら最高なんだけど、さすがにそれは無理だよね）

密かに公爵家のデザートを恋しく思いながらお水を飲んでいると、「デザートもあるぞ」の声と共に、その二つが出てきた。

（え？　何これ。夢？）

都合のよすぎる展開に頬を抓《つね》ってみると、ちゃんと痛い。どうやら夢じゃないらしい。味は？

「ふんわぁり、しゅわしゅわ。ん〜何これ溶けちゃう！　え、消えちゃった。魔法⁉」

……完璧だった。

ソファに移動して甘酸っぱい香りのするプライマーの紅茶をいただきつつ、目の前で絵画のように優雅にお茶を飲む彼に訊いた。

「ねぇ、今の料理ってクライスが魔法で作ったの？」

「いや、違う。あれはベンスが作ってフェルライト公爵家から転移魔法陣でこちらに送ってくれたんだ。メニューはさっき食堂でウェイトレスに注文した後、すぐに伝えておいた」

「そうだったんだ」

なるほど、だからいつもの味だったんだ。食堂で懲《こ》りた僕は、いつもの味がどれだけ素晴らしかったのかをようやく理解した。だけど、ちょっと引っかかる。

「そんなの、もし僕が食堂のご飯を気に入って食べていたらどうするつもりだったの？」

今回はたまたま食べられないものが出てきたから腹ペコのまま帰ったけれど、もしかしたらあそこで満腹になっていたかもしれないのに。

「いや、超偏食のお前に食べられるメニューなんか一つもないってことは予想できていた。キルナ以上に、ベンスはお前の舌を知り尽くしている。さすが、幼少期から仕えてきただけのことはある」

（なんと……僕より僕を知っているって、そりゃすごいよ！）

「でも、こんなのありなのかな？　学食で食べるか、学園内のマーケットでお惣菜《そうざい》を買うか、買った食材で自炊する決まりじゃなかったっけ？」

確かライン先生がそう説明していた気がする。

各部屋にはキッチンがついていて、調理ができるようになっている。下級貴族や平民の生徒にとっては食堂のメニューを毎回食べるのは経済的にきついらしく、自炊する人が多いみたい。

「外部からの取り寄せは、普通は禁止されている。だがお前の場合は食堂のメニュー全般が食べられない上に、自炊もできない（してもおそらく食えない）。ここへ来る直前まで体調も崩していた。このままでは著《いちじる》しく健康を損なう恐れがあるということで、特別に許可されている」

ほぇ、そうだったんだ。知らない間に許可をもらっていたのか。

「これからはここで食べよう」

「うん。わかった」

僕は素直に頷いた。だって食堂には正直もう行きたくないし、ベンスのご飯がここでも食べられるなんてすごくうれしい。やっぱりシフォンケーキなしの生活なんて考えられないもの。

クライスと二人でお茶を飲みながらゆっくり寛《くつろ》いでいると、ドアのベルが鳴った。ん？　誰かな。お客さんかな？

「誰だ」

「ロイルです」

「お久しぶりです、キルナ様。覚えておられますか？　昔、お茶会で一度お会いしたのですが」

水色の髪が爽《さわ》やかで優しそうな美形。攻略対象者の一人でクライスの側近候補、ロイル＝クルーゼンだ。

「あ、ロイル。もちろん覚えているよ。僕にハンカチをくれた人」

「はい、そうです。……クライス様、睨むのはやめてください」

「何の用だ」

「はぁ、いいじゃないですか。私にもちょっとくらいキルナ様とおしゃべりさせてくださいよ。まぁ、用というか、お話ししておきたいことがありまして……」

ロイルはどこから取り出したのか、自分の分の紅茶をさっと用意して僕たちの斜め横のソファに座ると、真剣な口調で話し始めた。

「クライス様、キルナ様、お二人が婚約されていることは貴族の間では周知の事実ですが、平民の中には知らない者もおります。さらに、今まで社交界に顔を出されなかったこともあり、貴族であってもほとんどの者がキルナ様についてよく知りません」

うん、僕のことを見たことある人なんてほぼいないはず。だって、ずっと引きこもりだったから。

「それが今になって、いきなり姿を現した」

そうだよ。しかも抱っこされてね……

「クライス様には熱狂的なファンである親衛隊がいます。ファン、というだけならまだしも、中には婚約者の地位を狙っている者も多数いて、彼らがキルナ様の存在をよく思っていないのは確実です。どうか、お気をつけていただきたい」

なるほど。僕は突然現れた第一王子の婚約者で、クライスにくっつきまくってストーカーする執着系悪役男子だ。

彼のファンはそんな僕を見て、なんだあいつクライス様にベタベタしやがって。私たちのクライス様に迷惑をかけるなんて許せない！　となって僕に攻撃を仕掛けてくる。僕は指輪の力を使ってそういう人たちを返り討ちにして、さらに調子に乗ってクライスにくっつこうとする。クライスはそんな婚約者が鬱陶《うっとう》しくなって逃げる。僕は追いかける。それを見た人たちが怒って、のエンドレス……

で、五年が経って、僕たちが六年生になる年にユジンが入学してくる。クライスとユジンは惹《ひ》かれ合う。僕は嫉妬してユジンをいじめる。そして、それまでの悪行に加えて、ユジンをいじめた罪を問われ、卒業パーティーで断罪される。って感じだね。うんうん。ストーリー通り。

ということは、これからクライスの親衛隊との戦いが待っているのか。

ちょっとだけ怖い気もするけど……でも、クライスとユジンの未来のために頑張らないと。僕はぎゅうっと拳を握りしめた。

「おい、キルナ。絶対に俺から離れるなよ。変なやつに話しかけられてもついていくなよ」

僕の頭をぽふぽふ叩きながらクライスが言う。ぽふぽふに合わせて妖精が跳ねているのが可愛い。

「ふふっ、大丈夫だよ。クライスこそ気をつけてね（僕に）」

僕は子ども扱いする彼の手を掴まえて、そう答えた。

＊＊＊

「キルナ起きろ。朝だぞ」

「ん、もぅちょっとだけ……」

「授業に遅れる」

「ん……」

「おい。寝るな」

んぅ？　唇にちゅっとされて、びっくりして目を開けた。

「ちょっと。クライスったら‼　いまチューしたでしょ！」

「ああ、ちょっとだけな」

悪びれないクライスに僕は真っ赤になってぷんぷん怒る。もうもうもう！　朝っぱらからなんてこと！

朝から怒って眠気なんか吹っ飛んでしまった。体を起こしルゥを探そうとして思い出す。あ、そうだ。ここは学生寮の僕とクライスの部屋だ。昨日は入学式だったんだ。

（えと、顔を洗わないと。歯も磨いて。あと、あと何をしたらいいのだっけ？）

朝はいつもぼんやりしていてルゥにお任せしているせいで、一人になると何をしていいのかわからない。あ、クライスはもう制服姿だ。僕も着替えないと。

「よいしょっと、ん～、脱げたぁ」

僕はベッドの上でお行儀悪く寝間着を脱ぐ。制服制服、あれ？　僕の制服はどこに置いたかしら。

「キルナ、朝ご飯が届いているぞ、っておい、裸？　ちょっとは隠せ！」

クライスったら赤くなっちゃって、変なの。お風呂と違って着替えなんて一瞬なんだし、男同士なんだからいいでしょ別に。いつも「キルナ様、隠してください」って口うるさいルゥみたい。

なんだかギクシャクしているクライスを放っておいて、無事制服に着替えた僕は先に朝食をいただく。

「あ、パンにポポの実入ってる～。やったぁ」

（今日はクライス、ポポの実くれないのかな？）

じぃっと見ていると、気づいた彼が黄色い実を摘《つま》んで僕に差し出した。

「ぱく。もぐもぐ、ん。甘い、やっぱりおいしっ。ありがと」

「あ、ああ……」

そんなのんびりした朝から始まった一日。それがとんでもないことになるなんて、その時は想像もしていなかった。


「行ってっきま～す」

二人で一緒に教室に行き、二人並んで授業を受ける。休み時間も一緒。トイレも一緒!? もうついてこないでってば！　ん？　何これ、クライス、僕たち一緒にいすぎなんじゃない？　でも僕の行動としては四六時中クライスにくっついているのが正解なわけで……じゃあ、合ってるのかな。

授業は、うん、まぁまぁ難しい。だけどなんとかやっていけている。抜き打ちの小テストもセントラが教えてくれたところがよく出たから、結構いい点数が取れた。よかった。クライスは満点で一番だったみたい。すごいなぁ、賢いんだね。

と、まぁいい感じにスタートした学園生活だったのだけれど……

（ない！　ないよぉ。ここに入れといたはずなのに）

「ん？　どうしたんだ。何かなくしたのか？」

慌てて探しものをする僕に気がついてクライスが声をかけてくれた。でも、そこにタイミング悪くクラスメイトが数人やってきてしまった。

「すみません、殿下。さっきのテストの問題で一つ教えていただきたいところがありまして」

「ああ、すまない。キルナが今何か探しているようだから後に……」

「いいよ、何も探してないよ」

勉強の邪魔をしないようにさっと彼らに背を向けると、クライスは訝《いぶか》しげな顔をしながらも、その子たちに魔法式の問題を教え始めた。

(大丈夫。クライスがいなくたって落ち着いて探せば見つかるはず)

ところが、鞄の中をひっくり返し、机の中をひっくり返し、心当たりのある場所を全部探してみたのに見つからない。

砂時計が、ない……

公爵家からはほとんど何も持ってこなかったのだけど、砂時計だけはお守りとして持ってきていた。鞄の中に大切にしまっておいたのに、どこにいったのかな。

ふよ、と目の前を横切った妖精に訊いてみる。

「ねぇ、僕の砂時計知らない？」

「んとね～あのこがもっているよ～」

妖精が指差した方を見ると、その先には朝の自己紹介でリリー＝プラムと名乗っていた子がいた。

クライスの新入生代表挨拶の時、僕の隣で涙を流していたチワワ的男の子。目が大きく愛らしい顔立ちで、華やかなオレンジ色の巻毛がとても美しい。

だけど、どうしてあの子が僕の砂時計を持っているのだろう。

「砂時計を返して！」

僕は真っ直ぐリリーの元へ行ってそう頼んだ。あれは大切なものなの。早く返してほしい。

「なんですか？　急に。僕、あなたの砂時計なんて知りません」

リリーはきっぱりと断言した。そして何か証拠があるのかと訊き返す。

「だって……」

妖精がそう言っているもの、と答えようとして言葉に詰まった。そういえば妖精はみんなには見えないのだった。言って信じてもらえるかしら。

どう伝えるべきかと悩んでいると、リリーは大きな目を潤ませ、ついには泣き出してしまう。

「ぼ、僕は、なんにもしてないのに。証拠もなしに悪人呼ばわりするなんて、酷いです。うぅ、ぐずっ」

泣いている彼を前に僕はどうしたらいいのかわからず立ち尽くしていた。ただ砂時計を返してもらいたいだけなのに、大変なことになってしまった。

そうこうしているうちに、騒ぎを聞きつけた生徒たちが集まってきた。

「どうした、何があった？」

クライスも駆けつけてきて、優しく声をかけてくれる。

「聞いてください、クライス王子。キルナ様が、僕が砂時計を盗んだって言うんです。そんなことしてないのに。証拠だって全然ないのに犯人だって決めつけて、返せって怒鳴られたんです。僕、ものすごく怖くて……」

しくしくと泣きながら、今起きたことをクライスに説明するリリー。僕はそれをただ黙って聞いているようだった。

彼の説明が終わる頃には、集まっていた生徒全員がリリーの味方になっているようだった。

「公爵家の嫡男様が、たかが砂時計一つで、なぁ」

クスクスと忍び笑いが聞こえてくる。

（あの砂時計をたかが、なんて言われる日が来るなんて……）

悔しくて僕は唇を噛んだ。涙が溢《あふ》れそうだったけど絶対に零《こぼ》したくなくて、瞬《まばた》きしないように気をつけた。

こんな時どうしたらいいのだろう。前世も今世もずうっと引きこもりだった僕は、言い返したいのに何も言えない。すごく惨《みじ》めな気持ちだ。こんなところをクライスに見られるなんて。

「キルナ。大丈夫だ」

そう言ってクライスはいつものように僕の方に手を伸ばした。けれど、僕はその手を振り払って教室を飛び出した。このまま僕の味方をしたらクライスまで悪者になってしまう。後ろでは追いかけようとする彼をみんなが止めているのが見えた。

全速力で走った。

どこでもいい。ここじゃないどこかに行きたくて……

どれくらい走っただろう。誰もいない場所を求めて、僕は建物から離れるように進んでいた。いつの間にか木々の中にいる。長いこと走ったはずなのに、この森は終わりが見えない。

走って、走って、走り切って……

僕は小さな祠《ほこら》のようなものを見つけて、ようやくその前に腰を下ろした。

(この祠《ほこら》の中には、神様がいるのだろうか?)

大切な砂時計をなくしてしまった。あの中には僕とクライスのあの日が詰まっていたのに。そう遠くない未来にまたあの砂時計を頼りに生きていく日が来るのに。

お腹が痛いの。熱くてちくちくする。でももう砂時計もない。あれがあればちょっとは痛みが治まるのに。

ねぇ、神様。

――神様はさすがに悪役までは助けてくれないんですか?

抱えた膝の上に顔を伏せ、痛みに耐えるその横で――

質問に答えるかのようにヒカリビソウがぽうっと淡い輝きを放ったことに、僕が気づくことはなかった。

SIDE　クライス

ロイル、リオン、ノエル、ギアたちと共に、キルナを捜した。しかし、追跡魔法を使ってもなかなか見つからない。かなり遠くまで行ってしまったようだ。五人がかりでなんとか辿った彼の気配は森の入り口まで続いていた。

「もしかして、この森に入ったのか？」

妖精の森。ここは別名迷いの森とも言われ、毎年多くの遭難者を出している。普通なら迷ったとしても転移魔法で戻ればいいのだが、この森では魔法が使えない。森自体の魔力が強すぎて、力が相殺《そうさい》されてしまうのだ。ライン先生もこの森は危険だから近づくなよと忠告していた。

言い表せないほどの不安が押し寄せてくる。キルナの行き先が、よりにもよって妖精の森とは。妖精に呼ばれ、二度と帰ってこなかったカーナ＝フェルライトの話を思い出す。最悪の未来が頭を過《よぎ》ったが、キルナの捜索に専念することで考えないようにした。

「ほんとに真っ暗。これじゃなんにも見えませんよぉ」とノエルが嘆く。

彼の言う通り、暗い闇がどこまでも続いている。妖精は花を好むというくせに、どうして妖精の森はこんなにも暗いのだろう。魔法が使えないから光で照らすことも、追跡魔法を使うこともできない。見えないまま草木を踏み分けただ闇雲に進むしかない。戻り道だけはわかるように、木に護身用のナイフで目印をつけながら進んだ。

しばらく進んだところでロイルが言った。

「クライス様。一度引き返しましょう。もう、大分時間も経っています。このままでは我々も遭難するかもしれません。装備を整えて出直しましょう」

リオンもその方がいいですね、と賛成する。それはそうだろう。水も食料も灯りもなしに森の奥深くに入るのは危険すぎる。

「ああ、すまない。お前たちは戻ってくれ。俺は……もう少し捜してみる」

俺は焦っていた。時間が経つにつれて闇はより深くなっていく。鬱蒼《うっそう》と茂った草と木、ここには人間が歩くための道などなく、木々が何もかもを隠してしまっている。

なんとしても今見つけなければ。

——この森の中に俺の大切な人がいる。

リリーから取り返した砂時計を握りしめ、さらに奥へと進んだ。

「クライス様が行くのであれば、もちろん俺たちもついていきます」

ギアは木の幹に新しい印をつけながらそう言った。


どれくらい歩いただろう。

その距離も時間も、もはやわからなくなってきた頃、隣を歩いていたノエルが呟いた。

「あれ？　クライス様、その砂時計、何か光ってません？」

手にしっかりと握った砂時計がなぜか光を帯びている。その光はキルナが教えてくれた妖精の放つ七色の光に似ている気がした。小さな光が照らす先にはいつの間にかヒカリビソウがびっしりと生え、一本の道を作っているのが見える。

「キルナ！」

俺は夢中で叫びながら闇の中に浮かぶ光の道を進んだ。

「「いた！」」

光の道の先。妖精の森の奥深くにある祠《ほこら》の前に彼はいた。祠《ほこら》の前に蹲《うずくま》っていたキルナは、俺たちに気づくなり逃げる体勢をとった。

「なんで……来たの？　リリーを泣かせた僕を怒りに来たの？　砂時計をなくしたくらいで大騒ぎしてって笑いに来たの？」

「そんなわけがないだろう。俺たちはお前を捜しに来ただけだ。誰も怒ってなどいない。戻ってこい」

「……もう、放っておいて！　こないで、こないでよぉ」

俺は逃げようとする彼の腕を掴んだ。抵抗しようとしているが、細く力の弱い彼の腕はあっさりと捕まえられる。

「キルナ」

彼に触れることで、ようやく不安に押し潰されそうだった気持ちが落ち着きを取り戻していく。どうしても顔が見たくて、そっと顎を掴み上を向かせ邪魔な眼鏡を外した。大きな金の目から、次から次へと大粒の涙が溢《あふ》れ彼の頬を濡らしている。

「辛かったんだな。すまない、俺が目を離してしまったばかりに」

「なんで、クライスが謝るの？　僕が、勝手に砂時計をなくしたの。僕のせいなのに。騒いで、リリーを泣かして。僕……どうしたらいいのかわからなくて……」

「お前のせいじゃない。あれはあいつが仕組んだことだ。ほら、探していたのはこれだろう？」

白い星砂が入った小さな砂時計。初めてこれをキルナの部屋で見た時、照れながらあの時の砂が入っているのだと教えてくれた。彼はそれを両手で大切そうに受け取ると、上からも下からも眺めて傷がないことを確かめ、ほぅっと息を吐いて、愛おしそうに見つめた。

「どこに……あったの？」

「リリーの机の中だ」

「なんで？　あの子、持ってないって言ったのに……」

「お前の気配を辿ったら、リリーの机の奥から出てきた。あいつがお前の鞄の中から砂時計を盗って隠したんだ。嘘を吐いていたのはあいつだった。砂時計が出てきても自分がやったとは認めなかったがな」

「彼が盗んだところを他の生徒が見ていました。間違いなく彼が犯人です。クライス様を慕《した》っていた彼が、あなたを陥《おとし》いれようとしてやったことです」

ロイルが補足するのをキルナは黙って聞いている。

「そう……」

ただ、そう答えた彼は今にも消えてしまいそうな気配を漂《ただよ》わせる。

小さく美しく儚《はかな》い、それはまるで妖精のような……嫌だ。

「帰ってきてくれ。キルナ。俺にはお前が必要だ」

キルナは切羽詰まった俺を見てふっと笑うと、どこか虚《うつ》ろな目をして言った。

「僕が必要だなんて、クライスったら変なの。みんな僕のことといらないって言ったのに。たくさんの人が僕を見て笑っているの。公爵家の落ち零《こぼ》れで、黒髪の化け物だって。僕なんかいなければよかったって。お母様も、優斗も。みんな……」

彼の様子がおかしい。体の周りにうっすらと黒い靄《もや》が見える。

（これは、なんだ？）

「お腹が痛いの。熱いよ。んぅ……駄目。お腹、ちくちくして……」

「キルナ！」

倒れかけた体を支えると、俺に寄りかかったまま彼は意識を失った。そのまま横抱きにし、全速力で森を駆ける。光の道を戻るとすぐに道が開け、森の外へと辿り着いた。魔法が使えるところまで出ると、迷うことなく転移魔法で飛ぶ。

転移先は、魔法学園の理事長室だ。

「理事長！　大変なんです。キルナが！」

荒い息を吐きながら、俺は腕に抱きかかえたキルナをセントラに見せた。

「さっき妖精の森で意識を失いました。それまで普通に話をしていたのですが、目が虚《うつ》ろで、何か黒い靄《もや》のようなものが体から出てきてそのまま……」

「こちらのベッドに寝かせてください。キルナ様の記憶を少し見させていただきます」

セントラは二本の指をキルナの額に当てると目を瞑り、短い呪文と共に魔法陣を描いた。

「なるほど」

記憶を見る魔法？　そんなものがあるのか。俺の考えを見透かしたように彼は言った。

「記憶と言っても断片的なものだけです。ですが、大体のことはわかりました」

「すみません。俺がもっとしっかり見ていれば……」

「いえ、よく連れ帰ってくれました。こういう状態になったらここへ来るように、という約束を一度聞いただけできちんと覚えていてくれたのですね。ふふ、あなたは誰かと違ってとても優秀な生徒だ」

チラリと横たわったキルナを見ながらセントラは言う。

「こちらの生徒は十回ほど言ってようやく覚えてくれますからねぇ」

馬鹿にしているような口ぶりだが、キルナの髪を撫でるその手つきは優しい。

「さてと、では、今からこの靄《もや》をキルナ様の体内に戻します」

キルナの体を包み込む黒い靄《もや》は今でもはっきりと見え、不吉な様相を呈している。

「これはなんですか？」

「キルナ様の魔力が滲《にじ》み出たものです。負の感情が高まると、それに反応して闇の魔力は強くなる。お腹の中で魔力が行き場を求めて暴れているのです。ですが、妖精との契約が済んでいない闇の魔力は、他のものと違って放出したり、人に受け渡したりといったことができない」

「どうにかできるのですか？」

「そうですね。あなたにも手伝っていただくことになりますが」

「もちろんなんでもします。むしろ手伝わせてください」

セントラは優しく微笑む。誰をも虜《とりこ》にする甘いフェイスで。だが、俺はこの人がキルナいわく鬼教師であることを知っている――

「まだ駄目です。もっともっと薄く」

光の魔力をパン生地のように捏《こ》ね、薄く薄く引き伸ばす作業。もう向こうが透けるくらい薄くなっているが……

「穴が空《あ》いたらまたやり直しですよ。分厚すぎるとキルナ様の負担が大きくなります。光の魔力は闇の魔力を穏やかにする性質を持ちます。あなたの魔力でキルナ様の闇の魔力をコーティングするのです。新鮮な卵の黄身を包む膜のように薄くて強い、張りのある魔力が必要です」

彼の指示に従って、魔力を極限まで薄くすることに集中する。俺の体が限界に近づいた頃、ようやくセントラは頷いた。

「これでいいです。お疲れ様。あとは私に任せてください」

魔力の受け渡しが終わると、ふらつく足を叱咤《しった》し、なんとかソファに座った。頭がくらくらして吐き気がする。魔力が枯渇しているのだ。もともと豊富な魔力を持って生まれてきた俺は、ここまで魔力を消費したことがない。体が重く自分のものではないみたいだ。

「どうぞ、これを飲んでください」

ガラスの瓶に緑の液体が入っている。中身を確認する余裕もなく、渡されたものをぐいっと一気に呷《あお》ると、そのあまりのまずさに意識が遠のきそうになった。

(な、毒か?)

頭を横に振る。いや、そんなはずはない。彼は天才魔法学者だ。殺すならこんなものがなくても魔法で殺すだろう。

「回復薬ですよ。少し苦かったですか?」

少し苦い、というレベルではなかったが、効果は抜群だった。

ソファに座ったまま広い室内を見回す。ここは理事長室、というよりは研究所と言った方が相応《ふさわ》しいだろう。あちこちにフラスコやビーカーなどの実験器具が置かれ、毒々しい色の液体がプクプクと泡を出している。

セントラの方を見ると、俺の作った魔力の膜に何か混ぜたのか、それはさっきまで黄金に輝いていたのに今は黒くなっていた。

「キルナ様の魔力に近づけました。これで負担は減るはずです。では、包んでいきましょう」

できたての黒い膜は、ふよふよとスライムのように形を変えながら空気中を漂《ただよ》っている。

セントラは、まだ意識の戻らないキルナの上着とシャツを脱がせ、上半身裸の状態になった彼を再びベッドに寝かせると、臍《へそ》の上に手のひらを当て、スラスラと難解な呪文を紡《つむ》ぐ。

すると、黒い膜《まく》はブワッと大きく広がって、キルナの体全体を包み込んでいく。そのまま黒い膜はゆっくりと拳大《こぶし》まで縮んでいき、キルナの臍《へそ》のあたりで、すうっと体の中に消えていった。黒い靄《もや》も綺麗さっぱり消えている。

「しっかりと闇の魔力を包み込むことができました。当面はこれでなんとかなるでしょう。今日はこのまま彼を預かります。あなたは部屋に戻ってください」

セントラはキルナの臍《へそ》周辺を撫でながら言った。その手つきがなんというか、エロすぎるのが気にかかる。本当に彼を任せて大丈夫だろうか？

「……あの、理事長。俺はいてはいけませんか？」

「心配ですか？　いいですよ。ソファしかありませんが」

「ありがとうございます」

セントラは魔法でソファをゆったりと寝られるサイズまで大きくし、掛け布団と枕までセットしてくれる。サイドテーブルにはさりげなくミルクティーまで置いてくれた。

やはりこの人は苦手だ。あらゆることをスマートにこなす彼は、俺から見ても格好よすぎる。こんな人がキルナの近くにいると思うと……

俺は嫉妬しそうになる自分の気持ちを抑えるために、ミルクティーを一口飲んだ。変な味が口いっぱいに広がり、喉が燃えるように熱くなる。

(な!?　毒？)

俺がその暴力的な味に震えていると、彼は言った。

「すみません。あまりおいしくなかったですか？　いつもベンスに怒られるんです。お前は味覚音痴だから何も作るなって。ふふふふふ」

甘いフェイスで邪気なく笑うこの人に、俺は一生敵いそうにない。

＊　＊　＊

「ん、あれ？　ここは……」

え、どこ？　本当にどこ？　きょろきょろと室内を見回すと、フラスコに入った謎の紫の液体がポコポコと湯気を出しているのが目に入った。理科の実験室、かな？　紫の液体は見た目こそちょっと不気味ではあるものの、ラベンダーみたいな甘く柔らかな香りを漂《ただよ》わせている。

「ん～いい香りだし、もう少し……」

僕がもう一度目を瞑りかけた時、見覚えのある、眼鏡の似合うインテリ系イケメンが現れた。

「体調はどうですか？　キルナ様」

「ふぇ？　セントラ？　どうしているの？　もしかしてここはセントラのお家？」

そういえば、僕は普段彼がどこに住んでいるのか知らない。気づけばいつも公爵家別邸の勉強部屋にいたから。

「いえ、魔法学園ですよ」

「そうなの？　なんでセントラが魔法学園にいるの？」

「そうですね。それは私がここの理事長だからです」

「ふぅん、そうなんだ。へぇ……？」

って、えええええ!?　セントラが、王立魔法学園の理事長ぉおおお!?

猛烈にびっくりしている僕をよそにセントラは淡々と魔法を使い、僕が寝ているベッドの皺《しわ》を伸ばし、カーテンと窓を開けた。呪文一つでなんでもできるなんてさすが！

「熱を測らせていただきますね」

そう言って彼は僕のおでこに指先をちょんと当てる。その間わずか一秒。そんなのでわかるのかな？

「はい、熱はありません。お腹はどうですか？」

「おなかは、空《す》いた」

「ふふっ……そうですか」

あれ、苦笑い？　そんなこと聞いてないよって顔？　何か答え方を間違えちゃったかな。

「お腹……なんかね、いつもよりぽかぽかするような気がするよ」

「痛みはないということですね。もうお昼ですし、ランチタイムにしましょうか。そうそう、今朝クライス王子もここで食事を済ませてから学園に行きましたよ」

「え、クライスもここにいたの？」

「はい。あなたを心配して始業時間ギリギリまでここにいましたが、キルナ様はまだ起きそうになかったので授業に行っていただきました」

そうだ、昨日僕のことをクライスが森の奥まで捜しに来てくれたのだった。またクライスに迷惑かけちゃったな。あとで謝らないと。

「ねぇ、僕の砂時計は？」

「ここです」

何もなかったはずのセントラの手にぽよんと砂時計が現れた。おお、すごい。

「よかった……」

変わらない砂が変わらない時を刻んでいることを確認して、僕は心の底から安心した。これは僕に必要なものだ。もう絶対になくさないようにしなくちゃ。

「何が食べたいですか？」

「えと、ポポの実が入ったパンとラダルのキッシュがいいけど……セントラが作るなら食べないよ」と、エプロンをつけようとしている彼に念を押しておく。

「なぜ？」

セントラは悲しそうに僕を見る。なに、その、哀愁漂《ただよ》う無駄に色気のある表情。知らない人なら、いいよ！　あなたの作ったものならなんでも食べるよ！　って答えちゃうところだろうけど、そうはいかない。

「だって、セントラが作るものはなんでも殺人的にまずいってルゥが言ってた」

「ふふ、手料理を振る舞いたかったのですが、仕方がありません。ベンスに送ってもらいましょう」

僕はゆったりとしたソファに座って、届いたばかりのランチをいただく。さっくさくのパイ生地に卵とチーズの濃厚な味が堪《たま》らない。ベーコン、じゃなくてラダルの塩加減もちょうどよくておいしっ！

キッシュの味を堪能《たんのう》していると、向かいのソファで苦そうなコーヒーを飲みながらセントラが言った。

「リリー＝プラムは退学にしましょう」

「え、なんで？」

「人のものを盗む嘘吐きは、私の学園にはいらないので」

「そんな、別にそこまでしなくても……」

セントラは首を横に振った。

「学園内だから退学で済むのです。これが学園の外だとしたら、公爵家嫡男のあなたの持ち物を男爵家の次男が盗むなど、下手をすると家が取り潰されてもおかしくありません。それくらい悪いことです」

処罰されるくらい悪いこと。それって僕がこれからやらなきゃいけないやつだよね。……なるほど、あれが悪役なんだ！　実は悪役ってどんなものかわからなくて、行き詰まっていたんだよね。

「ダメダメ、退学なんて。いいことを思いついたから、リリーのことは僕に任せて」

「嫌な予感しかしませんが……いいでしょう。被害者であるあなたがそう仰《おっしゃ》るのなら。しかし、彼がまたキルナ様に危害を加えようとするなら、次は容赦なく処罰します」

うぅ、眼鏡がキラーンって光ったよぅ。本気だ……

「ん、わかった」

僕はドキドキしながらキッシュの最後の一口を食べた。食べ終わったお皿をテーブルの魔法陣の上に置くと、お皿が消えて大好きなデザートが出てきた。

(あ、シフォンケーキにポポの実のシロップがかかってる！　おいしそぅ！　プライマーの紅茶はミルク多めにしちゃおう。ん～甘酸っぱい、いい香り)

機嫌よく食べていると、セントラが僕の頭をよしよしと撫でてくれる。

「おいしいですか？」

「うん」

「私はこの理事長室にいますから、困った時にはいつでも来てくださいね」

「うん」

温かくて心地のよい手にうっとりと目を閉じてしまう。セントラは僕が小さい頃からずうっと一緒にいてくれた。僕が一人で泣いていた時も、こうしてよく頭を撫でてくれたっけ。あの時はどうして自分が一人ぼっちなのか全然わからなくて、我儘《わがまま》ばっかり言って今よりもっと悪い子だったのに、セントラは変わらず僕の側にいてくれた。

学園にはルゥもベンスもメアリーもいなくて寂しいと感じていたけれど、セントラがいるのだと思うと心強い。

「では、お昼ご飯を食べ終わったら、休んだ分の勉強をしましょう」

えええ？　この流れで今から勉強だって⁉

「あ、僕、なんかまだ体調が……」

「いいですね？」

「……は、ィ」

やっぱり鬼。僕はその魅惑の甘い笑みを見ながら思った。

ＳＩＤＥ　セントラ

ひっくひっく……

子どもの泣き声が聞こえる。

姿は見えなくても、この公爵家別邸にいる子どもはただ一人。嫡男のキルナ様しかいない。

『こんなところで何をされているのですか？』

彼は掃除道具入れの物陰に隠れ、一人ひっそりと蹲《うずくま》って泣いていた。

『ぼくはなんでくろいかみをしているの？』

『髪、ですか？』

『みんなこのかみをみて、ばけものだっていうの。セントラはなんでもしっているのでしょ？　ねぇ、ぼくはばけものなの？』

『キルナ様は人間です。あなたが美しい黒い髪をしているのは、魔法の属性が闇だからに過ぎません。私はあなたの漆黒《しっこく》の髪が大好きですよ』

私がその柔らかな髪を撫でると、彼は泣くのをやめた。

『このかみがだいすきなんて、はじめていわれた』

『ふふ、私はその髪が大好きですから、また撫でてもいいですか？』

『ほんとに？　……いいよ、いっぱいなでても。そのかわり、ぼくがないていたってひみつにしてくれる？　わるぐちいってきたやつにしられたくないの』

『もちろんです。私とキルナ様の秘密です』

それから彼はよく私のところに顔を出すようになった。他では涙を見せたくない彼が、泣き場所を求めてやってくるのだった。

『今日はどうされたのですか？』

『おとうさまとおかあさまはぼくのことがおきらいなのだって。だからぼくのところにはこないのだって』

金の瞳からぽろぽろぽろと流れ落ちる涙はいつ見ても美しかった。

『少なくとも旦那様はあなたのことを愛しておられます。わざわざ私にあなたの子守を依頼してくるくらいには』

『そうなの？　でもおとうさま、ぼくにあいにこないよ』

『今はお仕事で忙しいのです。いつか会いに来られますよ』

『……そっか』

彼はひとまず納得すると、私に頭を差し出した。そっと撫でるとうれしそうに目を細める。普段人に甘えることがない彼を甘やかすのは少し楽しい。

もっと幸せになってほしい。闇の魔力を持つあなたの心が悲しみでいっぱいでは、この先……

「どうしたの？　セントラ」

「いえ、少し、昔のことを思い出していました。できましたか？」

「んーん。まだ。これちょっと難しい……」

理事長室の大きな机に向かって、欠席した分の課題に取り組んでいるキルナ様を見ながら、私は再び過去へと思いを巡らせる。

旦那様は彼を結界を張った公爵家の別邸に閉じ込めていた。カーナ＝フェルライトと同じ運命を辿らせないために。愛ゆえの行動だが、それでは解決にならない。

溜まりすぎた闇の魔力は彼の体を蝕《むしば》み、痛みを与えている。

私は妖精と闇属性に関するありとあらゆる書物、資料をかき集めたが、手がかりが少なすぎる。そもそも忌《い》み嫌われている〝闇属性〟や、他属性の者には見えもしない〝妖精〟は研究対象にはなりにくいのだ。

――もう時間がない。

私はキルナ様の体が限界だということを雇い主であるフェルライト公爵と、この国の王、レアル＝アステリアに報告した。王立魔法学園の理事長として親交があり、公爵を説得できる唯一の人物だと思ったからだ。

王による説得は成功し、無事キルナ様を公爵家から連れ出す、または結界を解く許可がいただけると思った矢先、キルナ様の母親が彼に毒を盛るという事件が起きた。

極秘にされていたことで、私も後で知ったのだが、あの母親が彼を殺そうとしたのはこれが初めてではないという。彼女はまだ乳飲み児の我が子を手にかけようとし、それが原因で公爵は彼を別邸に移し、夫人から離すことを決めたらしい。

公爵は、彼に付ける使用人を厳選し、公爵自身も自分が構うことで夫人の目がキルナ様に向くことがないよう、彼との関わりを極力断つようにしていた。使用人にも幼いキルナ様にもその事実は伝えられず、彼は訳もわからないまま一人、本邸から遠ざけられて育つことになった。

初めてキルナ様に会った時、彼は私に似ていると思った。

生まれつき魔力量が異常に多かった私は、それをコントロールする術《すべ》を身につけるまで隔離されて育てられた。怒れば窓ガラスは全て割れ、泣けば部屋のカーテンが燃えた。使っても使っても溜まる魔力に体の節々が痛み、数日寝込むこともあった。

自分でも何がなんだかわからず力を持て余す日々。人に怪我をさせることもあり、次第に恐れられるようになった。

（こんな力なければよかったのに……兄様たちと一緒に遊びたい）

『その力を制御できるようになったらね』

母にそう言われ、怪我をさせるたびに入れ替わる家庭教師たちと共に、魔法に関するあらゆることを学んだ。努力の甲斐《かい》あって魔法学園に入学する頃には、魔法を自由自在に操れるようになり、隔離されることもなくなった。

（ようやく一緒に遊べる）

興奮しながら兄の元へ行ったが、憧れていた兄は私のことを心底嫌っていた。

『魔力量が多くて素質があるから後継はお前にすると父上が仰《おっしゃ》っていた。お前なんか大嫌いだ！』

吐き捨てるようにそう言って去っていく兄の後ろ姿を、私は追いかけることもできずに見送った。

結局兄と遊ぶことは諦め、私は私を好きそうな相手と遊ぶことにした。

『まあ、セントラ＝バース様だわ。なんて素敵なの！』

夜会では華やかに着飾った貴族の子息、子女たちが熱い眼差しを送ってくる。少し笑いかけてやると、頬を赤らめて私の元へやってきた。

心は満たされないまま彼らと遊び、後腐れのないよううまく距離を保った。なんとなく本で聞き齧《かじ》った愛を囁《ささや》き、なんとなく別れる。しばらくそんなことを繰り返していたが、結局なんの意味もないと悟った。

それからは魔法学の研究に没頭し、パーティーは重要なものにだけ出席するようにした。一人で黙々と新しい魔法を開発するのは性に合っていた。魔法学者として有名になった頃、もういい歳になり引退を決めた王立魔法学園の理事長から次の理事長にならないか、との打診があり、私はすぐにそれを受けた。これでバース侯爵家の後継にならなくて済む。ただそう思った。

そんな時だった。フェルライト公爵家から声がかかったのは。

四歳になった嫡男キルナ＝フェルライトの家庭教師の依頼だった。理事長の仕事も、魔法学者としての仕事もある。断るつもりで公爵家を訪れ、そこで私はキルナ様に出会った。

お人形のように整った顔をした子ども。黒い髪に金の瞳。これは……

――闇属性、しかも妖精を視る目を持っている。この容姿を見ただけで、彼が普通の人生を歩むことは難しい、と私にはわかった。

『かていきょうし？　いらないよ。どうせあなたもぼくのことがきらいなんでしょ』

そう口にして彼はすぐにどこかへ行ってしまう。私は走って彼を追いかけた。そして言った。

『嫌いじゃありません』

考えるより先に動き、必死に彼を繋ぎ止めようとする。そんな自分に驚いた。

嫌いじゃない。そう言ってもらいたかったかつての自分が、彼を追いかけたのかもしれない。

『ぼくのこときらいじゃない？　ふ〜ん。へんなの』

信じてはいない目。彼をどうしても放っておけず、結局家庭教師を引き受けることにした。

人に興味のない自分に子どもの相手など向いていないと思っていたが、やってみるとこの仕事は案外悪くなかった。

『ほら、みてみて、みずのおはなができきたの。はじめてせいこうしたおはな、セントラにあげる！』

彼の小さな手に、豆粒ほどの水の花がちょこんと載っている。

『ありがとうございます。キルナ様』

私はそれに永久凍結の魔法をかけた。触れると消えてしまいそうなほど小さく可愛らしい花。人と関わることをやめてしまった自分が、初めて大切に思える存在を見つけた気がした。

『あのね、なんだかおなかがちくちくするの』と、体の中に秘めた得体の知れない力に惑わされ苦しむ彼は、かつての私に似ている。

鉛筆を持つ彼の手が止まった。

「キルナ様。できましたか？」

「うわ～ん、セントラわからないよぅ！」

少しバカだということを除いては。

＊　＊　＊

ようやく勉強から解放された僕は、教室へと向かった。あちこちに立ち話をしている生徒たちがいる。どうやら今はちょうど休み時間みたい。教室に入るとクライスが駆け寄ってきた。

「キルナ、目を覚ましたんだな。よかった。起き上がって大丈夫なのか？」

「うん、もう元気になったよ。心配かけてごめん。砂時計も取り返してくれたんだね。ありがとう」

「ああ、あれ大事にしていたもんな」

「あと僕を捜しに来てくれて、ありがとね」

「ああ」

躊躇《ため》らうことなく僕を抱きしめるクライス。お日様みたいにあったかくてぽかぽかの腕に包まれるのはうれしいけれど、ここ、教室だよ。みんな見てるから！

「ん、ちょっと……離してぇ！」

腕の中でもがくこと約五分。やっと脱出できた僕は、恥ずかしくて真っ赤に火照《ほて》った頬をぱたぱたと手で扇ぎながら、リリー＝プラムを捜した。同じクラスだから教室のどこかにいるはず、と印象的なオレンジ色の巻毛を捜す。

あ、いた。教室の端の自分の席に俯いて座っている。「絶対についてこないでね！」と、クライスに念を押して、僕はリリーの前に立った。

「ちょっと、リリー。君に話があるの。放課後校舎裏に来て！　一人でね」

僕は生まれて初めて呼び出し、というやつをしてみた。ほら、悪役といえばこうやって呼び出して人をいじめるんでしょ。あれ、違ったっけ？　校舎裏でするのは告白だったかしら。

放課後になって、校舎裏ってどこだっけなーと、地図を見ながら待ち合わせ場所に向かう。着いたらそこにはもうリリーがいた。相変わらず可愛らしい小動物という感じ。でももうその見た目には騙されない。

「よく逃げなかったね！」

呼び出しなんかされたら普通怖くて逃げちゃうでしょ。ちゃんと来るなんてえらいな、とちょっと彼のことを見直していると、リリーはオレンジの頭を勢いよく下げた。

「すみませんでした。あんなに大事《おおごと》になるとは思わなかったんです。ずっと憧れていたクライス王子が、あなたばかり大切にするのが悔しくてつい。ごめんなさい」

リリーはあの時とは別人のようにペコペコと謝っている。あれ？　もっと何か言ってくるかと思って身構えていたのに……僕は拍子抜けしてしまう。

「顔を上げて。リリー。もういいよ。あの砂時計はとても大切なものだったから、急になくなって僕もびっくりしちゃったの。もうしないでね」

「はい、もちろんです」

あれ？　すごく素直。

「……僕はやはり退学になるのでしょうか。男爵家も取り潰しですか？」

リリーは真っ青になって震えている。夕日色の大きな目に溢《あふ》れんばかりの涙が溜まっていて、ぎゅっと胸が痛くなった。

「違うよ。そんなことにはならない。そんなことしないでってセン……えと、ここの理事長に言っておいたから大丈夫」

「キルナ様が頼んでくださったのですか？」

頼んだことになるのかな。多分、と僕は頷く。彼は心底ほっとしたようで、可愛らしい頬に血色が戻ってきた。よかった。

顔色のよくなった彼は、ゴソゴソと自分の鞄から何やら数冊のノートを取り出して僕に差し出した。

「本当にありがとうございます！　キルナ様が欠席していた授業のノートを纏めました。よかったらどうぞ」

「わぁ、ありがと。そか。勉強……遅れたら大変だものね。ノートを見て復習……させてもらうね」

勉強はもうセントラと散々したし本当はやりたくないけど、せっかくのノートを無駄にはできない。もらったノートをパラパラと捲《めく》ると、美しく丁寧な字で見やすく纏められている（この子、頭がいいのかもしれない）。

「他にも僕にできることがあればなんでも言ってください。キルナ様！」

「あのね、キルナ様っていうのやめて」

「え？」

「堅苦しいのは嫌いなの。キルナと呼んで」

「いや、でもそういうわけには」

「ね」

「ねって……」

「それから、リリーのことは、これから師匠と呼ばせて」

「え？」

「リリー師匠。これから僕に悪役を教えてください！」

「……は？」

SIDE　リリー

「知ってるか？　クライス殿下が眼鏡の男を抱きかかえて連れてきたって」

「あ、俺も見たぜ。あれって婚約者、だよな」

「意外と地味な子だったよな」

「あ、俺も思った」

「殿下があれだけハイレベルのイケメンだから、もっと期待してたけど、あれはなぁ」

「はは、平凡すぎてちょっと期待外れだったな」

学園はどこもかしこもクライス王子とその婚約者の話でもちきりだ。

憧れのクライス王子は、眩《まばゆ》いばかりの黄金の髪にアイスブルーの瞳を持つ、完璧な美男子だった。

新入生代表挨拶も堂々としていて、その上声もセクシーでめちゃくちゃ格好よかった。

見た目が最高なだけでなく、彼は頭もいい。代表挨拶をするということは学年一位の成績で入学してきたということ。おまけにあの笑顔の優しいことといったら。

「ああ、クライス王子が僕に微笑んでくださった……」

素晴らしすぎる！　もう死んでもいい！

しかし、壇上から降りてきた彼は真っ直ぐに目障りな男の元に歩いていく。

僕はギッと隣にいる黒縁眼鏡の男を睨みつけた。クライス王子の婚約者キルナ＝フェルライト。フェルライト公爵家の嫡男、つまりは宰相の息子。噂によると我儘《わがまま》で性格がかなり悪いらしい。

一体どんなやつかと思えば、見た目は黒縁眼鏡をかけた小柄な地味男。ものすごくダサい。宰相の息子で、理事長が家庭教師だというのだからよほど頭がいいのかと思えば、抜き打ちテストの結果は中の上といったところだった。

では魔力が高いのか？　とこっそり鑑定魔法を使って調べてみると……

（魔力二十って。ひっく！）

貴族なら普通は五百はあるはずなのに、二十しかない。なんだそれ、三歳児くらいの魔力？　属性は髪の毛の色からして、水か氷だろうか。特に珍しいものではなさそうだ。

そんなやつがどうしてクライス王子の婚約者に？　いいのは家柄だけじゃないか。

今を時めくフェルライト宰相の息子とはいえ、宰相は世襲じゃない。公爵の息子という身分だけが際立っているが、他に優れた点は見当たらない。これだったら断然僕の方が相応《ふさわ》しい。

よかった、と思う。学園にいる六年間、頑張れば僕にもチャンスがありそうだ。

——絶対に婚約者の座を奪ってみせる!!

ただ、クライス王子に近づくのは容易ではなかった。身分に差がありすぎるし、他の生徒も彼を狙っている。何より鬱陶《うっとう》しい男がずっとひっついているせいで、なかなか話す機会が掴めない。

タイミングを見計らっていると、ライン先生が教室から出ていき、生徒たちもそれぞれ食堂へ行こうと動き始めた。

（あ、王子も立ち上がった。今だ）

「クライス王子、あの、ちょっとよろしいですか？」

これからお昼ご飯をご一緒に……と続けようとするが、我も我もと他の生徒までクライス王子の周りにわらわらと集まり出した。

（もう、なんで邪魔するんだ。クライス王子は僕とランチに行くはずなのに！）

彼の周りは人混みでぐちゃぐちゃになってしまい、結局ロイル様とリオン様に全員教室から出るように促され、ランチに誘うことはできなかった。

次の日も、クライス王子と黒縁眼鏡は一緒にいた。なんと部屋まで一緒らしい。婚約者だからって、僕の王子様と同じ部屋なんて、許せない。

三時間目の休み時間、王子とその婚約者は揃って姿を消した。どこへ行った？　もしかして、トイレ？　トイレまで一緒に連れていくなんて、キルナ＝フェルライトは変態に違いない。クライス王子は無理やりやつの我儘《わがまま》に付き合わされているんだ。

空席になっているやつの机を見ると、左のフックに鞄がかかっている。気がついた時には中のものを引っ張り出し、自分の制服のポケットに入れていた。

自分の席に戻り、ポケットの中身をこっそり見てみると、それは砂時計だった。なんだ、つまらないものを盗んでしまった。宝石とかお金とか、もっと価値のあるものだったら面白かったのに。そう考えながらそれを机の奥にしまった。

しばらくして帰ってきた彼は鞄の中にそれがないことに気づくと、バタバタとあちこちひっくり返して探し始める。

(お、困ってる困ってる。いい気味だ)

僕がしめしめと思いつつ見ていると、ふと目が合ったような気がした。

んん？　こっちに来る。もしかしてバレた？　いや、そんなはずはない。誰かに聞く様子もなかったし、こいつのちっぽけな魔力じゃ追跡魔法だって使えないはず。バレるはずがない。でも――

「砂時計を返して！」

真っ直ぐ僕のところに歩いてきた彼は、はっきりとそう言った。内心焦りながらも表情には出さず、言い返す。

「なんですか？　急に。僕、あなたの砂時計なんて知りません」

そして、「何か証拠があるんですか？」と聞いた途端に口籠《くちごも》る彼に、なんだ当てずっぽうか、と笑みが漏《も》れそうになるのを抑えた。ふん、口で僕と勝負しようなんて百年早いよ。

「ぼ、僕は、なんにもしてないのに……」

まるでいじめられているかのような雰囲気を醸《かも》し出しつつ泣き出した僕に、彼はどうしたらよいのかわからない様子で立ち尽くしている。

「どうした、何があった？」

野次馬たちが僕たちを取り囲み始めると、クライス王子もやってきて、僕に優しく声をかけてくれた。ひっくひっくと泣きながら、今起きたことをうまく脚色を加えて説明する。素晴らしい説明が終わる頃には、可哀想な僕にみんなの同情が集まっているのがわかった。これなら王子にも慰《なぐさ》めてもらえるかもしれない。

誰かの忍び笑いまで聞こえてきて、勝った！　と思った時だった。

「キルナ。大丈夫だ」

クライス王子はなぜか、僕ではなく彼に手を伸ばそうとした。でも彼はその手を思い切り振り払って、教室を飛び出していく。

（一体どうして王子はあいつを追いかけようとしている？　どう考えても今は僕を慰《なぐさ》める場面なの

に……）

クライス王子は引き止める生徒たちを、ただひと言、「俺に触るな」と言って下がらせた。

ノエル様やリオン様（王子の優秀な学友たち）も、ただ事ではない状況を見て集まってくる。

「おい、お前、キルナの砂時計をどこへやった？　早く出せ」

王子は低い声で僕に問う。その声には明らかに怒りの色が滲《にじ》んでいる。

「いえ、僕は、持っていません」

そう答えるしかなかった。こんな衆目の中バレたりしたら……そう考えると恐ろしくて、僕は見つかりませんように、と目を瞑ってひたすら祈っていた。

「なら、私が追跡魔法で探しましょう」

リオン様は人差し指を立てて呪文を唱えると、すぐに「机の中ですね」と言い当てた。ギア様が机の中を探ると、奥から砂時計が出てくる。

（大変だ！　完全にバレてしまった……）

ちょっと悪戯《いたずら》するだけのつもりだったのに。ガタガタと震える僕に彼らは尋ねる。

「あなたがやったのですか」

「……」

僕は、「はい」とも「いいえ」とも言えず、ただその場で震えていた。

「オ、オレは彼がそれをキルナ様の鞄から盗んだところを見ました」

俯いている僕の頭上で新たな証言が出てくる。最悪だ。

クライス王子はそこまで見届けると、砂時計を持ち、学友たちを引き連れて教室を出ていった。

「リリーのことは、これから師匠と呼ばせて」

「え？」

「リリー師匠。これから僕に悪役を教えてください！」

「……は？」

キルナ＝フェルライト。ただの地味眼鏡（以下メガネ）かと思ったら、完全に変なやつだった。

いきなりこんなところ《校舎裏》に呼び出したかと思えば、変なことを言い出し、「立っているのは疲れたから、そこのベンチに座ろうよ」と僕を手招きして自分の隣に座らせると、「絶対絶対内緒にしてね」と小さな声で話し始めた。

「実は僕、事情があって、今から五年後に悪役にならなきゃいけないの。でも悪いことって一人で考えてみると意外と難しくて。だからリリー師匠に、色々相談に乗ってもらいたいの」

五年後？　悪役？　何の話をしている？

というか、まず大前提として、僕を悪役とやらの師匠にするのはやめてほしい。もしかして昨日やらかした僕への嫌味なのか？

砂時計の件はちょっと魔が差しただけで、別に悪役じゃないんだけど！

「あの、僕にはキルナ様の話が理解できません。なんでわざわざそんなものになる必要があるんですか？」

「……それは言えないから説明するのは難しいのだけど。ただ、僕はどうしても悪役になる必要があるの。だからお願い、協力して？」

こてんと首を傾ける仕草は可愛い子（僕）がすれば威力がありそうだけど、地味なメガネがやってもな。これ以上話を長引かせても意味がないと思った僕は、とりあえず頷くことにした。

「(全然わかんないけど）わかりました、キルナ様」

退学とか男爵家の取り潰しとかはこいつのおかげで免《まぬが》れたみたいだし（正直それは助かった）、今は言うことを聞くふりでもしておこう。

僕が頷いてやったのに、彼はまだ不満げだ。

「様はいらない。キルナと呼んで。あと敬語もなし、ね」

「ね、って……あの、呼び捨てなんて無理ですよ。僕とあなたじゃ身分が違いすぎます。公爵と男爵ってレットルとビィくらい違うんですから」

「れっとると、びぃってなぁに？」

「え……知りませんか？　どこの動物園にでもいる動物ですが」

そこまで説明してもメガネは首を捻《ひね》っている。

(は、こんな有名な動物を知らない？　馬鹿なの？　そんな分厚い眼鏡をしているくせに)

「えと、僕はね、公爵家の外にはほとんど出たことないから、動物園はまだ行ったことがなくて。れっとるってどんな動物？　他にはどんなのがいるの？　見てみたいなぁ」

「動物園に行ったことがないんですか？　一度も？」

「うん、ないよ」

（フェルライト領には有名なクリム魔法動物パークがあったよね。なんで行ったことないんだ？）

「……水族館は？」

彼は首を横に振る。そして残念そうに言った。

「まだないの」

「……じゃ、じゃあ遊園地は？」

ない、とまた首を横を振るメガネ。

「………」

（やばい。僕としたことが一瞬可哀想とか思うところだった）

いやいや、動物園や水族館に行ったことがないってだけで、もっとすごいところに行っているんだ、きっと。公爵様だからな。そんな、庶民が行くようなところには行かないだけだ。

僕はそんな話に絆《ほだ》されたりしない。

「へぇ、そうですか。まぁとにかく、僕とあなたじゃ身分が違うので、名前を呼び捨てにしたり敬語を抜きにしたりということはできません。僕を師匠と呼ぶのもやめてください。でも悪役になりたい云々《うんぬん》の話は協力しますよ」

あんたは悪役になればいい。そして僕にクライス王子の婚約者の座をくれ。

「わかった。ありがとう、リリー。これからよろしくね」

ぱっと笑みを浮かべながらメガネは手を差し出した。

（何これ。握手しろってこと？）

僕は差し出された手を渋々握って、そのあまりに滑《なめ》らかな手触りに驚き、すぐに手を引っ込めた。

真っ白な手は信じられないくらいすべすべで柔らかかった。僕のがさがさで荒れた汚い手とは全く違う、働いたことのないまっさらな手。

これが公爵家嫡男の彼と、貧乏男爵家の次男の僕との違いだ。高位貴族の箱入り息子、こいつにだけは絶対に負けない。彼の手を睨みつけながらそう思った。

＊＊＊

「ねぇ、クライス。れっとると、びぃって見たことある？」

「ん？　ああ、もちろん。なんだ急に」

「そっか。やっぱり知ってるんだ」

うーんすごく有名な動物って言っていたから、日本の動物園でいう、ぞうときりんみたいなものかな？

「僕見たことないから、ちょっと見に行ってみたくて。動物園ってこの近くにない？　あ、水族館でもいいよ」

もうすぐ週末で学園はお休み。一日は実家に帰ろうと思っているのだけど、もう一日はできたら動物園に行きたい。学園の外を一人で出歩くのはダメかな？　どうかな？　公爵家に帰った時にお父様に聞いてみようかしら。

「いいな、それ。キルナと動物園か。デートの定番コースだな。水族館というのもいい！　行こう。両方行こう！」

「ふぇ？　なんでクライスが行く気になってるの？　クライスだって週末にやることがあるでしょ。休みの日まで僕に合わせなくてもいいよ」

僕の言葉に彼がすっと冷たい目を向ける。

「俺と行かずに、誰と行くつもりなんだ？」

「え、誰とも行かないよ」

（一人で行くつもりだったのだけど……あれ？　クライス、なんだか機嫌が悪い？）

「って、ああ、もうこんな時間。お風呂は十九時までだったよね。僕行ってくる」

学生寮の大浴場は十九時まで入浴することができる。時計を見るともう十八時を過ぎちゃってる。寮の一番西の端にある大浴場までは東側にある僕たちの部屋からだと歩いて十分くらいかかるし、早く行かなきゃ。

「待て、まさか大浴場に行く気なのか？」

大急ぎで準備をしていると、なぜかクライスに呼び止められる。

（もう、何？　僕、急いでるのに）

「そうだよ。だって入学式の日も、昨日も行けなかったから、どんなのか見てみたいの」

入学式の日は荷物や教科書の整理とかでバタバタしていて部屋のお風呂で済ませたし、昨日は寝込んでいた。

(うわ、やばいよ。よく考えたら僕、昨日お風呂に入ってない。臭いかも!!)

「ね、だから行かなきゃ」

「……わかった。じゃあ、俺も行く」

「あ、そうなの？　じゃ、早く準備してね。もう時間ギリギリだからっ！」

僕は元日本人だし、ささっとシャワーを浴びるだけじゃなくて、お湯にゆっくり浸《つ》かりたい派。肩までしっかり浸《つ》かって、ふわぁ～いい気持ち!!　ってやりたいの。

「転移魔法で連れてってやる、掴まれ」

入浴セットを持って急いでクライスの腕に掴まると、ふわっと体が浮いたような感じがした。反射的に瞑ってしまった目を開くと、景色がガラッと変わっている。外だ！

目の前には森林に囲まれた大浴場の入り口がある。真ん中が太い形の柱がずらっと左右に一メートルおきくらいに並んでいて、なんだか神殿みたいな雰囲気だ。短い廊下を渡ると広い屋根つきの巨大な露天風呂に辿り着いた。

「ふわぁ、クライス。大きいっ！　すごい大きいよぉ」

露天風呂はただ大きいだけじゃなくて、金で草花の装飾が施された真っ白な石造りで、屋根はさっきの廊下と同じ神殿風の柱に支えられているという、とんでもなく豪華な造りになっている。

湯船にぷかぷか浮いているのはジーンの花びらかな？　すごくいい香りがする。

「……キルナ。もう少し声抑えて」

「んぁ？　あ、ごめん」

そうだよね、公共の場で騒いじゃダメだった。ん？　なんかクライス顔が赤い気がするけど、どうしたんだろ。まぁそんなこと今はどうでもいいか。それよりも！

（急げ急げ！　制服を脱いで……あれ？　ボタンどこだっけ）

この制服、格好はいいのだけどボタンがあちこちについていて脱ぎ着しにくい。この世界の服全般がそうなんだけど、なんでこんなところに!?　ってところにボタンがついているの。

苦戦してもたもたしていると、横からスッと腕が伸びてくる。

「……貸せ」

「ちょっ、もう！　子ども扱いしないでよ。自分でできるのに!!」

彼は怒っている僕に構わずボタンを外し、あっという間に制服を脱がせてしまった。

（この歳になって人に全部やってもらうなんて、こんなの……恥ずかしすぎる!!　誰か見ていたらどうしよ。誰も見ていませんように――）

祈りながら周囲を見回すと、あれ？　だぁれもいない。脱衣所にも洗い場にも湯船にも。

（よかった。そっか、もう時間が遅いからみんな先に上がっちゃったんだね。セーフ!!）

「よし、入るぞ。こっちに来い、キルナ」

気づくとクライスはもう湯船の方に行っている。まったくせっかちな王子様だな。それとも、もしかしてすごいお風呂だからはしゃいでいるとか？　うん、わかるわかるその気持ち。

「今行くね！」

体を洗うタオルと石鹸を手に大急ぎで彼の元へと向かう。露天風呂の白いお湯に浮かんで揺れるジーンの花に早く触れたくて、僕はついつい足を速めてしまった。

そして、あ、と思った時にはもう遅く、濡れた床を滑って転《こ》けて……

「うわぁあああ!!」

ばしゃ～ん、と派手な音を立てながらお湯の中にダイブしていた。


ブクブクと泡が上に昇っていくのに対し、僕の体はもがいてももがいても、どんどん沈んでいく。僕ってそんなに重いのかな？　泳げる人たちって、どうやって浮かび上がっているのかと疑問に思う。どうにかして浮き上がろうと体を動かしているとお湯の中に美しい光が見えた。キラキラと泡が七色に輝いていて、こんな時なのに見惚《みと》れてしまう。

(でもなんで光ってるんだろう？　あ、そうか……)

僕は沈みながらすごいことに気がついた。

なんと水中に妖精がいる！

輝く泡の中を、妖精たちがスイスイと楽しそうに泳いでいる姿はとても綺麗で、いつまでも見ていたいと思う。こんなピンチな時でさえこれなのだから、落ち着いて見られたらもっと感動するに違いない……

(って、今はそんなこと考えてる場合じゃなかった……ガボガボッ、う、もう息が。苦しっ)

やばいかもと焦った時、強い力でぐいっと水面《みなも》に引っ張り上げられた。急にお湯から出され、ひんやりとした空気が全身を包む。

「……はぁ、お前な。風呂で溺れるのはやめてくれ」

クライスだ。お姫様抱っこで僕をお湯から救い出してくれたみたい。

助けてもらったお礼をきちんと言いたいところだけれど、それどころじゃない。さっきの発見を伝えたくて堪《たま》らず、僕は彼の首に掴まったまま早口で捲《まく》し立てた。

「ごほごほっ。ありがと、クライス。あのねあのね、今ね。お湯の中に妖精がいたの。一人じゃなくって何人もだよ。それもね、すごく上手に泳いでいたよ。それでね。んぅ……」

しかし、何かで口が塞がれて、せっかくのお話を途中で止められてしまう。

（な、なにっこれぇ⁉）

離れようとするも、体はしっかりとクライスに抱きかかえられていて、動ける範囲が少なすぎる。

（に、逃げられないぃ〜！）

なんとか抵抗しようと試みて、でもちょっと……段々気持ちよくなってきて、力が抜けてふにゃふにゃになってきちゃった頃、やっとやっと口の中の侵入者が外に出ていった。

音を立ててゆっくりと離れていくのは、クライスの濡れた唇で……

「あわわわ、なあああ、なんてことぉぉおお！」

「こら、暴れるな。今下ろしてやるから」

「だってだって、クライス、あんな、あんな……」

頭がパンクして何一つ言葉にならない。え、なんでクライスはそんなに普通なの？　僕たち今、大人のキスをしちゃったよね⁉　思い出すと、かああっと顔が熱くなる。

「……嫌だったか？」

涙目になった僕を心配そうに覗き込む彼に、あ、だめ、勘違いしないで、嫌だったわけじゃないよという意味を込めて首を横に振った。

「嫌じゃ……ないよ。恥ずかしかったけど……気持ちよかったし、あ、ちが、う。そうじゃなくて、えと」

「ふ～ん、そうか。気持ちよかったのか」

にやにやと笑うクライス。しまった。変なことを言ってしまった！

「え、違うってばぁ！　今のなし！」

僕たちはもうあたりを憚《はばか》らず騒ぎまくっている。今日は誰もいなくてほんとによかった。当初の予定通り肩までしっかり浸《つ》かりながら、僕は冷静な自分を取り戻そうと何度も深呼吸を繰り返す。

「すう～はあ～すう～はあ～……」

ジーンの花の豊かで甘やかな香りに癒される。僕の荒れ狂った心を鎮めてくれるなんて、いい花だよ、ほんと。

「そうだ、体洗わなくっちゃ。頭も……」

「ん？　キルナ、手伝おうか」

洗い場についてこようとする王子様を力一杯拒否する。

「もうもう、一人でやるからこっちに来ちゃダメー！」

これ以上負担をかけて僕の心臓が破裂したら、どうしてくれるの？　つまらなそうにしているクライスの顔を見ながら、僕はまだドキドキしている心臓を押さえていた。

＊　＊　＊

（ん〜なんか私服着るのって久々な気がする。入学してから毎日制服だったからなぁ）

今日は週末で、学園はお休み。最初の週末には絶対家に帰ってくるようにとお父様が仰《おっしゃ》っていたから、久しぶりにフェルライト公爵邸に帰る。屋敷のみんなは元気かな？

「準備できたか？」

「うん、大丈夫」

「じゃあ行こう。転移魔法で門まで飛ぶぞ」

小さな鞄を抱えてクライスの腕を掴むと、入学式の日に見た雲まで届くほど大きな門まで一瞬で移動した。この門は徒歩でしか通れないから、クライスと手を繋いで一緒に歩いて潜《くぐ》る。外部から不審者が入ってこないように、魔法での移動は制限されているのだって。

門の外には来た時に乗ったものと同じ馬車が待ち構えていた。この馬車で僕を公爵邸に送ってからクライスは王宮に帰るという。本当は一緒に公爵家に滞在したいけど、王様に帰ってこいと言われているらしい。

しばらく走ると見慣れた我が家が見えてきた。こうして外から見ると、やっぱり家《うち》って大きいなぁと思う。

（あ、公爵邸の門が見えてきた。門の前に誰かいる。銀髪で長身の彼はルゥだ！）

「ただいま～」

「お帰りなさいませ、キルナ様。お待ちしておりました。クライス王子、キルナ様をお送りいただきありがとうございます」

丁寧な口調に姿勢のいい彼の、変わらない姿にうれしくなる（と言ってもまだ一週間も離れてないのだけど）。

「キルナ、明日は俺とデートだからな。忘れるな」

チュッと頬にキスをするクライスに、僕は大浴場でのキスを思い出して顔を赤くしながら別れを告げた。

「うん、お父様が行ってもいいと仰《おっしゃ》ったらね。送ってくれてありがと。また明日ね」

「ああ」

「……あの、手」

「ああ、すまない」

固く握った手がようやく放れてクライスを乗せた馬車が走り出す。

ルゥと共に別邸の自分の部屋に帰ってソファに座ると、なんだか変な感じがして、すごく長い間ここから離れていたような気がした。

「キルナ様、元気なお姿で戻られて安心いたしました。お疲れでしょう。すぐにお茶をお持ちしますね。ベンスが張り切ってシフォンケーキを焼いております。召し上がりますか？」

「もちろん！」

ベンスのケーキは学園でも毎日食べているけれど、ここでも食べたい！　僕の愛するシフォンケーキ～、今日のトッピングはなんだろな～？

浮かれていると、少し開いたドアの向こうに人影が見えた。

「そこにいるのは誰？」

「あ、見つかっちゃった。キル兄様がお帰りになるって聞いたから……」

恥ずかしそうに扉を開いて顔を覗かせたのは可愛い弟のユジンだ。

「ユジン！　久しぶりだね。元気だった⁉」

「はい。お兄様もお元気でしたか？」

よしよしよしと待っててくれた小さな天使の頭を撫でて隣に座るように促すと、そこにルゥがユジンの分のケーキも一緒に持ってきてくれた。

僕たちは焼き立てでふわっふわのおいしいケーキを食べながら、学園がどんなところかとか、離れていた間ユジンが何をしていたかとか、たくさんたくさんお話をした。ルゥも横で微笑みながらそれを聞いている。

温室でしか会うことのなかったユジンと、こんなふうに二人で並んでおしゃべりができるなんて……噴水によじ登って彼の部屋をなんとか覗こうとしていた頃を思い出すと、なんだか胸がいっぱいになる。

「夕食のお時間には旦那様もお戻りになるので、今日は皆様で本邸でのディナーとなります」

「えと、僕も?」

「はい、キルナ様もご一緒にと、旦那様から伺っております」

記憶にある限り、今まで僕は本邸で食事をしたことがない。以前は別邸で、一人でご飯を食べるのが当たり前だったから、お父様やユジンと一緒に夜ご飯を食べるのはすごく楽しみ!

だけど……考えずにはいられない。その場にいない、お母様のことを。

お母様はもうこの公爵邸にはいない。あのお茶会の事件の後、僕が意識を失っている間に王立魔法刑務所に送られてしまったらしい。

僕のせいで、お母様はいない。

いつもお母様と一緒にいたユジンは、そのことをどう思っているのだろうか。

——彼から大切な人を奪ってしまった。

おいしそうにシフォンケーキを食べるユジンの姿を見ながら、僕はどうしようもない自分の罪をどう彼に謝ってよいのかわからないでいた。


「あ、そうだ! 僕のお花、元気に咲いてる?」

「はい、もちろんです。キルナ様がいらっしゃらない間は、私とメアリーが手入れをしておりました。どの花も綺麗に咲いていますよ」

「ふふ、ルウ、メアリー、ありがと。じゃあ、食べ終わったら温室に行こうかしら」

「キル兄様、僕も行きます！」

ユジンはぴょこんとソファから降りて、彼の執事と共にこれからの予定を調整し始めた。

「忙しいならいいよ。無理についてこなくても」

「忙しくないです！　ぜんっぜん」

そんなに温室に行きたいのだろうか。必死に言い募る姿が可愛い。

ユジンはお花が好きだものね。弟と共通の趣味があってよかった～と思う。思春期で難しいお年頃でも、お花の話で盛り上がることができたら安心だ。

「ルゥ、何か入れ物をちょうだい。薬草をいくつか持っていこうと思うの。ほら、来週から剣術の授業が始まるっていうし。打ち身や捻挫《ねんざ》に効くのと、止血作用のあるものと、あと筋肉痛を緩和してくれるやつ」

あーあ、剣の授業って憂鬱《ゆううつ》だなぁ。泳ぎもそうだけど、体を動かすこと全般向いてない気がするし、そもそも好きじゃない。疲れることは嫌いなの。

「そのようなものがなくとも、クライス王子が光魔法で治してくださいますよ」とルゥは言うけれど。

「ダメダメ。授業のたびに治すなんて大変だし、そうでなくても僕はちょっとクライスに迷惑をかけすぎていると思うの。自分のことは自分でなんとかしないと」

お庭を少し歩くとガラスでできた僕のお城が見えてくる。中に入ると色とりどりの花が咲き乱れ、ふわりと甘い香りが漂《ただよ》ってきた。

「ん～、やっぱり素敵！」

寂しい時も悲しい時も僕を癒してくれた大切な場所は、ルゥとメアリーのおかげであの頃のまだ。

温室には思った通り、たくさんの妖精たちがいた。それぞれ好きなお花の周りを飛び回り、中にはお花に乗って寛《くつろ》いでいる妖精もいる。ふふっ、寝てる子がおっこちそう。僕が落ちそうな妖精を起こさないようにお花のベッドの上に移していると、弾むようなユジンの声が聞こえた。

「キル兄様。こちらに来てください！　あの白いつぼみが、ジーンの花が咲いてます」

「あぁ、本当だ。満開だね。たくさんあるからユジンの部屋にいくらか持って行って飾るといいよ」

「え、いいんですか？」

目をキラキラさせている彼のために、僕はジーンの花を中心に花束を作る。素人《しろうと》だから上手ではないけれど、ユジンをイメージしたパステルカラーの明るい色の花を選んで紐で纏めてプレゼントした。

「はい、どうぞ」

「うわぁ、すごいきれいっ！　ありがとうございます」

花束は机に飾るのにちょうどいいサイズにした。これならユジンでも持って帰れるだろうと思っていると、彼はたった今渡した花束に向かって真剣な顔つきで何やら呪文を唱え始める。

(あれ、この呪文って……何？　やばい。わかんないよぉ)

弟に聞くのは恥ずかしくて僕は静かにそれを見守ることにした。でも僕がわかっていないのは顔に出ていたみたい。唱え終わったユジンはその意味を教えてくれた。

「今のはお花を長持ちさせる呪文ですよ」

「ええ⁉　もうそんなのができるの？」

さすがユジン！　そんな難しい魔法がもう使えちゃうんだ。僕はようやく三つの初級魔法が使えるようになって大喜びしていたけれど、保存の魔法は確か中級の光魔法だ。時間に関係する魔法はどれも難しい。それを使いこなすなんて、僕の弟は天才かも！

「というか、僕の作った花束にそんなすごい魔法をかけるなんて、勿体ないと思うのだけど……」

この魔法は便利だけど使える人がほとんどいないため、どこへ行っても重宝される。それをこんな花束に使っちゃうなんて。

「このお花は僕の宝物だから、全然もったいなくないです」

そう言いながら、花束を大切そうに抱きしめているユジンに頬が緩む。本人が満足しているならまぁいいか。僕は忘れないうちに寮に持って帰る薬草を集めておくことにした。

（ヨブギと、コルトと、トリアの三種類があればいいかな）

クライスには魔法があるから必要ないとは思うけれど、念のために彼の分もと少し多めに薬草をちぎりつつ、僕は奥の一角をちらりと確認した。

（やっぱり、ない）

ルーナの花がどうなったのか、ずっと気になっていた。

あの日、ここにあった花は、満月の光の中、自身も光を放ちながら美しく咲いていた。

――満月の夜に一度だけ咲き、咲いたあとは幻のように消えてしまう。

それがルーナという花だ。ここにあったルーナの花は、あの日、海で咲いて消えてしまった。だからもうない。

僕の視線の先を見て、どうやらユジンも花がないことに気づいた様子だ。

「あれ？　黒いお花、なくなっちゃいましたね。咲くところを見たかったのに……」と残念そうにしている。

「そうだね、妖精が持って行ってしまったのかもね」

ふわふわと飛び回る気ままな妖精たちは、契約について教えてくれることはない。質問しても、「ん〜わかんない」と言って、コロコロと鈴を転がすように笑うだけ。

最初に見たツインテールの物知りな妖精なら知っているかもしれないのだけど、彼女にはあれから一度も会えていない。

あの子は今もあの七色の海にいるのだろうか。

「もうすぐディナーのお時間です。準備いたしましょう」

「って何この服!?　僕女の子じゃないから、こんなフリフリのついたシャツ着ないよ」

自室に戻ってきた僕は、今着せられようとしている無駄に装飾の多いシャツから逃れるために抵抗していた。

だけど、「その服を着てるキル兄様、見たいな〜」という弟の言葉に負けて、結局着ることになってしまった。うう、こんなに可愛らしい服、僕には全然似合わないと思うのだけど。

「キルナ様お似合いです」

ルゥはうるうるしているし、メアリーはいつも通り無表情でよくわからないし、ユジンはやっぱり似合ってます、と満面の笑みを浮かべている。

(もう！　今日だけだからね)

着替えた僕はユジン、ルゥ、メアリーと共に本邸の食堂へと向かった。

本邸はちょっとしたお城かと思えるほど大きくて立派な建物だ。外から見たことしかないけれど、中はどうなっているのだろう。

「ふわぁ、こんなになってたんだ。広いし、すっごい豪華だね」

壁紙もシャンデリアもカーペットも、ありとあらゆる家具も、何もかも洗練されていて超高級だということが一目でわかる。

「こっちですよ、キル兄様」

キョロキョロしている僕が迷わないようにかな？　ユジンが手を握って道案内をしてくれた。ふふ、優しい。

「ここが食堂です」

ユジンに続いて中に入ると、広い部屋の真ん中に大きなテーブルがある。花の刺繍が施された水色の美しいテーブルクロス。テーブルの上に載っているのはジーンの花？

「ここにもジーンの花が飾られているの？　別邸の食堂と一緒だね」

「旦那様がキルナ様の好みに合わせて調《ととの》えておくようにと仰《おお》せでしたので、このようにいたしました」

ルゥの言葉にユジンが付け加える。

「絶対こっちの方がいいです。前はピンクだらけですごくセンスが悪かったから」

「え？　そうなの？　僕のためにわざわざ変えてくれたんだ。ありがと」

このテーブルクロスも、ジーンの花も、僕のために調《ととの》えられたなんて。どうしよ。すごくうれしい。あとでお父様にもお礼を言っておかないと。

「えと、僕はどこに座ればいいかしら」

「こちらに」

ルゥが引いてくれた椅子に座る。隣にはユジンが座った。しばらく待つとお父様が入ってきた。

「お父様、お帰りなさい！」

「ああ、ただいまユジン」

「お、お帰りなさい……お父様」

最近なんだか優しくなったお父様だけど、やっぱりちょっと緊張する。だけど……

「ああ、ただいま。キルナもお帰り」

そう言ってお父様が僕に笑顔を向けてくれたその瞬間に、フワッと体から力が抜けるのを感じた。

(あ……僕もここにいていいんだ)

本邸は僕が行ってはいけない場所。それが当たり前だと思って生きてきた。だからこうして招いてもらっても、どこか悪いことをしているような気分が拭《ぬぐ》えずにいて……

でも、今やっとその気持ちから解放された気がした。

微笑みを浮かべたお父様と視線がぶつかると、僕はちょっと照れながら笑顔を返す。僕たちの間に座っているユジンはそれをニコニコと眺めている。

「さあ、冷めないうちに食べよう」

テーブルにはいつも以上に豪華な料理が並んでいた。どれも最高においしそうでどれから食べようか本当に悩む。魚介のパイ包みもステーキもポタージュスープも気になるところだけども。

(ん、これは何かな？　サンドイッチ？)

見たことないなと思いながら、ぱくっとかぶりつくと、ポポの実が入ったクリームサンドだった。ほんのり甘くてまったりとしたクリームに大好きなポポの実。完璧な組み合わせで、おいしっ！と笑みが溢《あふ》れる。

「うん、さすがベンスの料理はうまいな」

彼の料理にお父様も満足しているみたい。

「学園はどうだ？　楽しいか？」

「はい、とっても」

家族で一緒に食べる食事はすごく楽しくて、僕はついつい食べすぎてしまった。ユジンも小さい割によく食べる。もしかしたら食べすぎた僕よりもたくさん食べているかもしれない。

デザートも完食しゆっくり食後のお茶を飲んでいると、ユジンに明日の予定を聞かれ、僕は大切なことを思い出した。

そうだ、お父様に聞いておかなければいけないことがあったのだった。

「あの、お父様。明日ね、クライスと一緒に動物園に行ってもいいですか？」


休日二日目の今日は、僕とクライスとユジンの三人で動物園！

ちなみになぜユジンがいるのかというと、昨日お父様に「ああ、気をつけて行ってきなさい」とオッケーのお返事をいただいたところ、隣にいたユジンが目を輝かせ、「キル兄様と動物園……僕も行きたい……もふもふと戯《たわむ》れるお兄様見たい。絶対可愛い……」とブツブツ呟き、全身から行きたいオーラを出していたので誘ってしまったのだ。

「急にごめんね、クライス。ユジンも動物園に行きたかったみたいなの」

今朝早く、公爵邸まで馬車で迎えに来てくれたクライスにそう説明すると、「まあ、お子様は動物が好きだからな。構わない」と言って、快《こころよ》く馬車に乗せてくれた。

彼に促されるまま、クライスの横に僕、向かいにユジンが座る。そっか、この配置だとユジンはどっちの窓からも外が見られるし、広々と座れるから快適だもんね。クライス優しい！

ゴトゴトゴト……馬車の揺れが心地よくて、ふわぁっと大きな欠伸《あくび》をしてしまい、慌てて手で隠した。うぅん。まだちょっと眠いの……今日のことが楽しみすぎて、昨日の夜なかなか寝られなかったから。

「眠っていいぞ。着いたら教えてやる」

クライスにそう言われ、うとうとする目を閉じた――

「起きろ、キルナ着いたぞ」

「んぁ……もう、着いたの？」

ゆっくりと目を開けると、動物園の入り口が見えた。

入り口の大きな看板には、『クリム魔法動物パーク』と書かれている。ここはアステリア国有数の動物園で、飼育されている動物は千種にも及ぶのだって！　しかもここを経営しているのはなんと、お父様らしい。

僕たちは三人分のチケットを購入し、地図をもらってゲートから中へと入る。

前世ではゴールデンウィークに家族で出かける先は、大抵動物園だった。中学生くらいになると優斗は少し飽きてしまったみたいだけど、普段引きこもりの僕はぞう、きりん、ライオン、さる、ふれあい広場という定番のコースをいつだって最高の気分で回っていた。

日本だったら最初はぞう！　ってなるとこなんだけど。僕はさっきもらった地図を見てみる。

（う〜ん。ぞうはいなそう……）

「とりあえずキルナが見たがっていたレットルと、ビィから見に行こうか」

クライスの提案に、僕はそうだった！　レットルがどんな動物か調査しなきゃならないのだった、と思い出す。

（あ、地図にレットルって書いてある。東側の手前だね。ここから近そう）

ゲート近くで何か話をしている二人に手招きしながら声をかける。

「どうしたの？　二人とも、こっちでしょ？　早く行こうよ！」

早く早く、と気が急《せ》いてしまう。だって異世界の動物を見に行くなんてわくわくするよね。

「はいっ、キル兄様。今行きます！　僕迷子になったら怖いから手を繋いでもいいですか？」

「もちろん！　しっかり握ってるんだよ」

五分ほど歩くと、もうレットルのエリアに到着した。

「こ、これがレットル⁉　大きすぎる。こわいよぉ」

「はは、キルナ。こう見えて大人しい動物だ。大丈夫」

クリム魔法動物パークの動物は、日本の動物園と違って基本檻《おり》には入っていない。どの動物にも魔法の首輪がしてあって、暴れたり人を襲ったり逃げたりしないようになっているのだって。だから大丈夫、と言われても……十階建てのビルくらいの大きさの生き物が近づいてきたら無理でしょ！　逃げるよね⁉

「キル兄様、ほら、よく見てください！　お目目がぱっちりしていて可愛いでしょ。あっ、頭を近づけてきました。撫でてあげてください」

「……⁉」

ごめん、無理！　僕は近づいてきたレットルが怖くてクライスの後ろに隠れ、ひしっと子猿のように彼の背中に掴まった。そこから恐る恐るその動物を観察する。

見た目はまぁクマの大きいやつみたいだ。目が、そうだね。確かにパッチリしている。テディベアみたいだ。可愛い、と言えなくもない。こんなに大きくなければ……

「大丈夫、キルナ。俺が守ってやるから」

やばい、イケメンすぎるセリフにキュンとしてしまった。

(クライス、格好いい。やっぱり頼りになる！　あ、でも彼はユジンのものだから……)

僕はそろそろと彼の背中から離れる。

「あ、ビィが来ました！」

ん？　びぃ？　どれどれ？　ユジンの指差す方向を見てみる。そして驚愕《きょうがく》した。

(ってまんまハチじゃない!?　しかも犬くらいのサイズ！)

「刺すでしょあれ！　に、逃げよう。ユジン、危ない。クライスも！　早く建物の中に入ろうよ」

「刺す？　ビィは刺さないです。大丈夫ですよ」

呑気《のんき》なユジンは全然そこから動こうとしない。ダメだ。そこにいちゃ！　ぼ、僕が守ってあげないと！

僕はユジンの前に立って、両手を広げた。恐ろしさに手も足もガクガクと震える。

アレに刺されたら絶対痛い！　絶対死ぬ！

あ、だめ。ブンブンと飛びながら近づいてくる。

「やっ、こ、来ないで〜〜ッ」

すると、間一髪！　僕たちの前にさっと躍り出たクライスが、手で巨大なハチを追い払ってくれた。

「あ、た、たす、かった……」

ほっとしたことで涙が出そうになる。ユジンの前ではカッコいい兄でいたいのに……

「おい、ユジン。ちょっと売店で飲み物を買ってこい」

クライスが俯《うつむ》いている僕の顔を、そっとフードつきの上着で隠してくれた。

「わかりました。冷たいのを買ってきますから、あの建物の中で待っててください」

ユジンが駆けていく足音が聞こえる。遠ざかる足音。力が抜けしゃがみ込みそうになった僕の体を、クライスがぐいっと引き寄せその腕の中に包み込んだ。

「ほら、もう大丈夫だから。泣いていいぞ」

そう言われ、僕は我慢していた涙を止められなくなってしまった。あったかい彼の体温が心地よくて安心する。そのままぎゅうっとクライスの胸に顔を押しつけながら泣いた。

(うぅ、怖かったよぉ……)

しばらく泣くとすっきりして気分は落ち着いた。その後は涼しい室内でユジンの買ってきてくれたジュースを飲んで、ふれあい広場に行くことになった。

「うわぁ!! 可愛いっ!!」

そこには前世でもお馴染みの、ねことうさぎとりすがいた。見たことのない、ののんという動物もいた。ののんは羊に羽が生えたような動物で、触り心地のいいもこもこの毛が特徴らしい。飼育員さんに触ってもいいよと言われ、そっとののんの背中に手を当ててみる。

(ふわっふわだぁ。気持ちいい)

知っている羊の毛よりも、もっと柔らかいかもしれない。羽の部分にも触ってみる。

(おぉっ。きめ細やかで滑らかな手触り。素晴らしい!)

この子飛べるのかな? クライスに聞いてみると飛べるらしい。ただ残念なことに、今はお昼寝タイムなのかぐうぐう寝ているから、この天使の羽、みたいな上等の羽で飛ぶところは見られない。

（飛んでいるとこ見たいな〜。できるなら乗せてほしいな〜。そうしたらこのふわふわもこもこの体を抱きしめながら、お空をお散歩できるのに……）

想像するだけで、また目がとろとろとしてきて眠くなってくる……すやぁ……

どうやら僕はののんを枕にそのまま寝てしまったらしい。目が覚めた時にはもうユジンを家に送り届けた後で、馬車は王立魔法学園に向かって走り出していた。

動物園はちょっぴり怖かったけど楽しかった。僕は大満足で二日間の休日を終えた。

SIDE　クライス

二人きりのデートのはずだったのに……公爵邸に迎えに行くと、なぜかキルナの弟、ユジンが一緒にいた。

「ユジン＝フェルライトです。今日はよろしくお願いします。クライス王子」

「急にごめんね、クライス。ユジンも動物園に行きたかったみたいなの」

こてんと首を横に傾けるキルナに、鼓動が速くなる。

（くっ、凄まじい威力……お前は小悪魔か？　可愛すぎるだろ！　弟は追い返そうと思ったが、キルナの可愛さに免じてここは大人な対応をしてやるか）

「まあ、お子様は動物が好きだからな。構わない」と言うと、「クライス王子だって動物園に行きたかったんでしょう？　お子様ですね！」と可愛くない声が聞こえる（こいつ、俺にだけ聞こえる声で……）。

馬車では当然俺の隣にキルナを座らせる。向かいには生意気なピンク頭を乗せた。

ゴトゴトゴト……

馬車でしばらく進むとキルナが船を漕《こ》ぎ出した。ふわぁ、と大きな欠伸《あくび》までしている。どうやら寝不足のようだ。

「眠っていいぞ。着いたら教えてやる」

そう言うとキルナはすぐに目を閉じ、すやすやと眠り始めた。肩に寄りかかる彼の重みが心地いい。

「僕もそっちの席がよかったな〜」

ユジンが羨ましそうに呟いている。

「んん、ふにゃ、……もぅ、食べられないの」

「でも寝顔が見られるからいっか。寝言かわい〜」

くっ。それは羨ましい。俺もキルナの寝顔が見たかったが、彼を起こさないようそのままの体勢でゆっくりと移り変わる外の景色を眺めていた。

「んぁ……もう、着いたの？」

まだとろんとした目のキルナを連れて三人分のチケットを購入し、ゲートから中に入る。

「おい、これはもともと俺たちのデートだからな！　大人しくしとけよ」

念のためにユジンに釘を刺しておく。

「どうしたの？　二人とも、こっちでしょ？　早く行こうよ！」

入り口で手渡された動物園の地図を熱心に見て、こっちこっちとはしゃぐキルナ。

「はいっ、キル兄様。今行きます！　僕迷子になったら怖いから手を繋いでもいいですか？」

「もちろん！　しっかり握ってるんだよ」

こちらを振り返りぺろりと舌を出す姿に、怒りがふつふつと湧いてくる(いきなり邪魔しにかかってくるとは……なんてやつだ！)。

「こ、これがレットル⁉　大きすぎる。こわいよぉ」

彼はどうやら大きいものが怖いらしい。あんなに見た目が可愛らしいレットルを怖がって俺の後ろに隠れてしまった。普段自分からはなかなか来てくれないキルナが、ぎゅうっと背中にしがみついている。ずっとこのままで……と思ったのも束の間、すぐに彼は離れてしまった。

「あ、ビィが来ました！」

ビィは空を飛ぶ動物で、黄色と黒のシマシマが特徴の可愛らしい見た目をしている。ブンブン飛ぶ面白いペットとして小さい子どもに人気があり、よく懐くから家で飼われることもある。ところが、キルナの反応は違った。

「刺すでしょあれ！　に、逃げよう。ユジン、危ない。クライスも！　早く建物の中に入ろうよ」

ビィは優しく温厚な性格で、花の蜜を吸って生きる動物だ。刺すような凶悪な器官など持っていない。何かと間違えているのだろうか。

「刺す？　ビィは刺さないです。大丈夫ですよ」

ユジンも首を傾《かし》げながら彼を宥《なだ》めている。

一匹のビィがこちらに飛んでくると、キルナは切羽詰まった様子でユジンの前に立って、両手を広げた。手も足もガクガクと震え、その顔は恐怖に引きつっている。迎え入れて抱っこしようとしているわけではなさそうだ。

俺は素早く彼の前に出ると、こちらに来るビィをさっと手で追い払った。

「あ、た、たす、かった……」

力の抜けたキルナは目を潤ませながらも、平気な顔を装《よそお》っている（プルプルしすぎで全然成功していないが）。

「おい、ユジン。ちょっと売店で飲み物を買ってこい」

俺はそっとフードつきの上着を彼に被せた。少し落ち着かせてやらないと。

「ほら、もう大丈夫だから。泣いていいぞ」

弟の前では泣きたくなかったのだろう。ユジンの姿が見えなくなった瞬間に彼の目からは大粒の涙が零《こぼ》れた。俺の胸に顔を埋めて力一杯抱きついてくる。よしよしと彼の頭を撫でながら思う。

キルナは想像以上に怖がりだ。あんなものを怖がるなんて。いや、当然と言えば当然かもしれない。俺たちにとっては当たり前でも、あの狭い空間の中だけで生きてきたこいつにとっては、何もかも初めて見る生き物なのだから。

（どこへ連れていけば、彼を泣かせずに済むのだろう）

戻ってきたユジンと話し合った結果、もうふれあい広場しかないという結論に達した。温厚な動物ベストテンに入るレットルやビィで駄目なら、とにかく小さくて無害そうな動物を集めたあそこしかない。

小動物がソファや絨毯《じゅうたん》の上で各々《おのおの》くつろいでいるという、とにかくのんびりとした空間。これなら大丈夫だろうか。俺とユジンがドキドキしながら見守る中、キルナはその動物たちの方に走り寄っていった。飼育員の説明を聞き、恐る恐るののんに触っている。

「この子飛べるの？」

「もちろん飛ぶ。起きている時は大体プカプカ浮いているぞ」

「ふわぁ、そうなんだ。見てみたいなぁ」

ああ、やっと笑った。ユジンもほっとしたようだ。

「ん、すごぉい、ふわっふわのもふもふだよぉ。ふぁ～気持ちぃ～」

ふわふわの動物たちに癒されている彼を見て、俺たちも癒される。もふもふに囲まれた彼が可愛いすぎる……。

そうしてしばらく幸せな時を過ごしていると、急に彼の笑い声が止《や》んだ。

(ん？　キルナが動かない？)

寝ているののんの上に突っ伏して眠ってしまったらしい。起こさないよう静かに抱きかかえ、馬車まで運ぶ。

「今日はありがとうございました。楽しかったです。お兄様はそのまま寝かせてあげてくださいね。

寝ている間に襲っちゃダメですよ」

「ああ、またな」

「キル兄様……お元気で。またすぐに帰ってきてくださいね」

寝ているキルナの手にそっと触れ、名残惜しそうに公爵邸に帰っていく小さい背中を見送った。

ユジン＝フェルライト。一言多いのはムカつくが、悪いやつではなさそうだ。

第六章　心配性な王子様

「おい、起きろ。朝だぞ」

「ん、もう少し……」

「寝るな」

ちゅっ。

「んぁ？　も、またぁ……ダメって言ったじゃない。朝からチューなんてしちゃだめだってば。まったくー。

「…………」

「おい、怒ってる途中で寝るな」

「ふぇ？　僕、今寝てた？」

気づかなかったよ。クライスにしゃべってるつもりが後半は夢だったよ。どうしてこう休み明けって体が怠《だる》いのだろう。しかも今日から剣術の授業があるっていうし、最悪だ。

「嫌だな～剣術やりたくないな～サボろっかな」

「声に出てるぞ。そんなに心配しなくとも、いきなり剣を振り回すわけじゃない。まずは体力作りからだろう」

「えええぇ⁉　それって走るとか？　嫌だよぅ、僕、走るの嫌い」

疲れることは嫌いなの！　走るなんて……

(あれ？　でも、そういえば、前世は走りたいって思っていたのだっけ)

転生してキルナの気持ちに引っ張られて、運動は嫌い、やりたくないって気分になっていたけれど、七海の時は他の子と同じように走ったり泳いだりしたいとずっと思っていた（クラスメイトが体操服や水着に着替えているのに自分だけ制服のまま座って見ているのはとても辛いことだった）。

(そっか。やっと僕はみんなと同じように走れるんだ……)

「ううん、やっぱり頑張る」

いきなり考えを改めた僕にクライスは首を傾《かし》げている。

「ん？　なんだ急に」

「ふふっ、運動もいいかもって思ったの。僕、頑張って走ってみるよ」

なんて朝は言っていたけれど、甘かった。普段運動しない体を動かすのはめちゃくちゃキツい。

「はぁ、はぁ、ふぅ」

やっていることはただのランニングで、広い校庭をぐるぐると走るだけ。一斉にスタートしたのにあっという間に置いていかれて、他の子たちがもう豆粒みたいに小さく見える。

まぁ、前世も今世もほとんど走ったことがない僕が速く走れるはずがないのはわかっていたけれど……それにしてもレベルに差がありすぎる。

「一人十周だぞ。ほら、もっとペース上げて！」

(ひぃ、これはやばい、死にそう)

ライン先生の声かけに、僕は半泣きになりながら無理やり足を速めた。

「大丈夫か？　キルナ」

「ぜぇぜぇ、んはぁ。むり。い、いま、しゃべれ、ない」

やっとのことで走り終えた僕は、ドッドッドと忙しく働く心臓の音を感じつつ仰向けに寝転んでいた。周りも大体そんな感じだった。貴族の子息って普段あまり運動するイメージないものね。でも、みんな僕よりは速かったたな……

「ほら、水だ」

「はぁ、はぁ。ありがと」

バテバテの僕たちと違って、平民の子やクライスと彼の学友たち、貴族の中でも魔法騎士を目指す子たちは涼しい顔をしている。

(汗止まんない。この眼鏡、邪魔。重いし)

おもむろに眼鏡を退《の》けたら、顔の上にふわりとタオルが載った。

「これをかけておけ」

タオルで見えないけど、クライスの声に「うん」と頷き、僕はそのままもう少し休憩を取ることにする。

体力が回復した人からマットの上で腹筋することになっているので、クライスはそちらに向かった。その足音を聞きながら思う。さっきのランニングも彼は一番だった。何をやってもすごいなんて一体世の中どうなっているのだろ？

なんとか体が動かせるくらいまで回復した僕は、眼鏡をしっかりとかけ直し、腹筋に取りかかる。

「いーち……にっ」

あ、も、無理。僕が二回目に苦戦していると、無情なお知らせが聞こえてきた。

「今日は一人腹筋百回だ。授業時間内に終わらなければ放課後残ってやるように」

（えええええええ⁉　ひゃく？　全然桁《けた》が違うよぉ）

僕の絶望をキャッチしてくれたのか、ライン先生はポリポリと頭を掻《か》きながら、「と思ったが、今日は初めてだから一人五十回な。頑張れ」とおまけしてくれた。それでも五十回。

「さ、さ〜ん……し〜い……」

ぜえ、ぜえ、ぜえ。あと四十六回。先が長すぎる。

SIDE　リリー

（ランニング十周と腹筋五十回ね）

正直僕にとっては楽なメニューだけど、簡単にこなしてしまうと僕のせっかくの儚《はかな》く可愛らしいイメージが崩れてしまう。周りに合わせてできるだけゆっくり走り、腹筋はちょうど二十回くらいやったところで力尽きちゃったよ、という演出をしておいた。

さっそく引っかかって「リリーさん、大丈夫ですか？」とやたら声をかけてくる男たち。

（う～ん、この中に興味のあるやつはいないけど、一応可愛い子ぶっておくか）

「うん、大丈夫だよ。腹筋って大変だね……僕全然終わらなくって～」

「はい、俺たちもやっと半分終わったところです。キツいですよね」

本当はこんなの楽勝だけど、「ね～っ」と同意しておく。そうだ、クライス王子はどこかな？　あ、またメガネのところか。まぁ婚約者だから側にいるのは仕方がないのだろう。

メガネは走るのもめちゃくちゃ遅くて断トツでビリだった。本当に、何をやらせてもダメダメだな（僕と違って）。あんなのを気遣ってあげなきゃならないなんて、王子が可哀想！

「では今日の授業はこれで終わりだ。居残り組は体育館で残りの課題を終わらせて帰るように。俺はやることがあるから行けないが、ちゃんと五十回やれよ、では解散」

放課後体育館に行くと、三分の二以上のクラスメイトがいた。ほとんどの生徒が課題を終わらせることができなかったらしい。僕は適当に残しておいた腹筋残り三十回に取り組む。ここにはクライス王子やその学友たちのように可愛い僕を見せるべき相手（超エリートたち）はいない。さっさと課題を終わらせて寮に帰ろう、と思っていると。

「はあ～こんなんやってられないよな、もう終わったことにして部屋戻ろうぜ」

「そうだな、別に騎士になりたいわけでもないしな」

「ほんとほんと、あんなに広い校庭をいきなり十周とか頭おかしいよな」

体育館の入り口付近でぶつぶつ文句を言い合っているクラスメイトの声が聞こえる。あれは、ニールとカリムとトリムの三馬鹿だ。全員一応貴族だけど、品はないし頭も悪いし運動神経だってここにいるくらいだから大したことない。僕の苦手なタイプ。

彼らはライン先生が見張っていないのをいいことに、腹筋をせずに帰ろうとしているらしい。

（は、こんだけの課題もこなせないなんて、だっさい男ども）

「おい、リリーもこんなの終わったことにして帰ろうぜ」

迷惑なことにニールが僕に声をかけてきた。彼はどうやら僕のことが好きらしく、最近よくしゃべりかけてくる。

「うん、でももうすぐ終わるから、先に帰っててね」

「まったく、リリーは頑張り屋だな。じゃあ、明日は俺がスイーツを奢《おご》ってやるから一緒に遊ぼうぜ」

（嫌だよ。面倒臭い）

「わかった。ありがとう」

ふぅ。やっと馬鹿たちが帰っていく。明日はなんとか理由をつけて断ろう。

周りを見回すと、「え、じゃあ、俺たちも帰る?」と他の生徒たちも迷い出しているようだ。やらずに帰るやつ、一応やるけど補助魔法で思いっきり楽しているやつ。先生が見ていないとわかったらやりたい放題だ。

(どいつもこいつもクズばっかりだな)

そう思っていると……

「きゅ~う……じゅっ! やったぁ十回」とすぐ後ろから喜びの声が聞こえる。

(ん? この声)

ちらっと振り返ると、案の定メガネがいる。マットの上で生まれたてのメフメフ(子うさぎに似た魔法動物)みたいにプルプルしながら体を持ち上げようともがいている。そこに、「まだ十回って、お前本当にあのクライス王子の婚約者なのか?」という、僕の心の声が外に出てしまったかのような発言が聞こえてきた。

発言の主はブラン=オルタ。彼はクライス王子の熱狂的な親衛隊《ファン》の一人だ。魔法騎士を目指しているらしく、運動は得意でランニングも上位の成績だった。貴族でイケメンで運動も得意だけど、頭はあまりよくない脳筋タイプ(うーん、キープはしといていいレベルかな?)。

もちろん課題はとっくに終わっているはずだ。わざわざメガネに文句を言うためにここに来たらしい。

（これって修羅場になる？　ププッ、面白そ）

聞き耳を立てていると、「うん、婚約者だよ」とメガネが答えた。

「お前じゃ不釣り合いなんだよ。クライス王子は勉強も運動もなんでもできる。お相手はもっと相応《ふさわ》しいお方でないと」

（おお、公爵家嫡男相手にお前呼ばわり！　さすが脳筋だ）

「うん。そうだね」

「ああ、そうだろ？」

「うん」

「……」

（なんだ？　話が終わってしまった）

「じゅういち、じゅうに……じゅう……」

メガネは腹筋を再開した。

「……お、おい、話は終わってないぞ」

「はぁ、はぁ、え、そうなの？　でも、はぁ、はぁ。悪いんだけど、これが終わってからでいい？」

「は？　……あと何回残ってんだよ」

「今十三だからあと二十七回」

「計算間違ってるじゃねーか。あと三十七回だろ」

「ああっ！　ほんとだ。じゅう～よん、じゅう～～ご、はぁはぁ」

「おい、早く話がしたいから休むな」

「うん。じゅう〜ろく、じゅう、なな……はぁ、じゅうは、ち〜」

気がつくと、ブランがメガネの足首を持ってサポートしている。多分あまりの鈍臭さに見ていられなかったのだろう。

「もっと勢いをつけた方が楽だぞ」

「ふぇ、うん、わかった。でも、はぁ、はぁ、もうちょっとだけ、休ませて」

「駄目だ。休むと余計に辛くなる。さっさとやれ」

とか言いながら、馬鹿同士仲よくやっている。

僕はとっくに終わっていたけど後ろの二人の様子が気になって、そのまま休憩するふりをしていた。もうほとんどのクラスメイトが帰った後で、体育館には数名しか残っていない。

ぜえぜえとメガネの荒い息遣いが聞こえてくる。

長い時間が経った頃……

「よんじゅうく、ご……じゅう！　……で、できた〜」

「や、やったな!!」

二人で喜びを分かち合っている。

(もう絆《ほだ》されちゃってんの？)

ほんとこれだから脳筋は使えない。課題が終わると、メガネは本当に力尽きたというふうに仰向けのまま動かなくなった。

「お、おい、大丈夫なのか？」

「うん……」

「先生呼ぶか？」

「だい、じょぶ……」

しばらくしてからメガネは立ち上がったけど、その足取りは危うい。

「あ、そだ。僕にお話、あるんでしょ？　ここで、する？　随分、待たせちゃって、はぁ、はぁ。ごめんね」

「あ、いや、それは……今度でいい。それより、歩けるのか？　それで……」

「ん、だいじょぶ。はぁ、はぁ」

ふらつくメガネをブランが支えた。

「送ってく。クライス王子と同じ部屋だろ？」

「んぇ？　いいよ。だって君さ、僕のこと嫌いなんでしょ？」

メガネの言葉にブランが固まる。

(おお、いきなり急展開！)

いや、その……とブランが口籠《くちご》もり出した。

「今日は、手伝ってくれて、ありがとね。あ、もしかして、寮でクライスに会いたかったの？　だから送ってくれるって言ったんだね。ごめん気が利かなかったね。なら一緒に行こっか」

「そういうわけで言ったんじゃ……いや、クライス王子にはもちろんお会いしたいけど」

「じゃ、行こ。僕を送ってくれるんでしょ？」

ブランは逆に動けなくなっている。死ぬほど正直なメガネの言葉にどうしたらいいのか、わからなくなっているのだろう。

そんなブランを見て、行かないなら帰るね、とメガネは体育館の出口に向かって歩いていく。

ふっと振り返って彼は言った。

「ごめんね、僕が婚約者で。でももう少しだけ我慢してほしいの」

そう告げて一人でフラフラと体育館を出ていった。

＊　＊　＊

「んあああああ、いったあああああい」

なんとか五十回の腹筋という課題をやりきった僕だけれど、その後寮の自室で体中の激痛に叫んでいた。

「なにこれなにこれ！　体中が痛いよ！　クライス、僕、病気かも⁉」

もう病気は嫌だよぉ。そ、それかセントラが言ってたみたいに闇の魔力が暴発した？　やばい‼　どうしよ！

「落ち着け。ただの筋肉痛だ」

「ふぇ、きんにくつう？」

あ、そうか。これがかの有名な筋肉痛。知識としては知っていたけど、なるのは初めてでわかんなかった。

「治してやりたいが、回復魔法で治してしまうと筋肉がつかないからな……」

そっかそっか。とりあえず病気ではなかったことに安心した僕は、温室から持ってきていた薬草の袋を取り出す。

「ん、なんだ？　それ」

「えと、筋肉痛を緩和する薬草だよ。このトリアって草を擂《す》り潰して搾《しぼ》った汁と、オイルを混ぜ合わせたものを患部に塗ったら、痛みが和《やわ》らぐの」

「へぇ、すごいな」

ってことで、僕は腕の痛みと闘いながらトリアをすり鉢で擂《す》り潰していく。作り方は植物図鑑に載っていた。簡単だから僕でもできるはず。

(よいしょ。よいしょ。ふぅ疲れた、休憩。よいしょ。よいしょ。ん～結構大変だな、これ、ちょっと休憩。よいしょ。ふぅ、あ)

「貸せ」

僕のすり鉢を取り上げて、クライスがごりごりと擂《す》り潰していく。

「んもぅ、自分でできるってば」

クライスから鉢を奪い返す。

(あ、もうできちゃってる)

こんなふうに甘やかされてたら、僕なんにもできない子になっちゃうよ‼


「で、どうするんだ？　それ」

「えとね、清潔な布巾で包んでぎゅっと搾《しぼ》るの。そしたら汁が出てくるから、こうやって……」

（あれ？　汁出てこないな。ん〜〜。できない……何か間違ってる？　ん〜〜〜〜‼）

力一杯搾《しぼ》っているのに包んだ布は真っ白なまま、何の変化もない。

「貸せ」

クライスがトリアを包んだ布を搾《しぼ》ると、ぎゅっ、ぽたぽたぽた……緑の汁が出てきて下に用意していたお皿に溜まっていく。

（おお、できてる‼　これこれ‼）

「これをオイルと混ぜて完成！」

ふぅーできた……

でも、これ大変すぎる。ほぼクライスがやってくれたし。今度作る時は煮る方法でやってみよ。

「これをね、痛いところに塗るの。ねぇ、今日お風呂上がりに塗ってくれる？」

「え？　あ、俺が？」

「嫌ならいいけど。背中も痛いから塗りたいけど自分じゃ届かないから。あ……やっぱりいいや。ごめん、なんでもない」

話している途中で、あ、こんなこと頼んじゃいけない、と思い直した。

だってそうだよね。王子様に背中に薬を塗らせるわけにはいかないよね。いつも一緒にいるから忘れていたけど、クライスはこの国の第一王子なのだった。こんなこと頼んでいい相手じゃない。

「今日はまだ早いから大浴場にはたくさん人がいるはずだし、手が空《あ》いてる人に頼むよ。今から大浴場に行ってくる」

「は？　他の人に頼むだと？　駄目だ！　俺が塗る」

「あ、え？　でも嫌なんじゃ」

「嫌じゃない」

そうなの？　じゃあ、いいのかな。頼んでも。

「んと、ありがと。じゃあ、お願いするね」


今回もクライスが転移魔法で連れて行ってくれるというので、ぎゅうっと腕にしがみついて一緒に大浴場へと向かう。

(あれ？　おかしいな。やっぱり誰もいない)

露天風呂の湯船にはピンクの花びらがたくさん浮かんでいる。お湯まで淡いピンク色だ！　こんなに素敵な浴場になんで誰も来ないんだろ？　今日は逆に早すぎたのかな？

「キルナ、オイルも持ったか？」

「うん、持ったよ」

今度は転ばないようにゆっくり歩いていく。まずは体を洗ってからお湯に浸《つ》かる。もちろん肩まで！

（ふわぁ～いい気持ち～）

体中が痛くて下がり切っていたテンションが幸せ気分で一気に上昇する。お風呂ってすごい。すっかり温まった頃、クライスが言った。

「オイルを塗るついでにマッサージしてやるから、あっちのマッサージ台まで行こう」

大浴場の奥に薄いレースのカーテンで仕切られた空間が見える。

「専用の台？　すごいね、そんなものまであるんだ。でもクライス、マッサージなんてできるの？」

王子様がそんなことできるって変な気もするけれど、スポーツマッサージは大切だって聞いたことがあるし、そういう勉強もしているのかもしれない。

「ああ、任せろ」

ニヤリと笑う彼に、ちょっと不安を感じながらも任せることにする。クライスは器用だからなんでもできるもんね。多分上手なんだろうな、楽しみ！

台は一人が横たわれるくらいのシングルベッドサイズだった。僕はそこに促されるままうつ伏せになる。横向きにした顔には、ふんわり柔らかなタオルがかけられて何も見えなくなる。

横たわってぼんやりしていると、とろとろ～っと背中に温かい液体がかけられるのを感じた。薬草の香りがする。さっき作ったオイルの香りだ。

「んな、何？　びっくりした」

見えないからタイミングがわからなくて、急にクライスの手が触れるとびくっと体を揺らしてしまう。

「気持ちいいか？」

「う、うん……」

オイルで滑りをよくした手で足や背中を優しく撫でられると、とっても気持ちがいい。でもクライスに直接体を触られていると思うとなんだか妙に恥ずかしくなってきて、僕はすぐさまマッサージの中止を願い出た。

「あの、十分解《ほぐ》れた気がするし、もういいよ」

「駄目だ。しっかり揉んでおかないと、明日になるともっと痛くなるぞ」

え、そうなの？　それは嫌。ん〜じゃあ、もう少し我慢するか。で、でもでも。

「そこはやめてぇ。なんかくすぐったいよぉ！」

「こら、ジタバタするな。走ったんだから足はよく解《ほぐ》しておかないと」

ん、そうだね。確かに今日は人生で一番足を酷使したと思う。

(だけどなんかぞわぞわして変な感じだよ。助けてよぉ〜)

でもここには僕とクライスの二人だけ。誰かが助けてくれるわけもなく……上から下まで散々揉み込まれて、最後に全身を丹念に擦《こす》られる。

堅く強ばった体がスルスルと解《ほど》けていく心地よさにもう訳がわからなくなってきた頃、やっとマッサージが終わった。

「よし、頑張ったな。これで大丈夫だ」

「そ、そう？　んじゃ、よ、よかった。ありがと……」

台から起き上がった僕は真っ赤に火照《ほて》った顔を伏せた。解《ほぐ》してもらっただけなのに恥ずかしがるなんてバカだとわかってはいるのだけど。

(あれ？　なんか僕の体、じんわり温かくて、ぽかぽかしてる)

温かい上に、痛かったところがすっきりと軽くなったおかげで、目がとろんとしてきた。

「眠いのか？」

「うん、そうなの……」

脱衣所で寝間着を着せられて、クライスの腕に掴まって転移魔法で自室に戻る。ふぁ。眠い。もう頭の中がふわふわしている僕にクライスは言った。

「キルナ、俺以外の人間に絶対オイルは塗らせるな。マッサージもさせるなよ」

「ん、こんなのクライスにしか頼めないよ。すごい気持ちがいいけど……恥ずかしいものだね、マッサージって」

ちょっと思ってたのと違ったけど、でも気持ちよかった。よく眠れそう……

そのままフカフカのベッドになんとかよじ登ると、案の定、僕は一瞬で深い眠りに落ちた。

あ～よく寝た。マッサージのおかげかすごく体調もよくて晴れ晴れした気持ちで登校したら、教室には重苦しい空気が立ち込めていた。

「痛い～～！」

「いってぇ！」

あちこちから痛みに呻《うめ》く声が聞こえる。どうやら筋肉痛と闘っていたのは僕だけじゃなかったらしい。僕一人オイルマッサージですっきりしちゃってなんだか申し訳ないな、と思う。

剣術の授業では、みんな痛みのせいかランニングも腹筋も全然できなくて、今日は僕が最後じゃなかった。

「ランニング一人十周だぞ。そら、ペース上げて！」

「痛すぎて動けねえ！　死ぬ～」

生徒たちの叫びを無視してライン先生は告げた。

「今日は腹筋六十回だ。頑張れ。残ったら体育館で居残りな」

ひぃ、筋肉痛は治ってるけどキツい！　あと四十回、というところでチャイムが鳴った。

放課後体育館に行くと、昨日と同じようなメンバーがそこにいた。ライン先生は今日も用事があるとかで来ていない。何人かのクラスメイトは先生が来ないことを確認すると、そそくさと体育館から出ていった。

「にじゅういち、にじゅうに、にじゅう、さ～ん……ぜえ、ぜえ、ぜえ」

僕が呼吸を整えているとすぐ隣で、「ううっ、腹の筋肉が痛すぎてこれ以上腹筋できない。もう無理だ」と眼鏡の青年がパタリと後ろに倒れた。力尽きて動けなくなっちゃったみたいだ。眼鏡仲間を助けてあげたい。

「ねぇ、君。これあげる。今あるのはこれで最後だから他の子には内緒にしててね」

昨日余分にできたオイルの小瓶をこっそりと手渡した。

「ん？　何……薬？　そんなの全部試したさ。俺様を誰だと思ってるんだ？　ウェンダー商会の息子ベルト様だぞ、って。あ、フェルライト様!?　すみません。あなただとは気づかず」

彼はがばっと跳ね起きて頭を下げた。

「やめて。頭なんか下げないで。えと、僕のことはキルナと呼んでね。そか、いらないんだね。ごめん。余計なことして」

いらないのなら返してもらおうと、僕は手を差し出した。

「いいえ、公爵様の薬だったら一味違うかも……ありがたくいただきます」

彼は何度も何度もお辞儀をしてから課題の続きをこなし始めた。あ、僕もやらなきゃ。

「にじゅうし～、にじゅうご～……」

（あ、も、無理。はあ、はあ、はあ。あと三十五回。先が、長い……）

その夜も僕はクライスに薬草オイルをたっぷり使ったマッサージを施された。恥ずかしいからもういいよぉ、って何度言っても聞いてくれない。気持ちがいいから結局またされるがままになっちゃったのだけど……

翌日、ホームルームの後、ベルトが僕のところに来て勢いよく話しかけてきた。

「あの薬草オイルめちゃくちゃ効きました!!　あれだけ痛かったのにあのオイルを塗って朝起きたらすっきり快適でどこも痛くないんです。どこで手に入れられたのですか!?」

オイルと聞いて昨日のクライスの手つきを思い出し、僕は一人で顔をぽっと赤らめて俯いた。んもぅ、あれはただのマッサージ。恥ずかしがる方が恥ずかしいよね。僕のバカ。

「そう。それはよかった。あれは売ってたんじゃないの。僕が作ったものなの（正確にはほぼクライスが）」

「手作り!? まさか！ すごいです。あれを売ったら大金が手に入りますよ。私と商売をしませんか？」

ベルトのキャラメル色の瞳がキラーンと輝いている。とってもいいことを思いついた、という顔だ。

「ふぇ？ 商売？」

「はい、あ……でも公爵様の嫡男で未来の王妃様のキルナ様には興味のない話ですよね……」

さすがは商人の息子。なんでも売り物にしちゃうんだね。

商売人になる……か。悪くはない気がする。僕は断罪されたら、もし生き延びたとしても実家からは追放されるだろうし、そしたら何か仕事を探さなきゃいけない。小さくてもお店とか開けたら……

だけど、そう簡単にはいかないよね。そもそもこの薬草オイルなんて植物図鑑に載っていたくらいだし作り方も簡単。たまたま彼が知らなかっただけで、どこにでも売ってるものなのかも。

「商売は無理じゃないかな。ただ擂《す》り潰したトリアを搾《しぼ》った汁にオイルを混ぜただけで、誰でも作れちゃうものだから」

「トリア!? あんなレアな薬草をどこで手に入れたんです？」

ベルトはなぜだかますますヒートアップしている。

「えと、自分の温室で育てたの」

「あれは管理が難しく素人《しろうと》にはまず育てられません。専門の栽培師を雇ったとかですか」

「いや、僕もルゥもメアリーも素人《しろうと》だよ。多分君にもできるよ」

「本当に⁉」

彼は、じゃあさっそく育ててみます！　と意気込んで席に戻って行った。

（ふぅ、なんかすごい子だな……）

ともあれ眼鏡仲間が元気になって、よかったよかった。


魔法基礎学の授業を担当しているのはメビス＝コットル先生。アメジストみたいな透明感のある紫の長い髪を三つ編みにして結っている。ベージュ色のローブが似合っていて一見綺麗な女性に見えるけど実は男性。優しくて美人で生徒にとても人気のある先生だ（さすがＢＬゲーム。綺麗な男性がばんばん出てくるけど、もういちいち驚かなくなった）。

今日は魔法基礎の実践だって。できるかな？

「魔力には、光・火・風・水・氷・土・闇の七種類の属性があります。この学園にいるということは、あなたたちはこの中のうちいずれかの魔力を持っているということです。いくつか属性を持っている人は、とりあえず最初ですから、自分の一番得意な属性を使いましょう。頭に自分の属性を思い浮かべてください」

えっと、僕は、闇属性と水属性。本当は闇属性の魔力の方が多いのだけど、妖精との契約がまだだからそれは使えないらしい。だから、水属性を使えばいいんだよね。

「はい、思い浮かびましたか？　それでは今思い浮かべた属性の魔力を指先に集めてみましょう。指の先に光や火や風などの力がぽんと載っている様子をイメージします。量はちょうど人差し指の先で生クリームを掬《すく》った、くらいで結構です」

生クリームかぁ。おいしそ……じゃなくって。水の魔力を集めなくっちゃ。僕は闇属性の力はいっぱい持っているけれど、水属性の力はちょびっとしか持っていない。なけなしの力を指先に集めなくちゃならない。

前の席の子が、「できた！」と声を上げた。指先にマッチくらいの火がついているのが見える。あれって、熱くないのかな？

「はい、上手です」

周りもどんどんでき始めている。平民の子は少し苦戦している様子。僕もこれはセントラと何回も練習したから、なんとかできた。指先にぽってりと朝露みたいな雫が載っかっている。

と思ったら、妖精が来て雫を飲み出した！　ごくごくごくと妖精に飲まれて水が消えていく。

（え、ダメだよ！　一生懸命集めた魔力の雫がなくなっちゃうよ！）

僕が人差し指を動かして逃げると「まってまって～」と妖精が指を追いかけてくる。楽しそうだと思ったのか、他の妖精まで集まってきた。鬼ごっこじゃないよ、大人しくしていて！

「はい、では次は呪文を唱えます。初級魔法の呪文は魔法基礎学の教科書三ページに記載してあります。呪文は属性によって違いますから間違えないでくださいね。初級の魔法はどれも魔法陣は必要としない簡単なものです。落ち着いて、ゆっくりはっきりと詠唱します」

三ページに載っている初級の水魔法。

これは僕が五歳の時に初めて使えるようになった魔法だ。呪文を唱えると指先に載った水が形を変えて、小さな水の花になった。

「あ、これ、お茶会の時の花ですね」

(っ、誰?)

急に話しかけられドキッとしながら振り返ると、すぐ後ろに緑の髪のイケメンがいた。スッと通った鼻筋と切れ長の目。えらく賢そうな雰囲気を持った子だ。彼はふわりと優しそうな笑みを浮かべている。

「リオン＝ブラークスです。お話しするのは久しぶりですね」

攻略対象者で魔術師団長の息子。リオンのことは優斗から聞いていて少し知っている。実は腹黒キャラ、だったかな。小さい頃から一緒だったクライスとその学友たちにだけ心を許していて、ストーリーが進むと徐々に主人公に心を開いていくらしい。

「ほんとだね。お茶会以来だもの」

「あの時はキルナ様のことをてっきり女の子だと思ったのですが、同じクラスになって実は男の子だったと知って驚きました」

あ、そういえばあの時、僕、女の子の格好をしていたのだっけ。は、恥ずかしすぎる!

「あれには色々理由があって……もう忘れてね!!」

「はい、あなたがそう仰《おっしゃ》るなら。でもとても可愛らしかったですよ」

すごくいい人に見えるけど、腹黒ってことは、このにこやかな表情の裏では別のことを考えているのかな？　そうだとしたらちょっと怖いな。

「あの時はごめんね。僕魔法を失敗してお茶会をめちゃくちゃにしちゃったよね」

「いえ、謝るようなことではありません。誰にだって失敗はあります。そもそもあれは、調子に乗って魔法を見せろとごねたノエルが悪い。それに、クライス様が魔法で元通りにしてくださったじゃないですか」

ああ、そうだった。クライスの、物質の時間を戻すとかいうすご～い上級の光魔法が見られたのだった。ふふ、懐かしい。

「二人で楽しい話か？」

「あ、クライス。あのね、懐かしいお話をしていたの」

「昔のお茶会のことを話していたのです」

「ああ、あの時のキルナ、可愛かったな。もうあんなふわふわのドレスは着てくれないのか？」

「(あんな女の子のドレス）着るわけないでしょ!!」

思わず大きな声が出そうになるけれど、授業中だから声をひそめてこっそりおしゃべりをする(それも本当はダメだけど)。よく似合っていたのに残念、とクライスが意味不明に落ち込んでいるのを無視していると、メビス先生が「はい注目～！」と手を叩いた。

「はい、できましたか？　これができなければ先に進めないので、もしできなかった人がいたら、もう一度教えますから私のところに来てくださいね。では今日の授業はおしまいです」

「キルナ、俺たちはこのまま魔法訓練所に行ってくる」

「うんわかった。僕はまだ今日の剣術の授業の課題が残ってるから体育館に行くね。リオンもまたね」

「はい、キルナ様、頑張ってくださいね」

僕が放課後体育館で補習をしている間、クライスたちは大体魔法訓練所に行っているらしい。訓練所は校舎の北側にあって、外から見るとドームの形をしている。強力な結界が張られていて、強い魔法にも耐えられるようになっているのだって。僕も一緒に行ってみたいけど、まだ一度も剣術の授業の課題を時間内に終わらせられないでいる。

(ええと、今日残ってる課題は、腹筋十回と背筋五十回だったな。うぅ、結構多い……頑張ろ!)


課題を終わらせて部屋に戻ると、クライスは帰っていなかった。

(あれ、珍しいな。いつもなら先に帰っていて出迎えてくれるのに)

いつも隣にはクライスがいたから、この部屋に一人でいるのは変な感じだ。彼はまだリオンたちと魔法訓練所で難しい魔法の練習でもしているのだろう。

「よぅし、時間があるうちに掃除しよ!」

アーチ型の大きな窓を開けて空気を入れ替え、今朝脱ぎっぱなしにしていた寝間着を洗濯板でゴシゴシ洗って外に干し、大理石っぽい床を雑巾で拭き、シルクのシーツを整え、その上に新しい寝間着を出しておいた。

「うん、ピカピカ、いい気持ち!」

やりきった！　と満足した僕は、う〜ん、と伸びをしながら窓際へ行き、新鮮な外の空気を吸った。

他の生徒たちはこんなことは魔法で済ませているらしい。だけど、僕は魔法があまり使えないからこうして自分の手で家事をしている。七海として生きていた頃から体調がいい時はよく手伝いをしていたし、フェルライト家ではルゥやメアリーにやらせてもらえなかったから、こうして掃除や洗濯を自分でするのはむしろ楽しいくらいだと思っている。

でも、魔法が使えるクライスにしてみたら、なんだかすごく大変そうなことをしているように見えるみたいで、「なぁ、キルナ。手が痛そうだ。せめて水仕事は俺にやらせてくれないか」と心配してくれる（僕はそれを自分の分は自分でしたいからと断っている）。

寝る前に僕の傷んだ手を回復魔法で丁寧に治して、メアリーからもらってきたというクリームを塗り込める彼に、「毎日治してくれなくても大丈夫だよ」と言うのだけれど、「キルナの手が荒れたら大変だ。ほら、早くそっちの手を出せ」と譲らない。

（クライスったら変なの。女の子ならまだしも、男の僕の手が荒れたって別にいいのに）

さすがに心配しすぎだよねと思うけど、せっせと治療してくれる彼の姿を見ていると、なんだかとても大切にしてもらえている気がしてくすぐったい気持ちになる。

クライスのおかげで、僕の手は今も爪の先までしっとりツヤツヤしている。

そういえば、昔、初めて王宮を見た時、どこもかしこも真っ白で掃除が大変そう、いつか掃除夫として雇ってもらおう、なんて思ったことがあったけれど、今ならわかる。おそらく僕は掃除夫として雇ってはもらえないってことが。

クリーンの魔法を使えない掃除夫なんて、この世界では必要ない。

――あなたはいらないの。

ふとお母様の言葉が頭を過《よぎ》る。少しだけお腹の痛みを感じ、僕は急いで砂時計を探した。リリーの一件で鞄に入れて持ち歩くのは危険だと判明したので、今は部屋の勉強机の上に置いてある。

椅子に座り、しばらく砂時計を眺める。

さらさらと流れ落ちる白い砂を見つめていると、次第に痛みは治まってくる。

――うん、大丈夫。

クライスはまだ帰ってこない。もう十八時になる。たくさん汗をかいたし、そろそろお風呂に行こう。

（一応机の上にメモを置いとこ。〝大浴場に行ってきます〟っと）


入浴セット、新しい寝間着、薬草オイルを持って、大浴場に向かってトコトコと歩きながら、僕は魔法基礎学の授業でのことを思い出していた。

（それにしても、さっきはびっくりしたな。リオンから話しかけてくるなんて）

クライスの学友であるロイル＝クルーゼン、リオン＝ブラークス、ギア＝モーク、ノエル＝コーネストは実は全員同じクラス。幼い頃から王宮にクライスと一緒に住み、一緒に育ったという彼らは当然ものすごく仲がいい。

僕はそんな彼らにあまり近づかないようにしていた。

なぜなら、ゲームの中の学友たちは悪役令息キルナ＝フェルライトのことを心底嫌っていたから。ゲームの彼らは主人公のユジンに心を開いていくと同時に、キルナへの憎しみを募《つの》らせていた。そりゃそうだ。だって僕はみんなの愛するユジンをいじめる悪役で、僕からユジンを守るのが彼らの務めなわけだから、どうやったって仲よくなれるはずがない。

同じクラスになって彼らがどれだけすごい人たちなのかすぐにわかった。何をやっても当たり前のように上位にいて、クラスメイトからも尊敬の眼差しで見られている。みんなレベルの高い人たちで一緒に技術を高め合ってきた仲間。彼らと話をする時、クライスはとても穏やかな表情をしている。まるで家族と一緒にいる時のように……

僕はそこには入っていけない。彼らみたいにうまく魔法も使えないし、剣術もできないし、頭もよくない。

もしクライスにとって誰よりも信頼できる彼らが僕のことを「嫌い」と言ったら、多分彼だって僕のことを嫌いになる。

――怖い。それが僕の役割だとわかっていても。

ぼんやり考え事をしている間に大浴場に着いたみたい。だけど――

(あれ？　なんだかいつもと様子が違う？)

神殿風の柱や廊下が見当たらない。入り口も豪華ではあるけどいつもと違う。大浴場はここで合ってるよね？　僕が立ち止まっていると、「おい、そんなとこでボケっと突っ立ってたら邪魔だ」と言われ、慌てて中に入った。脱衣所に入るとものすごい人！

(ふわぁ、何これ‼　人だらけで前が見えないよ。えと、空《あ》いてるロッカー探さないと)

筋肉質な裸の男たちの中、ロッカーを求めてうろうろしていたら、後ろから腕を誰かに掴まれた。

「んぇ？　誰⁉」

「キルナ様ですか？　どうしてあなたがこんなところに？」

「どうしてって、それは、あの、お風呂に入ろうと思って……」

僕はしどろもどろに説明する。だって相手はさっきまで考えていたクライスの学友の一人、ギア＝モークだったんだもの。ちょっとブルーな気持ちになっている今は、あんまり会いたくない人物！

「クライス様はどうされたのです？　あ、そうか。行き違いになったのですね。今日はいつもより訓練が長くなってしまい、先ほど解散したばかりでしたし」

「え、うん。クライス今日は帰ってくるのが遅いみたいだったから、一人で来たの」

「……とにかく早くここを出ましょう」

ギアは難しい顔をしながら僕を出口の方へと導く。

(どうして出口に行っちゃうのだろう？　僕はまだお風呂に入っていないのに……)

出口まで行くと、パッと何もない空間にクライスが現れた。転移魔法だ！

「キルナ‼　大丈夫か⁉」

「どしたの？　そんなに慌てて」

「よかった」

ぎゅうっと抱きしめてくるクライスに、頭の中ははてなでいっぱいだ。ちゃんとメモにも書いておいたし、そこまで心配することないと思うのだけど。

「クライスったら心配性だね。大丈夫に決まってるじゃない。一人で大浴場くらい行けるよ。毎日来てるんだから使い方だってもうわかるし」

「そうじゃない。そうじゃないんだ、キルナ」

はぁ、と彼は大きなため息を吐いて言った。

「ここはいつもの大浴場じゃない」

「ふぇ？　どういうこと？」

いつもの大浴場じゃない？　最初に受けた説明では、寮の大浴場は一つしかないはずだし。ん～、意味がわからない。

僕はクライスを見て、その横にいるギアを見た。ギアはうんうんと頷いている。

どうやらわかってないのは僕だけらしい。

「いいか、キルナ。実はな、王族とその婚約者には専用の大浴場があるんだ」

「専用の大浴場？　なんでそんなものがあるの？」

食堂も寮もみんなと一緒なのにお風呂は別々なの？　それっておかしくない？

「知らん。そういう決まりだからだ」

なるほど。クライスにもよくわからない、と。

「じゃあ僕はここの大浴場は使っちゃダメってこと？」

「そうだ」

そうそう！　とギアも力強く頷いている。だから彼はさっき大急ぎで僕を追い出したんだね。

「そうだったの。僕全然知らなくって。ごめんね。ギアがいなかったらうっかり入っちゃってたよ」

「いえ、間に合ったようで、よかったです」

とても爽《さわ》やかな笑みを浮かべる彼は、さすが攻略対象者！　やっぱり相当なイケメンだ。魔法騎士団長の息子で裏表のない性格の彼は、誰からも慕われる好青年としてゲームに出てくる。茶色くて短い髪もよく似合っている。僕ももっと髪の毛を短く切ろうかな。

じいっと彼を見ていたら、彼は顔を赤くし、クライスを見て顔を青くし、俯いてしまった。

「わかったら行くぞ」

「どこに？」

彼らの視線の先を見て手に持った入浴セットのことを思い出す。ああっそうだ。僕はまだお風呂に入ってないのだった。

「しっかり掴まれ」

いつものようにクライスの腕にぎゅうっと掴まって、いつもの大浴場へと飛んだ。

専用の大浴場に来たのはいいのだけれど、その洗い場で僕は困ったことになっていた。

「んっとぉ、クライス、ちょっと離れて？　体洗いたいから」

さっきから僕を後ろから抱きしめて離してくれない王子様に戸惑いながらお願いする。なんだかいつもより元気がない様子に、無理やり引き剥がすのも気が引けるのだけど……

「嫌だ」

んぇ？　まさかの我儘《わがまま》!?　我儘《わがまま》を言うのは僕（悪役令息）の専売特許だよ。

「部屋に戻ったらキルナからのメモが置いてあって」

「うん」

ちゃんと行き先がわかるように〝大浴場に行ってきます〟って書き置きしてたよね。

「心臓が止まるかと思った」

ええ？　心臓が!?　それは大変だよ。お医者様に診《み》てもらった方がいいよ。

「もう絶対離れない。お前も俺に約束しただろ？　ずっと離れるな」

「ん、そう、だね。ずっとずっと一緒にいてね。絶対、離れないでね」

僕は執着系悪役男子として言うべきセリフを一生懸命捻《ひね》り出しながら、でも離れないと体が洗えないんだけど、と思っていた。なんだろう。クライスが甘えん坊モードになっている気がする。

（ん～どうしようかな）

正面の鏡には僕と僕をぎゅっと抱きしめて離さない彼が映っている。このままぼーっと椅子に座っていても仕方がないので、とりあえずタオルにたくさん石鹸をつけて、もこもこになるまで泡立てた。ほぅら、僕は今から体を洗うからね、離れてね、と彼に伝わるようにがむしゃらに泡立ててみる。

もこもこもこもこ……みるみるうちに泡は大きくなって動物園で見た新動物、ののんみたいになってきたけれど……

（ん〜伝わらない？　一ミリも動かない彼をどうしたらいいのだろう？）

泡ののんをふわふわさせながら最大限に頭を働かせ、僕はいいことを思いついた。せっかくだし彼を洗ってあげればいいんだ！

「クライス、後ろ向いて？　僕が洗ってあげる」

お風呂で背中を流しっこするのって楽しいよね。優斗の背中も何度も洗ってあげたことがある。クライスにはいつも迷惑をかけているし、マッサージもしてもらっているのだから、僕だってこれくらいしなくては!!

「キルナが、洗ってくれるのか？」

彼の端整な顔がぶわっと赤く染まる。ふぇ？　そんなに照れないでよ。こっちが照れちゃうよ！

「う、後ろ向いて」

僕まで顔が赤くなっちゃったのを隠そうと急いで後ろを向いてもらった。泡立てたタオルで上から下までごしごしと洗っていく。

（クライスの体、僕より大きい。背中引き締まってて格好いいな。ふぁあ、腕も肩もすごい筋肉!!）

「ねぇクライス。前向いて！」

（ほわぁ！　腹筋割れてる!?）

「……頼むから少し離れてくれ」

「ご、ごめん！」

言われて気がついた。僕ったらクライスの逞《たくま》しいお腹に注目するあまり、息が届くほど近くで見ちゃってた。こんなのいくらなんでも嫌がられるよね。

「俺はもういいから、キルナ、後ろ向け」

クライスが急に動き出して僕の手から泡のついたタオルを奪い取った。ざーっと流してもう一度泡立てたタオルで、丁寧に背中を擦られ、僕は背筋をぴんと伸ばした。とても繊細な手つきですごく気持ちがいい。

「ん、ありがと」

毎日マッサージの時に見られているんだけど、格好いいクライスの背中を見た後に自分の貧相な背中を見せるのは少し恥ずかしい気がした。

「僕もクライスみたいに筋肉がついたらいいのに。もっと何か運動した方がいいかな（運動は嫌いだけど）」

「体を動かすことに慣れていないのに、いきなり運動量を増やすのは怪我の元だ。今は授業の課題で十分だ」

そうは言うけど、自分はかっこいい体しといて……僕がじと～っと鏡に映る彼の体を恨めしく見ていると――

「ふぁ、そんなとこ。だめ、自分で洗うからぁ！」

背中を洗い終えたクライスが僕の正面に回って、お腹や肩、腕まで洗い始めた。

「脇はくすぐったいってば。ふぇ!?」

「キルナ。そこも洗ってやるから足を開け」

(そこってどこ?　足?)

彼の視線の先を見て、僕は固まる。

「そ、そんなとこ洗っちゃダメに決まってるでしょ!　クライスのばか」

僕は恥ずかしさのあまり彼からタオルを奪い返すと、だ〜っと残りの部分を洗ってぶわ〜っと流して、その勢いのまま走って湯船の中に飛び込んだ。ラベンダー色のお湯がばしゃ〜んと周囲に飛び散る。

もうもうもう!!　いくらここには人が来ないからって、こんな恥ずかしいこと!

(く、苦しいっ。まずい……僕泳げないんだった)

気づいた時にはお湯の底に沈んでいて、いつものように助けに来た王子様の首に掴まっていた。

結局お湯の中から救い出された後も僕はまだ怒っていたけれど、しっかりマッサージは施され、ぷんぷんぽかぽかしながら部屋に戻った。

そして今は、大理石のオシャレなテーブルに向かい合って二人で遅めの夜ご飯。

僕は少し時間が遅いから量は少なめにしてもらったサンドイッチを、クライスはクリームスパゲティがメインのディナーを食べている。

「もうしないから拗《す》ねるな」

「だってだって、ものすごく恥ずかしかったんだもの」

「そもそも体を洗うと言い出したのはキルナだろ？　なぜ怒る？」

「え、だって背中の他にも、お腹とか胸とかまで洗っちゃうし、下《した》の方まで洗うとか変なこと言うから……」

変なこと？　という顔をするクライス。

「お前の使用人、ルゥは全部洗わなかったのか？」

「んぇ？　ルゥ？　ルゥは洗いたがっていたけど、僕が嫌がってからは洗わないようになって……」

（はっ……そうか！）

ここではいつも自分で何もかもやっているクライスしか見てなかったから気づかなかったけど、彼にとっては体を洗うってなったら全部洗われるのが当たり前なんだ。だって彼は王子様。使用人が何から何までやるのが当然。僕ですら前世の記憶を思い出すまでは、ルゥに全身を洗われていたのだった。

（うわ〜ん、常識が違いすぎるよぉ！　でも前世の記憶のある僕の方がおかしいのかも）

じゃあ、仕方がない……か。今日のことは許す。一瞬変なとこ見ていたような気がしたけど、それも足を見ていたということにしておく。

ただこれだけは言っておかなきゃ。

「あのね、洗いっこするのは背中までなの！　他はやっちゃダメなの。わかった⁉」

「ああ、なるほど、そうなのか。次から気をつける」

とりあえず解決し、僕たちはベンスの作ったおいしい夜ご飯を堪能《たんのう》し始めた。

「ね、一口ちょうらい」

僕はあ～んとお口を大きく開けながら言った。もう許したとはいえ、僕を怒らせたのだからこれくらいはいいでしょ！

一瞬躊躇《ためら》った後、クライスは観念したのかスパゲティを一口分巻きつけたフォークを僕のお口に入れた。

（クリームのソースが濃厚で、もったりしているけどくどくない。いくらでも食べられちゃうお味。ん、おいしっ！）

普段あんまりスパゲティ食べた～いってならないのだけど、人が食べていると食べたくなるから不思議。これは漂《ただよ》ってくるソースのミルキーな香りのせいかな。

「そうだ。キルナ、俺が遅くなる日の風呂は」

「わかってるよ。お風呂は部屋のを使うことにするね」

「ああ」

サンドイッチの最後の一口を頬張りながら、もう食べ終わってコーヒーを飲んでいる彼を見る。うすうす感じてはいたけれど、今日のことでよくわかった。クライスは前世のお母さんみたいに心配性なところがあるから、僕が気をつけてあげないと駄目らしい。心配させてまた甘えん坊モードになっちゃったら大変だ。

今日のデザートは新メニューのマフマフクッキーシフォンケーキ。

生クリームにほろ苦のマフマフ味（チョコレートのような味）のクッキーが混ぜ込んであって、『サクサクふんわぁり、ちょっと苦みもあっておいしっ』となる大人の味のシフォンケーキだ。苦味が甘いクリームと合わさってちょうどいい。僕これ好き！　ただ、ん～なんだかクライスがこっちばかり見ていて食べにくい。

「なぁに？」

「いや、なんでも」

「なんなの？　気になるよ」

「いや、おいしそうに食べるな、と思って」

「あげないよ。今日は僕まだちょっとだけ怒ってるから」

「そうか」

つーんと怒ってる僕。クライスはまだ僕の方を見ている。やっぱり新メニューだから気になるのだろう。むぅ、仕方ないな。

「でもマッサージ気持ちよかったから、一口だけね。あ～ん」

「……お前、絶対それ俺以外にやるなよ」

「ふふ、やらないよ。大事なシフォンケーキをそう簡単にあげたりしないから!!　だいじょぶ」

「シフォンケーキじゃなくてもだ。わかったな」

「うん。わかった！」

クライスが言いたいことはよぉく理解しているよ。誰かにあげるくらいなら俺にくれ、ってことでしょ。クライスって見た目によらずよく食べるものね。

僕ももっと食べたら彼みたいに筋肉がつくのかしら。だけど、もぅお腹いっぱい……眠たくなってきた。

そこからはいつものように、クライスに洗面所に連れられて歯を磨き、そのまま手を繋いでベッドに座り、掃除で少しだけ傷んだ手を治癒魔法で治されクリームを塗り込められて、額にキスをされる（これはよく眠れるようにするためのおまじないなのだって）。

「おやすみキルナ」

「ん、おやすみ。……あ、そだ。クライスも」

彼の額にもおまじないをかけて、僕はフカフカのベッドに横になった。


ひたすら体力作りをするという地獄のような剣術の授業を終え、疲れ切った僕たちの前に現れた魔法基礎学担当のメビス先生。今日はアメジスト色の髪をサイドだけ編み込んで他は垂らすというゆるふわヘアだ。教室に入ってきた瞬間にみんなに「先生今日の髪型可愛い〜」と言われ、天女のように微笑んでいた。

「前回は指先に集めた魔力を自分の好きなものの形に変えましたね。今回はそれを二つ。もっとできる人はそれ以上作ってみましょう。数を多く作るためには、前よりもたくさんの魔力を指先に集める必要があります。まずは目を瞑って集中して体内の魔力を意識し、それをゆっくりでいいので確実に動かし指先まで持っていきましょう」

ふむふむ。水のお花を二つ以上作ればいいんだね。水の魔力。指先に集まれ～と僕は目を瞑って体の中にある魔力を必死に指先に集めた。体をひんやりしたものが伝っていき、指先を目指して進んでいくのがなんとなくわかる。

（ん、いい感じ。どうかな？）

しかし、目を開くと、そこには指しかない。

（あれ？　おかしいな。僕の魔力の水が、ない？）

確かに魔力は集められたと思ったのにどうして？　ふと突き出した自分の人差し指の上を見てみると、コロコロと笑っている妖精たちを発見した。

「おみずおいし～。もっとちょ～だい～！」

「いっぱいちょ～だい～！」

「ぼくにもぉ～！」

と言いながら機嫌よく飛び回っている。

（え、飲んじゃったの!?　困るよ、僕もう魔力ほとんどないよ～）

僕が叫び出したいのを我慢していると、周りの生徒たちがメビス先生に次々と合格をもらい始めた。

（まずい……）

再び体の中の魔力をどうにか集めようと意識を集中させるも、焦ると余計にうまく魔力が動かない。

うーん、うーん。振り絞ってやっとこさ集めた魔力は、残念ながらお花一つ分しかなかった。

「キルナくん、惜しいですね。あと、アレンくんも、もう少し時間がかかりそうですね。他の皆さんは大丈夫そうですか？　はい、では二人はこのまま教室に残ってください。もう一度練習しましょうね」

な……なんてこと。剣術の補習もあるのに……いたずらな妖精たちに文句を言ってやらないと、と思ったけれど、もう彼らの姿はない。気ままな彼らは大好きなお花のところにでも行ったのだろう。

「授業はこれでおしまいです。スムーズにできるように、各自よく復習しておきましょう。ただ一つだけ注意があります。魔力は使いすぎるとふらついたり、吐き気を催《もよお》したりすることがあります。症状が酷いと死ぬこともあります。しんどくなったらすぐに医務室に行きましょう」

「はい！」という生徒たちの返事と共にチャイムが鳴り、僕は絶望を隠しきれないまま暗い声で言った。

「クライス……今日は僕、補習が二つもあって帰るのが遅くなりそうなの。先に夜ご飯食べてていいよ」

「そうか。俺も今作ってる魔道具を完成させたいからちょうどいい。遅くなってもいいから夕食は一緒に食べよう」

優しい彼の言葉に僕はちょっとだけ元気が出てくる。よし、頑張ろ！

その後、僕は体中の魔力を指に集めてようやく二つの水の花を出した。アレンの方は、どうやら氷属性の魔力はあるものの魔力の操作がとても苦手らしく、結局一粒の氷を出しただけで終わった。

「キルナくん上手です。アレンくんは、もう少しなんですけどね。体内の魔力を感じ取る練習が必要ですね。あなたの属性は氷なので、お風呂に入って温まった状態で、体の中を動く冷たい力を意識してみるのがお勧めです」

「は……はい。わ、わ、わかり、まし、た」

アレンは真っ赤になりながら何度も頷いている。あんまり先生が美人だから緊張しているのかな？

（お風呂で魔力を感じ取る練習かぁ。僕も水属性だしお風呂はいいかも。今度やってみよ）

魔法基礎学の補習が終わり、メビス先生は教室から出ていき、アレンも帰っていった。僕も早く体育館に行かないと。二つ目の補習が僕を待っている！

「教科書とノートを入れて、筆箱入れて。あと、体育館の靴……」

一人になった教室で準備をしていると、急に廊下の階段の方から騒がしい声が聞こえてきた。

（なんだろう？）

気になった僕は、教室を出て声がする方へと歩いていく。階段の踊り場でアレンを三人の男子が取り囲んで、何やら喚《わめ》いているようだ。

「お、アレン～。まだやってたのか？　こんな簡単なのもできないのか～？　平民のくせに魔法も使えないいんじゃ全くいいとこなしじゃん」

「平民でも少しだけ魔力があったからって選ばれて、こうして学園に入学できて調子に乗ってたんだろうけど、これが現実さ。貴族の俺たちとは格が違うんだよ」

「平民は平民らしく貧しい家に帰れよ」

酷い言葉をどんどん投げつける三人の男の子たち。

あの子たちには見覚えがあった。優斗がプレイ中のゲーム画面で見たんだったかな。ゲームの中では僕、キルナ＝フェルライトの悪友として一緒に悪さをする仲間だ。

全員同じクラスで名前は最近覚えた。小豆《あずき》色の髪で一番太っている子がニール、狐色の髪で背が高いのがカリム、鼠色の髪で一番小さくて団子鼻なのがトリム。言っちゃ悪いけど全員典型的な悪役フェイスだ。

いかにもな未来の友人たちを前に、ため息が出そうになる。今やっていることだって……

(これは口喧嘩？　いや、多分いじめだよね)

アレンは言われるがまま、黙って俯いている。その姿はリリーに何も言い返せなかった自分を思い出させた。あの時の惨《みじ》めな気持ちが蘇《よみがえ》ってきて胸が締めつけられる。

対して三人組はずっとニヤニヤと笑みを浮かべている。

人を蔑《さげす》む嫌な笑い方。ゲームのキルナもあんなふうに笑っていた。これから彼らと友達になってあの笑い方をしなくちゃいけないのだと思うと気が滅入《めい》ってくる。

でもでも、悪役にだって仲間は必要だから仕方がないよね。

(よし。さっさとアレンを逃がしてこの三人と友達になろう。ちょっと嫌だけど……)

階段の上から彼らに近づいていくと、僕にはまだ気づいていないニールが自分の人差し指をアレンに見せながら、ねばっこい嫌な声で言った。

「落ち零《こぼ》れ君～、君にいい～ものを見せてあげよう。魔法はなぁ、こうやって使うんだよぉ！」

ニールが呪文の詠唱を始め、彼の周りの空気がわずかに揺らぐ。

（まずい、魔法を使う気だ！　ニールは確か火属性だったはず。大きな魔法がきたら危な……あれ？）

自信に溢れたニールの態度に一体どんな魔法が飛び出してくるのかとビビッていると、意外なことに彼の指先に光るのは蝋燭《ろうそく》の火に似た小さな火だった。それはさっき練習した初級の火魔法で、彼が力むと火はボヤボヤッと少しだけ大きくなり、トカゲのような形になる。

冴えない火でできたトカゲを得意げに振り回している彼は、悪役だけどどう見ても小物っぽい。

「おお、さすがニール！　火魔法を使いこなしてるぅ！」

トリムが褒めることで余計に図に乗ったニールは、アレンに向けて火のついた指を近づけた。アレンはそのしつこい攻撃を必死に避けて、「や、やめて、ください」と怯えた声で懇願《こんがん》している。

（いくら小さいとはいえ人に火を向けるなんて危ない。止めないと！）

声をかけようとした時だった。

「――え？」

指先に灯っていたしょぼいトカゲ型の火が急に膨らみ、炎となって噴き上がる。

灼熱の炎は天井に届くほどの大きさになると形を変え、まるで……巨大な蛇のようになっていく……

「うおおおお！　なんじゃこりゃあ、俺って天才だあああ！　こんなすげえ炎が出せるなんて!!」

「ニール、すっげえ！　火の大蛇ってかっけえええ！」

「うっ、でもすごい熱風だな。火の粉がこっちまで飛んでくる。ニールは熱くないのか!?」

「な～に言ってんだあ、カリム。自分の魔力なんだから熱さなんか感じるわけない、って……あ、あづううう。なんだこれ！　熱いし、コントロールが効かない!?　う、うわっ!!　服に燃え移って……っぎゃあああああ!!」

「「ニール!!」」

カリムは燃え盛る炎に向けて土魔法の呪文を唱える。砂を出して火を覆《おお》うことで鎮火しようとしているようだ。ニールの服に引火した火はなんとか消し止めたものの、大蛇の方は泥団子一つ分の砂ではどうにもならない。

トリムはガタガタ震えながらも懸命に風魔法の呪文を唱えている。風で吹き消そうとしているみたい。ただ力が弱すぎてそよ風程度にしかならず、火を煽って逆効果になっている。

（ど、どうにかしなきゃ！　僕は水属性だから、火に対する効果は高いはず！　出てこい僕の魔力の水～～～！！！）

全身全霊で呼びかけたけど、いくら呪文を唱えても手からは一滴の水も出なかった。

（しまった。さっきの補習で魔力は使い切っちゃったんだ。魔法は無理。一体どうすれば……）

この状況を打破できる人間がこの中にいるのかと考え、ハッと気づいてしまう。

ここには僕（悪役令息）と、ニール・カリム・トリム（悪役仲間）と、魔法操作が苦手なアレンしかいない。奇跡的な魔法や神秘的な力を信じるには最も絶望的なメンバーが揃っている。

こうなったら現実的な手段に頼るしかない。この世界に消火器はないのか、水道から水を汲《く》んでくれば間に合うか、それより先生を呼びに行くべきか……

でも既にそんなことを考えるだけ無駄な状況が生まれていた。天井を伝った炎が階段から踊り場までをぐるっと円形に取り囲み、僕たちは逃げられなくなっていた。炎に照らされて周囲が真っ赤に染まる。

荒れ狂う炎に包まれて身動きが取れない中、さらに火の勢いを増す大蛇に右腕に絡みつかれたニールが半狂乱になって叫んだ。

「熱い熱い熱い！　なんだよこの蛇！　どっか行けっ!!　お、俺じゃなくてアレンのとこへ行けええええ!!」

一瞬の出来事だった。

ニールが人差し指を前に突き出すと同時に、グルグルと渦を巻いた大蛇が前方にいたアレンに向かって襲いかかる。

(嘘でしょ!?　あんなの当たったら絶対熱い、火傷《やけど》する。いや、怪我では済まないんじゃ!?)

気づいた時には策も何もないまま、階段を駆け下りてアレンの上にがばっと覆《おお》い被さっていた。

僕のがら空《あ》きの背中に向かって禍々《まがまが》しい炎の蛇が近づいてくる。逃げる暇なんてない。

(やばい！　もう、ダメだ！)

すぐそこに迫る紅蓮《ぐれん》の炎に頭の中は真っ白になった。

「フェ、フェルライト、様……」

「ん？　あれ？　どう……なったの？」

名前を呼ばれ、恐ろしさに固く閉じていた目を開いた。

火がこっちに来る！　もう駄目だ！　って思ったはずなのにどこも熱くなかった。僕は恐る恐る自分の背中を擦ってみるけれど、制服も綺麗なまま。焦《こ》げている様子もない。

（なんで？　助かったってこと？　火は消えたの？）

訳がわからないまま見回すと、僕たちの周りにドーム型の水の膜みたいなものができている。膜の上に光が見えたような気がして目を凝《こ》らしたら、それは火ではなく虹色の光を放つ妖精たちだった。授業中に僕の魔力の水を飲んじゃった妖精たちが、「ひがきえたね～」「きえたからまたあそんで～」「あそぼあそぼ～」と言いながら、ひらひらと陽気に飛び回っている。

なんだかわからないけれど、とにかく無事だったことにほっとする。この水のドームが守ってくれたのかな？　そうっと水の膜に触れると、ひやっと冷たい水がぱちゃんと音を立てて跳ねた。触った感じは普通の水。膜の厚さは……指で測ってみると、多分一センチくらいだ。

しばらくそうやってまじまじと観察を続けていると、「……フェル、ライト様。す、すごい、です。こんな、守りの水魔法が、使える、なんて。あり、がとうございます」と僕の下から声が聞こえた。

（あ、そうか。僕はアレンの上に乗っかっているのだっけ。忘れてた……）

ごめんごめんと彼の上から体をどかすと、水のドームはふっと跡形もなく消えた。そういえば、いつの間にかあの三人組の姿も消えている（さすが悪役仲間。すごい逃げ足だ）。

「守りの水魔法？」

「はい、中級の水魔法、です。周囲の火も全部、それで消えました。さすがはフェルライト、さま。こんな力を、隠してらっしゃったのです、ね」

「んぇ？（力なんて隠してないけど）」

どうやらさっきの水のドームは僕の魔法だったらしい。ニールが放ったあの恐ろしい炎の大蛇から僕たちを守り、おまけに周りの火まで消したという。でもそんなすごい魔法、僕のちっぽけな魔力で使えるはずがない。

ただ、一つだけ心当たりがあった。それは左手の中指に嵌《は》めた指輪。きっと僕は魔道具を使ってアレンの魔力を奪ったんだ。だからこんな魔法が使えたんだ。

「本当に、助かり、ました。な、んとお礼を言っていいか」

「お礼なんかいらないよ」

アレンは完全に僕のおかげだと誤解しているみたいだけど、実はこれ君の魔力なんだよね、と思うとお礼を言われるのも気まずい。

（しかも、僕は君を助けようとしたんじゃない。彼らと友達になろうとしていたのだから、君の敵なんだよ）

なのにアレンは何を勘違いしているのか、顔を赤らめうるうるとした目で熱い視線を僕に向けている。

「フェル、ライト様……かっこ、いい」

だからそんな尊敬の眼差しでこっちを見るのはやめてほしい。どうしたらいいの？

考えた末、ふと頭に浮かんだのは悪役仲間たちの姿だった。

そうだ、彼らと同じことを言っておけばいい。そしたらこの子だって僕が自分の味方じゃないってわかるはず。実際こんなか弱そうな子が悪役の僕に近づくのは得策じゃない。ニールたちにまた標的にされたら大変だ。

「僕、平民なんかに関わりたくないの。今のことは誰にも言わないでよね」

酷い言い方で口止めをして、僕はそそくさとその場を去った。


「ごじゅうはち、ごじゅう、きゅう、ろ、くじゅ！　はぁ、はぁ、はぁ」

やっと背筋が終わった。みんなとっくに課題を終わらせて帰ってしまって、もう体育館には僕しか残っていない。

立ち上がる前に、気になっていた右の足首を握ってみた。

「いったぁ……」

さっき階段を駆け下りた時にちょっと捻《ひね》ったみたい。その時は興奮していたからか、わからなかったけど、今は右足首がじくじくと痛む。腹筋背筋の課題をこなしていたらますます痛くなってしまった。

はぁ～と大きなため息を吐く。ほんと、僕は一体何をしているんだろう。主人公ならともかく、悪役のくせに無謀な真似をするからこんなことになるんだ。結局あの三人とも友達になれなかったし……

まぁでも、アレン（すごく目立たない子で、正直今日初めて知った子）が無事だったからよかったとしよう。とにかく早く冷やさないと。

（やばい、歩くと痛いよぉ……）

僕は右足を庇《かば》いつつ寮に向かいながら、これをどうするべきか考えていた。

クライスに正直に話して光魔法で治してもらう？

……でもそうすると、さっきの話をしなくちゃならなくなる。

『ニールの炎からアレンを守るために階段から飛び降りて足を捻《ひね》った。だけどアレンの魔力を奪って守りの水魔法を使ったから火傷《やけど》はしなかった。魔力を奪ったのはこの魔道具で……』と全部話をしちゃうと、どうだろう？

……うん、だめだ。

だって、この魔道具のことは秘密だから。人の魔力を奪って悪さをするとっても迷惑な悪役の必須アイテムのことはまだクライスに知られたくない（ストーリー上知らない方がよさそう）。

だからと言って、何も話さずに怪我したとだけ伝えても、絶対に理由を訊かれるに決まっている。

躓《つまず》いて転《こ》けた、とか適当な嘘を言ってみる？

……いや、僕は自慢じゃないけど嘘があまりうまくない。

（よし。クライスにはやっぱり黙っておこう）

少し痛いとはいえ、こうして歩けている。大したことないってことだ。幸い温室から持ってきた捻挫《ねんざ》に効く薬草もある。それを足首に巻きつけて寝たら治るはず。

補習が二つもあった上に、いつもよりゆっくり歩いたせいで随分遅くなってしまった。ようやく寮に着いた頃には辺りは暗くなっていた。

部屋に入ると、クライスがソファに座って本を読んでいた。すごく待たせちゃったかもしれない。

「ああ、キルナおかえり。どうする？　大浴場に行くか？」

「ん、あ、今日は……いいや。遅くなっちゃったから部屋のお風呂で済ませるよ」

そう言うと、彼が部屋のお風呂を魔法でちゃちゃっと用意してくれた。

先に入っていいと言うのでありがたく浴室で足を確認すると、外側のくるぶしが腫《は》れて熱を持っていた。なんだか肌の色もおかしい。

（こんなの見たら、心配性のクライスはびっくりするに違いない。絶対にバレるわけにはいかない）

盥《たらい》に水を溜めて足を冷やすと、ちょっとだけ痛みが引いた気がする。体を洗う時も触らないように気をつけた。

（急げ急げ！　早くしないとクライスがお風呂から上がっちゃう）

僕と交代して彼がお風呂に入っている間に、ヨブギという薬草を手でできるだけ細かくちぎって布に包んで足に巻きつける。本当はもっとよく擂《す》り潰す必要があるのだけど、今はそんな時間はない。やり方が違うから効果は低いかもしれないけれど、やらないよりマシ……だと信じたい。

（よし。上手にできた）

上から丁寧に包帯を巻いて長めの靴下とズボンを穿《は》くと、外からは見えなくなった。完璧だ！

（寝る時に靴下っておかしいけれど、布団被っちゃえばわかんないでしょ）

見た目は完璧だけど、じくじくとした痛みは消えていなかった。足が痛いせいで、あんまりお腹も空《す》かない。さっさと寝た方がいいかもしれない。

歯磨きを済ませると、浴室に向かって僕はシャワーの音に負けないように大きめの声で言った。

「今日は疲れているからもう寝るね。夜ご飯はいらないや。待っててくれたのにごめんね……」

するとシャワーの音が止み、「わかった、おやすみ。ゆっくり休め」という彼の声が聞こえた。

ベッドに潜《もぐ》り込んで、僕は再び流れ出したシャワーの音を聴いていた。足はずうっと痛くて、頭はぼうっとしていた。

（大丈夫。明日になったらきっとよくなってる）

隠し事があるせいか、なんだか少し不安で、今日は砂時計を握りしめながら眠ることにした。


おかあさまはぼくのことがおきらいなの？

黒髪の魔力なしの化け物なんて死ねばいい。

――あなたはいらないの。

お腹がちくちくする。誰か、たすけ……

「……ルナ。キルナ！」

「う、ん……」

目を開くと、僕のどうしようもない闇の色とは正反対の、優しい光を集めたような髪の色がすぐそこにある。そっと手を伸ばしてその髪をくるりと指に絡めてみる。キレイ……僕の髪もこんな色だったらお母様は……

「うなされてたぞ。大丈夫か？」

「あ、だ、大丈夫……」

寝起きでまだ僕の頭の中はさっきの夢が残っていてぐちゃぐちゃしている。落ち着いて深呼吸して頭の中を整理しなくちゃ。今のはただの夢。あれは夢？　違う。本当のこと。お母様は僕がお嫌いで、僕を殺そうとして、失敗して牢屋にいる。ただそれだけ。

心配そうに僕の顔を覗き込んでくるのは、今日も変わらずハイパーイケメンであり、僕の婚約者であり、この国の第一王子のクライス＝アステリアだ。でもこの婚約はいつまでも続くものじゃない。これはあと六年という期限つきの婚約だ。

六年後に彼は僕を断罪して、婚約破棄する。そしてユジンとめでたく婚約することになる。そういう婚約。

――だから、僕にはこんなふうに彼に心配してもらう権利なんてない。

そうだ、足はどうなったのだろう。ドキドキしながら布団の中で右足首の状態を確認する。

(靴下で見えないけど、昨日より腫《は》れてない気がする。治った!?)

靴下の上から人差し指で右のくるぶしをぐっと押してみる、と、

「いっ!!」

想像を遥《はる》かに上回る痛みに思わず大きな声が出てしまいそうになり、すぐに手で口を覆《おお》った。

「どうかしたか？」

「ん、なんでも、ない……」

そうだよね。あんなに腫《は》れていたんだもの。そう簡単に治るはずがない。昨日より多少腫《は》れは引いたものの、ズキンズキンと鈍い痛みは続いている。

（捻挫《ねんざ》、まだ治ってない……）

「恥ずかしいからこっち見ないで！　絶対絶対ね！」

クライスに足が見えないように制服に着替え、教科書を鞄に詰め込むと、ご飯も食べずに教室に行くことにした。とにかく怪我が治るまでの間は、彼と別行動をとることが大切だ。

「僕ちょっと早めに行って予習するから。あ、クライスは絶対ついてきちゃだめだよ。一人で静かに勉強したいの」

「だが今日は雨だ。転移魔法で一緒に……」

「いいってば!!　一人で行ける。ほ、ほら、僕水属性だから、雨好きなの。だから今日は傘でもさしながらゆっくり歩いていきたいの！」

「……そうか」

クライスはいつもと違う僕の行動を変だと疑っている様子だけど、足の怪我にはまだ気づいていないみたい。距離さえとっていれば多分バレることはない。学園では他の友達のところにでも行ってなんとか乗り切ろう。

（って、あ、しまった。僕、まだ友達いないのだった）

傘を持っていざ外に出てみると、雨が好き、というレベルの雨じゃなかった。しかも初めて徒歩で登校してみると、寮から校舎まで信じられないくらい遠い。豪華な造りが裏目に出てるよ！（生徒は転移魔法や、それが無理でも何かしら補助魔法を使って移動しているから、普通に徒歩で行く人はほとんどいないらしい）。

ザーザーと絶え間なく地面を打つ大粒の雨。土砂降りだ。そんな中、右足を気にしながらもたもた歩いていくもんだから、当然着いた頃にはどこもかしこもびしょびしょになっていた。

（足痛いし、濡れて寒いし、最悪だ……）

でも、まあいいとしよう。みんなが来る一時間前には無事教室に辿り着いたし、クライスから離れるという目標も達成できている。

と考えたのも束の間。

「んぇ、クライス!?」

教室に行くと一番乗り!!　と思いきや、もう彼がいた。うぅ、転移魔法恐るべし。

「……遅かったな」

腕を組んで立っているクライスはちょっと機嫌が悪いみたい。ついてこないでとか言っちゃったからかな。

「ほら、こっちに来い」

びしょびしょになった僕を自分の席に座らせると、彼は後ろに立ち、美容師とそのお客さんみたいな配置になった。

（……なんだろう？）

首を傾《かし》げていると、彼は僕の髪の毛に手を添え呪文を唱えた。すると、ふわ～っと温かい風が吹いて、僕のびしょ濡れの服や体はみるみるうちに乾いていく。

「すごい。あんなにびしょびしょだったのに、もうどこも濡れてない！　あ、ありがと」

なんて便利な魔法!!　ドライヤーいらずだ。

「ああ、じゃあ俺は一度帰るから、予習頑張れ」

「ふぇ？」

彼はそれだけ言うと、一瞬のうちにシュンっと青白い光と共に消えた。

まさか、このためだけに来てくれたの!?　こんなのどう考えても二度手間なのに……僕は信じられない気持ちで彼の消えた場所を見ていた。転移魔法は中級の移動魔法だから魔力も結構使うはず。そんなのを何度も使うなんて、彼は一体どれほどの魔力を持っているのだろう。

彼が帰り、教室には僕一人になった。全然気は進まないけれど、魔法基礎学の教科書とノートを開き、今日やるところの纏めをしてみることにする（少しは予習しとかないと、怪しまれちゃうかもしれないから）。

しかしすぐに飽きた僕は窓の外を見て止まない雨を眺めていた。

公爵家では雨が降るとユジンを見に行くことができなくて、仕方なくお部屋でルゥやメアリーと一緒に刺繍や編み物をして遊んだ。クライスに贈ろうと王家の紋章をハンカチに刺繍したのだけど、結局贈るのはやめた。あまり上手にできなかったし、贈ってもきっと喜ばれないと思ったから。

そういえばあのハンカチは……どこにしまったかしら。

朝から彼の目を華麗に掻《か》い潜《くぐ》り、なんとか魔法基礎学、魔法生物学、魔法薬学の授業を終えて、残すはあの授業のみとなった。

(うん、ここまではいい感じ)

そしてついにこの時間が来てしまった。

〝剣術の授業〟。

一日一時間は必ずあるこの授業。未だに補習を免《まぬが》れたことはない恐ろしい授業だ。

雨が降っているから僕たちは今いつもの運動場ではなくて体育館に集合している。

担当のライン先生は相変わらず今日もムッキムキだ。僕も課題をこなし続ければいつかはあんなふうになれるのだろうか(やっぱ男に生まれたからにはマッチョになりたいよね!)。クライスにこの前聞いたら「キルナはこのままでいてくれ」と、夢のないことを言われた。

「さあ、今日は残念ながら、雨が降っている」

ってことは! もしや!! いつものメニュー(ランニング、腹筋、背筋)はなし!? 僕が期待しながら聞いていると——

「雨だから、防水魔法を使ってからランニング……」

えええええええ!?

「と言いたいところだが、一年の君たちはまだ防水魔法は使えんからな。仕方がない。腹筋六十回、背筋六十回と、スクワット……」

無理!!　スクワットは無理だよ！　足痛いもん。という僕の心の声が通じたのだろうか。

「と思ったが、そろそろお前たちも棒に触ってみたいだろう。スクワットではなくて、今日は素振りをしよう」

ライン先生が爽やかな笑顔でそう言うと、やったあああ!!　と歓声が上がる。みんなこの地味でしんどい体力作りに飽き飽きしていたらしい。

「最初は木剣で練習をする。正しい型はそうだな、ギア＝モークにお手本になってもらおう。ゆっくりめに振ってみてくれ」

ギアが前に出て木剣を持ち、素振りを始めた。

「キャー、ギア様素敵！」

「剣を振るお姿が見られるなんて、最高すぎます！」

「その逞《たくま》しい腕で抱いてください！」

ギアの素振りに称賛の嵐（なんか最後変なセリフが聞こえた？）。

さすが魔法騎士団長の息子。先生に言われた通りスローモーションの素振りなのに力強さや美しさを感じさせる動きだ。あれ、いいな。できたらカッコいいだろうな。

「まずは正しく構える。振りかぶった木剣の角度はこれくらい。振り下ろした剣先は鼻の位置で止める。手首のスナップを利かせることも重要だ。最初はゆっくり振りかぶってゆっくり振り下ろす練習をして正しい型を覚えろ。速くしていくのは慣れてからでいい」

ギアの動きを先生が解説し、みんなはそれを真似しながら振っている。僕も見ながらやってみるけど……

（ん～これで合ってるのかな？）

前世の剣道のイメージはおぼろげにあるもののやったことはないし、西洋の剣術なんて全然知らない。今世でも剣を振ったことなんてないから、合っているのかどうかもよくわからない。

「では二人一組でペアになって練習してもらう。できるだけ経験者と未経験者で組むようにして、経験者はやり方を教えてやってくれ」

ほぉ、ペアに。となると……体育館をぐる～っと見回した。僕の相手は、そうだ。彼しかいない。

僕はブラン＝オルタを見つけ、彼の背中をぎゅっと掴まえて逃げられないようにしながら言った。

「ごめん、クライス。僕今日はブランと素振りの練習する」

「は？　なぜブラン？　知り合いだったか？」

「えと、そうなの。前に補習を手伝ってくれたことがあって……」

ブランは突然僕が来てびっくりしたのか固まったまま動かない。ごめんね。僕のこと嫌いなのに巻き添えにしちゃって。でも、今『クライスから離れよう計画』を実行中だから協力して！

「そうか……わかった。ブラン、よく教えてやってくれ」

「はい、お、お任せください」

ブランが答え、クライスが僕たちから離れると、それを見ていたたくさんの生徒が彼を取り囲み、その姿はすぐに見えなくなってしまった。クライスが他の人と組むのかと思うと、なぜかちくっとお腹が痛む。

「どうして、クライス王子と組まないんだ？」

彼の姿を目で追う僕を見てブランが口を開いた。そうだよね、いつも一緒なのに不思議だよね。

「ふふ、別に……意味なんてないよ。たまには他の人と組みたかっただけ。さ、練習しよ。僕、素振り初めてだから教えてね」

「あ……ああ」

ブランは案外教えるのが上手で驚いた。ブランはクライスのファンみたいだから本当は彼と組みたかったんだろうなと思う。だけど魔法騎士を目指す彼は剣術の経験者。同じく経験者のクライスとは組めない。だから、今は僕で我慢してほしい。

「もっと足をよく動かして」

ブランのアドバイスを受けて、懸命に手と一緒に足も動かす。

うぅ、素振りって手だけ動かせばいいんじゃないの？　と甘く見ていた過去の自分が憎い。

やばいよ。どんどん右足首が痛くなってきた。ブランは隣で自分の素振りの練習に集中している。

「では今から素振り五十回、腹筋六十回、背筋六十回だ。残ったら放課後補習だ。頑張れ」

ひたすら素振りをし続ける僕たちの耳に、ライン先生の無情なお知らせが聞こえてくる。

(うわ〜ん。ここから五十回素振り？　無理。キツすぎる!!)

「いち、にぃ、さん……」

ああ、どうしよ、一振りごとに足がズキズキする。

「しぃ、ご、……ろくぅ……」

（痛い。痛い！　痛い‼　んあああぁ、なにこれなにこれ！　痛いよぉお！　もぅだめ、限界……誰か助けて～‼）

ビリビリとした激しい痛みに僕が心の中で叫んでいた時だった。

クライスの不機嫌な声がすぐ側で聞こえたのは。

「おい、キルナ。ちょっと来い」

「ふぇ、な、何？」

「お前、俺に隠していることがあるだろう？」

「ひぇ、な、ないよ。ないない。なんにもない」

やばい、なんかクライスすっごく怒ってる。ブラン助けてぇ、と隣に目を向けるけど、さっと視線を逸らされた。そうだ、彼はクライス大好き人間だった。このまま逃げたら逆に彼に拘束されてクライスに突き出されそうだ。

「訊き方を変えようか？　どうしたんだ、その足は」

「あ……」

「見せてみろ」

「嫌！　だ、だめぇ、い、いたっ！」

後退《あとずさ》ると、足首がビリリと痛んだ。骨の芯まで響くような痛み。あまりの痛さに頭がぼうっとしてきた。

（バレてしまったのかな。もう隠さなくていい？）

すぐそこにクライスがいる。あんなに頑張って離れようとしていたのに、彼が近くにいることに安堵している自分がいた。取ってはいけないはずの彼の手を取ると、我慢してたはずの涙までぽろりと零《こぼ》れる。こんなんじゃ悪役失格だ。

「すみません、ライン先生。キルナが足に怪我をしているようなので、早退します」

そう言って彼は僕をお姫様抱っこすると、転移魔法の呪文を唱えた。

SIDE　ブラン

クライス王子がキルナ＝フェルライトを連れていなくなった体育館。おれたちはライン先生に気にせず続けるようにと言われて素振りの練習を続けていた。

しばらくの間はさっきの光景（本物の王子が婚約者をお姫様抱っこする光景）が衝撃的すぎて皆キャーキャーと騒いでいた。が、相変わらずきつい体力作りのメニューをこなすのに必死で、それどころではなくなっていった。

おれはというと、もっとそれどころではなかった。今の光景を見て心はぐっちゃぐちゃに荒れ狂っていた。

（あーあ、これってやっぱ初恋だったんだろうな。そして失恋……したんだな、おれ）

いろんな想いが胸の中に次から次へと込み上げてきてどうしようもない。無言で素振りをしながらクライス王子と出会った十一年前のことを思い出していた。

彼に初めて会ったのは、中央神殿で開催される『妖精の花祭り』に向けて、剣舞の練習をしていた時だった。

『妖精の花祭り』とはその名の通り、妖精を喜ばせるためあっちこっちに花を飾るお祭りだ。

アステリア王国は魔法大国として古くから栄える国で、その国民はよその国にはない魔法というものを使う。その魔法を初代アステリア国王に伝えたのがなんとこの、『妖精』だという伝説があるのだ。

魔法を伝えてくれたありがたい妖精たちは、花が大好きだというので、年に一度満月の夜、妖精たちを楽しませるために国中の花を集めて花祭りが開催される。おいしい食べ物の露店もたくさん並ぶから、うちの大食い家族たちも毎年楽しみにしている。

締めくくりには妖精殿で、妖精に似せた衣装を着た子どもたちが剣を持って舞を披露することになっていて、その役に選ばれたのが当時七歳の、クライス＝アステリア、ギア＝モーク、とおれ、ブラン＝オルタの三人だった。こんな晴れ舞台にまさか自分が選ばれるなんて思ってもみなかったおれは、めちゃくちゃ浮かれていた！

初めて三人揃って演技の練習をする日。剣術は得意だし、この二人にも引けを取らないぞ、と自信満々で向かったんだけど、いざ彼らの舞を目の前にしてみると、それがただの自惚《うぬぼ》れだったことがわかった。

（なんて華麗な舞と剣さばきなんだ！）

二人ともまだ練習段階なのに完っ璧な演技だ。それだけではなく、クライス王子はサラサラと流れる水のような動きにアドリブまで加えてみせた。ギアが彼に尋ねる。

「クライス様、ここはなぜ剣を跳ね上げたのですか？　決まりではピタリと止めるところですが……」

「ああ、そこは相手を威嚇《いかく》するところだから、もっと力強さが必要だと思ったんだ」

（なるほど。確かに、絶対にその方がいい！　おれは教わった通りに舞うことしか考えなかったのに、この人は……スゲー）

クライス王子は理解力も行動力も、判断力も度胸も何もかもずば抜けて優れている。おまけに顔も最強に整っていて、ねぇさんが見たらキャーキャー騒ぐこと間違いなし。こんな超絶すごい人間が世の中に存在したのか！　とおれの心は震えた。

茶髪の爽《さわ》やか美少年ギア＝モークも、さすがは魔法騎士団長の息子という感じで、自由自在に剣を操っている。自分はこの二人より遥《はる》かに劣っている。せめて足手纏《まと》いにならないようにしなければ、と必死に練習した。

花祭り当日。おれたちは魔法の力でキラキラと輝く羽のついた衣装を着て舞台へと上がった。美しい花が舞う中、妖精の舞が披露される。

「まぁ、見事ねぇ」

「妖精様～素敵です！　こっちを向いて～」

「きれいだわぁ」

剣舞は大成功だった（ちょっと間違えたところも二人がうまくフォローしてくれたおかげでなんとかなった）。

達成感で胸がいっぱいで、終わった後もまだ心臓が激しく脈打っていた。隣にいる彼らは本物の妖精のように美しく、おれもその仲間として演技できたことをとても誇らしく思った。

「お前の動き、よかったぞ」

ギア＝モークに褒められた。やった！

「ブラン、お前は剣の扱いがうまいな、将来が楽しみだ」

クライス王子に褒められた!?　猛烈にうれしい！

「おれ、もっともっと強くなって、魔法騎士になって、あなたをお守りします！」

「ああ、俺も負けない。俺ももっと強くなる。大切な人を守るために」

そう言っておれの手を握った彼はものすごく格好よくて、憧れの人となった。その後何日も手を洗えなくて、ねぇさんに殴られたのも今となってはいい思い出だ。

それにしても、こんな何もかも兼ね備えた完璧な男が……

——クライス王子が守りたい大切な人とはどんな人なのだろう。

王立魔法学園に入学してすぐ、王子とその婚約者の噂を聞いた。

「クライス王子の婚約者、キルナ＝フェルライトは公爵家の人間だが、相当な落ち零《こぼ》れで魔法も勉強も運動もからっきし。その上性格もかなり悪いらしいぜ。高飛車で傲慢《ごうまん》で手のつけられない我儘《わがまま》坊ちゃんなんだと」

「入学式で見たけど、見た目も地味だしなぁ。あれじゃあクライス殿下が可哀想だ。フェルライト公爵にゴリ押しされて婚約させられたんじゃねーか？」

その後もそんな噂を何度も聞いた。クライス王子は完璧だ。彼の相手がそんなみじめな落ち零《こぼ》れ、しかも性格の悪い男でいいはずがない！

実際同じクラスになってその婚約者の様子を見ていると、性格はわからないが、能力については大体噂通りのようだった。剣術の授業も散々だったし、今日の放課後居残りすることは間違いない。

（そうだ、どんなやつか一度じっくり見に行ってやろう。で、もしそいつが相応《ふさわ》しくない相手だったら王子との仲を邪魔してやろう。だっておれは知ってるんだから。クライス王子には守りたい大切な人がいるんだって！）

「きゅ〜う……じゅっ！　やったぁ十回」

腹筋十回で喜んでいる。かなりの運動音痴らしい。

「まだ十回って、お前本当にあのクライス王子の婚約者なのか？」

「うん、婚約者だよ」

あの方の婚約者になるということがどういうことか何もわかっていない様子に無性に腹が立ったおれは、つい言ってしまった。

「お前じゃ不釣り合いなんだよ。クライス王子は勉強も運動もなんでもできる。お相手はもっと相応《ふさわ》しいお方でないと」

さすがに公爵家嫡男に喧嘩を売るのはまずいか？　と言ってしまってから思ったが、彼は「うん。そうだね」と答えただけだった。

おかしい。おれは確かに今彼を怒らせるような発言をしたはずだ。なのになんだ？　この反応は。

「……お、おい、話は終わってないぞ」

「はぁ、はぁ、え、そうなの？　でも、はぁ、はぁ。悪いんだけど、これが終わってからでいい？」

まあ、仕方がない。補習の邪魔はできない。そう思って見守ることにしたが、彼の腹筋は想像以上に頼りないもので、結局ついつい手を貸してしまった。

「よんじゅうく、ご……じゅう！　……で、できた～」

「や、やったな!!」

あまりの奮闘っぷりに五十回目に到達すると、なぜかおれまで感動してしまった。

しかし、その感動も束の間、彼は仰向けのまま動かなくなった。大丈夫かと聞けば、大丈夫だと答える彼。

「僕にお話、あるんでしょ？　ここで、する？　随分、待たせちゃって、はぁ、はぁ。ごめんね」

「あ、いや、それは……今度でいい。それより、歩けるのか？　それで……」

律儀におれとの約束を守って話をしようとしているが、そんな状態ではないことは一目瞭然だった。寮まで一人で帰れるのかも怪しい。疲れ切って足元が覚束ない彼を放ってはおけないと思い部屋まで送ろうか、と持ちかけた。だが次の言葉に体が凍りつく。

「んぇ？　いいよ。だって君さ、僕のこと嫌いなんでしょ？」

そうだ、おれは彼が嫌いで彼に文句を言おうと思ってここに来たんだ。だけど、彼を手伝っているうちにいつの間にかそんな気持ちはどこかに消えていた。送ろうと思ったのは単にこいつがフラフラしてて、危なっかしいからで……

「今日は、手伝ってくれて、ありがとね。あ、もしかして、寮でクライスに会いたかったの？　だから送ってくれるって言ったんだね。ごめん気が利かなかったね。なら一緒に行こっか」

あの花祭り以降、王子と話をする機会はなかった。今はただのクラスメイトだ。もちろん会って話ができればうれしいけど。

（どうするべきなんだ？　でも好き放題文句を言った挙句、自分が王子に会うために彼を送っていくだなんて、そんなの最低じゃないか？）

迷っていると、「行かないなら帰るね」と彼は体育館を出ていこうとし、そうだ、と去り際にこう言った。

「ごめんね、僕が婚約者で。でももう少しだけ我慢してほしいの」

彼の言葉の意味はよくわからなかったが、やはりどうしても気になり、無事に寮まで歩いて帰るのをこっそりと見届けた。

それからおれは何度か彼の補習の様子を見に行った。

「さんじゅうはち、さんじゅうきゅう〜よんじゅ。はぁ、はぁ」

「腹筋、今四十回目か。まあまあだな」

おれに気づくと、「あ、ブラン！」と彼が手を振る。

「ふふ、前よりできるようになったでしょ。でもまだ腹筋十回と、苦手な背筋が残ってるの」

「背筋は無理なく上がる高さまででいいんだ。お前はいつもやりすぎている。そんなに上げなくていい」

「ふぇ？　そうなの？　んと、これくらい？」

「いや、ここでいい」

「ん～ここ？」

「そう。上体を上げる時は息を吐け。下ろす時に息を吸う」

「はぁ～すぅ～はぁ～」

そんな感じだ、と褒めるとうれしそうに目を細めた。

（こうやって話してみると、素直でいいやつなんだよな……）

そもそも誰もまともにやっていない補習を一度もサボることなく最後までやり続ける姿は、高飛車で傲慢《ごうまん》で手のつけられない我儘《わがまま》坊ちゃん……とかいう噂とはかけ離れている気がした。おそらくただのやっかみで誰かが適当に流した噂なんだろう。

「やった！　今日の課題はいつもより早くできた！」

「ああ、やったな」

「どうしよ、このままいくと僕、ムキムキになって腹筋割れちゃうかも」

「いや、それはないだろ」

くすくすと無邪気に笑う姿が、なんだろう。妙に、可愛い。分厚い眼鏡をかけているせいで見えにくいが、珍しい金色の目はぱっちりと大きくて……

「どしたの？」

ハッ、駄目だ駄目だ。彼はクライス王子の婚約者なんだ。恋心を抱くなど……

（え？　何？　今おれは何を考えた？）

自分が一瞬考えてしまったことを、力一杯頭を左右に振って違う違うと否定した。そうじゃない、ただ、おれはこいつのような一生懸命なやつが嫌いじゃないというだけだ。そうだ。

彼はクライス王子の婚約者なんだ。

またこっそりと後をつけて、無事に彼が寮の入り口まで帰り着くのを見届けた後も、何度もその言葉を繰り返しながら一人自分の部屋へと戻った。彼は王子と同じ部屋に帰っていくのだと思うと、胸にかすかな痛みを感じた。


雨が降っていた。いつもなら校庭のランニングから始まる剣術の授業だが、校庭が使えないということで今日は素振りをすることになった。ギアは相変わらず完璧な素振りだ。今度手合わせしてみたい。

「では二人一組でペアになって練習してもらう。できるだけ経験者と未経験者で組むようにして、経験者はやり方を教えてやってくれ」

未経験者か。誰と組もう？　と考え始めた時、誰かに背中にしがみつかれた。母親譲りの整った顔立ちのせいか、昔から言い寄られることは多かったが、いきなり背中に抱きつくなんて積極的を通り越して怖い。

引き剥がそうと、その相手を見て驚愕《きょうがく》した。思ってもみない人物だった。なぜ彼が？

「ごめん、クライス。僕今日はブランと素振りの練習する」

内容も信じ難いものだった。なんでおれと？　彼には王子がいるのに。王子も戸惑っている様子だったが、彼がおれと素振りをすることを受け入れると、自分のペアを探しにいった。

憧れのクライス王子とお話ししてしまった。でもそれ以上に、背中にピトッとくっついた彼が自分を選んでくれたことがうれしかった。彼はこれが初の素振りらしく、木剣を持つ時の握り方から丁寧に教えた。うん、うん、と素直に聞く彼は、とても一生懸命で好き……じゃなかった！　嫌いじゃない。

「もっと足をよく動かして」

しかしおれは彼が側にいることに舞い上がり、重大なものを見逃すミスを犯していた。

不機嫌な王子がすぐそこに来て、「おい、キルナ。ちょっと来い。どうしたんだ、その足は」と彼に詰め寄るのを見て、初めて彼の右足の動きが少しおかしいことに気づいた。こんなに近くにいたのになぜ気づけなかったのだろうと、自分を恥じると同時に思った。クライス王子は離れていても、ずっと彼を見ていたのだ。だから異変にも気づいた。

震える彼の手を取り、愛しいものを見る目で見つめ、優しく抱き上げる王子の姿を見て、おれはようやく理解した。

——ああ、そうか。彼がクライス王子の大切な人だったのか、と。

＊＊＊

魔法で飛んだ先は僕たちの部屋だった。ソファに横たえられると、僕の体はそのソファに吸い寄せられるように沈み込んだ。もう自分で姿勢を保つ力がなくなっているみたい。

「患部を見ないと治療できない。脱がせるぞ」

クライスはそう言って僕の右足を自分の膝に乗せた。

「ああ、い、いたぁい。痛いよぉ、クライスぅ……」

この世界の靴は基本ブーツだ。膝丈のブーツは履くのも脱ぐのも時間がかかる。彼は慎重に脱がせようとしてくれているのだけど、それでも痛い。

「ん、もう痛いからぁ、触らないでぇ」

その下には、できるだけ腫《は》れているのがわからないようにするために履いた長くて分厚い靴下。これまた脱がせるのが大変で、器用なクライスも苦戦している。さらにその下にはしっかりと巻きつけた包帯。

「くそっ、まだあるのか。もうちょっと我慢しろ」

「ふぇ、もうやだぁ、痛いのやぁ」

もうもうもう！　包帯をこんなにぐるぐる巻きにしたのは誰!?　僕です……

自業自得なのに僕は音《ね》を上げてやだやだと我儘《わがまま》を言っている。

(だってだって、痛すぎてもう我慢できないの！)

無駄にぐるぐると巻かれた包帯が解かれ、はらりと最後の一巻きが取れた。彼の動きが止まる。

さっきから逆ギレしたり我儘《わがまま》を言ったりしている僕を見て、クライスは呆れているのだろうか。

涙を袖で拭《ぬぐ》って彼の顔を見てみると、クライスは目を見開いて僕の足首を凝視していた。

え、何？　そんなに酷いの？　不安になった僕は包帯が取れた足を見ようと体を起こそうとして、失敗した。少しでも動かすと足が痛くて無理だった。ふえ〜ん。痛すぎるよぉ！

「……これはどうしたんだ⁉」

ああ、ついにこの質問。

「ひ……ひっく、……こ、ころんだの」

もう頭が回らなくてうまい答えも返せない。クライスは納得はしてなさそうだったけれど、もう訊いてはこなかった。

足を真剣な眼差しで観察して、何か考えているみたい。その様子はお医者様に似ている。

時間をかけて診察した後、彼は言った。

「……事情は後でしっかり聞かせてもらうからな。とにかく先に治してやる。俺の手を握ってろ」

僕はうん、と頷いて彼の手をきゅっと握った。

彼が呪文を唱え始めると、きらきらと温かい光に包まれて足の腫《は》れが引いていく。痛みもすぅっと消えていく。ほんとにすごい。彼が女の子だったら、聖女とかそういうのになって崇《あが》められていたに違いない（今でも完璧な第一王子として崇《あが》められているけれど）。

「どうだ？　もう痛くないか」

尋ねられて、恐る恐る足首を動かしてみた。全然痛くない！

「ふわぁ、すごい。治ったぁ‼」

なんて神業《かみわざ》！　あんなに腫《は》れていたのに見た目もいつもの足首に戻っている。じくじくとした熱は引いて、光魔法の効果なのか、心なしかそこはあったかい。クライスの魔力はきらきらぽかぽかしていて、なんだかお日様みたいだな、と思った。

「で」

で？

「なぜ隠していた？　キルナ、話してくれるな」

顔は笑っているのだけど、おかしいな、なんだかすごく怖いような。

「え、あ、それは……」

「さあ、お仕置きの時間だ」

（あ、やっぱり聖女じゃなかった）

彼の恐ろしい笑顔を見ながら僕は身震いした。

SIDE　クライス

キルナの様子がおかしい。

いつもは何度隠せと言っても素っ裸になってベッドの上で着替えているくせに、今日は「恥ずかしいからこっち見ないで！　絶対絶対ね！」とコソコソと隠れながら着替えている。

勉強は嫌いだと、いつも宿題をぎりぎりに終わらせているくせに、「僕ちょっと早めに行って予習するから。あ、クライスは絶対ついてきちゃだめだよ。一人で静かに勉強したいの」と、らしくないことを言って、そそくさと部屋を出ようとする。

「おい、キルナ。お前、なんか……」

変じゃないか？

「なんでもないってば!!」

……まだ何も言っていないのに、ぶんぶんと手を振り、なんでもないを繰り返している。

(なんだ？　こいつ俺に何か隠している？)

雨の中どうしても一人で行くと言い張るキルナを、転移魔法で教室に飛んで待ち伏せした。ついてくるなと言われたが、先にいたなら文句はないはずだ（いや、別に嫌がらせのためではない）。

「んぇ、クライス!?」

「……遅かったな」

随分時間をかけて登校してきた婚約者は、思った通り激しい雨に打たれてずぶ濡れになっていた。雨の雫が滴《したた》る前髪。眼鏡を外して袖で顔についた水をごしごしと拭《ぬぐ》おうとしているが、袖も濡れているのでほとんど効果がない。長い睫毛《まつげ》にも水滴がついてしまっている。

上着は重たくなって途中で脱いだのだろう。濡れたシャツが張りつき肌が透けて、これは、なんというか……裸よりもまずい状態だ。

その上長い距離を歩いてきたせいで、「んぁ、はぁ、はぁ」と息が上がっている姿はやけに扇情的で妖艶《ようえん》で……

（こいつは水に濡れた堕天使か？）

こんな姿、誰にも見せるわけにはいかない！

「ほら、こっちに来い」

火と風の魔法を組み合わせ、髪の毛、服、体、全てに温風を当てて乾かしていく。

「んぅ、そこはくすぐったいよぉ」

なんて言いながら身を捩《よじ》る彼は、子猫のようで、魔法に驚く姿は無邪気そのもの。こうしているといつもと同じはずなのに、いつもと違う行動を取ろうとするのはなぜなのだろう。訝《いぶか》しく思いながらも乾かし終えると、彼の望み通り一人にしてやるため、一度自室へと戻った。

その後授業中も休み時間も、なぜか俺から逃げ回っているキルナ。剣術のペアにも俺ではなくブランを選んだ（ブランのことは以前から知っているが、キルナと知り合いだとは知らなかった）。

それだけならまだしも、腰にぎゅうっと抱きついているのはどういうことだ？　キルナの前では普段通りを装《よそお》ったが、内心はブランへの嫉妬でどうにかなりそうだった。

キルナと俺がペアにならないとわかったクラスメイトたちが、自分のペアになってくれと迫ってくるせいで、彼とブランが見えなくなってしまった。俺はその中から適当に、いや素早く相手を選び（そいつはテア＝リメットと名乗っていた）、目の端では常に彼の姿を探していた。

ああ、あそこにいる。

ブランに習いながら、懸命に木剣を振っている。不慣れな木剣にまごつく様子がまた……可愛い。

（くそっ。キルナに素振りを教えるのは俺の役目のはずだったのに）

「クライス王子～こうですかぁ～？」

「え？　あ、ああ。そうだな。もうちょっと足は広げて」

「テアには難しいですぅ～。振り方ってこうですかぁ～？」

「いや、先に姿勢を整えて。正しい姿勢で振らないと手首を痛める」

怪我に気をつけろ、と言いかけて俺はあることに気づいた。

――キルナの右足の動きがおかしい。

顔色も悪い。足を痛めたのか？　今？

そういえば昨日の夜も疲れたと言って早くに寝ていた。その頃から調子が悪かったのだろうか。

朝から一日中俺を避けるように行動していたキルナ。もしかして隠しているのは……

俺は彼の足を注視した。おかしいのは右足……右足首か。

「おい、キルナ。ちょっと来い」

「ふぇ、な、何？」

「お前、俺に隠していることがあるだろう？」

「ひぇ、な、ないよ。ないない。なんにもない」

ブンブンと首を横に振る彼に、さらに詰め寄る。

「訊き方を変えようか？　どうしたんだ、その足は」

「あ……」

彼はぎくりと体を強張らせた。

「見せてみろ」

「嫌！　だ、だめぇ、い、いたっ！」

俺から逃げようと足を引いた時に痛んだのだろうか。彼の口から出た苦痛の声に俺は焦る。やはり怪我をしているようだ。

しばらくすると、彼は観念したのか俺の手を取った。その手は震え、眦《まなじり》からは痛みに耐え切れなくなったのか、涙がぽろりと流れた。

……そんなに酷い怪我なのだろうか？

先生に早退する旨を伝え彼を抱え上げると、呪文を唱え寮の自室へと飛んだ。

そっとソファに横たえると、彼は怯えるようにこちらを見ていた。普段なら逃げ出しそうな表情だが、肝心の足が……どうにかなっているらしい。相当痛いのか、顔色も悪くぐったりとして冷や汗をかいている。

（本当に、どうなっているんだ⁉）

彼の足を自分の膝に乗せ、そのズボンの裾を捲《めく》り上げ、靴を脱がせていく。気持ちは焦るが痛みが出ないようにゆっくりと作業を進める。

『光魔法は便利よね。パッと手を当てて呪文を唱えてパッと治せるんでしょう？』

と姉のミーネに言われたことがあるが（彼女は俺に似た色をしているが火属性しか持っていない）、そんな簡単にはいかない。

光魔法の回復術は治癒魔法としてかなり優れているものだが、何通りも種類があり、それによって使う魔法陣も呪文も異なる。怪我の種類や度合いによって適したものを判断する必要がある。だから患部を見ないことにはどうしようもないのだが……

「ああ、い、いたぁい。痛いよぉ、クライスぅ……」

金色の瞳から大粒の涙が溢《あふ》れ、頬を伝う。苦労して靴を脱がせると分厚く長い靴下が現れた。ぐずぐずと泣いている彼をできるだけ苦しませないように、そっとそれを切り裂いて脱がせていく。すると、さらにその下に厳重に包帯が巻かれているのが見えた。

自分で処置したのだろうか。緑の薬草が一緒に巻かれている。全ての包帯を外し、ようやく出てきた彼の足を見て俺は言葉を失った。

「……これはどうしたんだ⁉」

「ひ……ひっく、……こ、ころんだの」

外くるぶしが酷く腫《は》れ、内出血し、熱を持っている。それは少し転んだ、という程度の怪我ではなかった。今すぐに怪我の原因を突き止めたいが、彼の足をこのままにはしておけない。患部を注意深く観察しながらどの回復術を使うべきか頭を働かせた。

「事情は後でしっかり聞かせてもらうからな。とにかく先に治してやる。俺の手を握ってろ」

そう言うと、彼は頷いて俺の手をきゅっと握った。無残に腫《は》れた足に魔法陣を描いていく。三つの魔法陣を描きながら、痛みに耐え辛そうに目を瞑る彼を見た。

いつから我慢していたのだろう。

こんなになるまでどうして放っておいたのか。

何度も言う機会はあったはずだ。それなのに……

魔法陣を全て描き終え、呪文を唱えると光の粒が彼の足首を包み込んでいく。すうっと彼の表情が和《やわ》らいでいくのを見て効き目があったことに安心し、俺はほっと体の力を抜いた。

治った右足首を手で触ったり動かしたりしながら目をキラキラさせているキルナ。喜んでいるところ悪いが。

「で、なぜ隠していた？　キルナ、話してくれるな」

「え、あ、それは……」

大切な大切なキルナの足が傷ついていたのだ。ましてやそれを俺に秘密にして逃げ回るなど。

わかっているよな？

「さあ、お仕置きの時間だ」

＊＊＊

「お、お仕置きって、何⁉」

僕がびくびくしながら尋ねると、クライスはニヤッと笑った。え、教えてくれないの？　何その笑い、怖いってばぁ！

「だがその前に腹ごしらえだな」

「んぇ？（この流れで）ご飯？」

そういえば、僕、昨日のお昼ご飯の後からずっと食べてないいっけ。

「俺から逃げ回っていたせいで何も食べてないだろ？　ベンスが心配するぞ」

確かに足の痛みもなくなって超元気いっぱいだし、僕お腹空《す》いた〜！

「えと、海の味覚コロッケが食べたいな！」

「なんだそれ？」

「あのね、中身はベンスにお任せなのだけど、なんて言えばいいのかな、とにかくおいしい揚げ物なの！」

「ふーん、じゃあ俺もそれにしよう。でも大丈夫なのか？　いきなり脂っこいもの食べて」

「大丈夫、だってクライスのおかげで元気になったもの！」

僕がにっこり笑うと、クライスもふっと笑った。う、久々のクライスの（優しい方の）笑顔。僕、この顔好きっ！

もぐもぐ、外の衣はサクサク、中はクリーミーなコロッケ。海の幸のだしが効いてて、おいしっ。

「おお、確かにうまいな。さあ、食べながらでいい。なんでそんな怪我をしたのか教えろ」

「あのね、だから……大急ぎで階段を下りた時に捻《ひね》ったんだよ」

「なぜ急いでいた？」

「え、と……」

「本当のことを話せよ」

ひぃ！　王子様のオーラが強すぎて逆らえない。

「補習が終わった後ね……」

結局昨日の出来事を全て話してしまった。

「そんなことが…………」

(できるだけマイルドに伝えたつもりなのに、なんかクライス、顔色が悪い？)

呪いのフィンガーブレスレットのこともバレてしまった。だけど、それについて返ってきたのは思っていたのと違う反応で……

「ああ、指輪で魔力を吸い取る魔道具な。知っている。魔力の少ないお前のために公爵が渡したのだろう？」

「ふぇ？　なんで知ってるの？」

「俺はお前の婚約者だからな、当然だ。お前が寝込んでいる間に公爵に聞いた」

ああ、僕が毒入りのお茶を飲んで死にかけた時か。あの時にお父様に聞いたんだ。まさかクライスがこの魔道具のことを知っていたなんて。あんなに必死に隠そうとしていた僕の努力は一体……もぐもぐもぐ（あ、この具は貝かな？）。

「だが、その守りの水魔法は本当にその指輪で発動したのか？　指輪ができるのはあくまで人の魔力を吸い取り自分のものにすることだけ。呪文や魔法陣なしに魔法を使うなんてことはできないはずだ」

「もぐもぐ！（なるほど、つまり！）」

守りの水魔法を知らない僕にそれを使えるはずがないってこと、かぁ。もぐもぐ（お、これはカニの身！　に似たやつ）。でもアレンが魔法を使ったわけじゃなさそうだったしな。なんでだろうな？　不思議。

「あとな、前から言おうとは思っていたんだ。もっとその指輪の力を使え。全然使ってないだろう？　お前の水属性の魔力だけじゃこの先授業にもついていけなくなる」

「え、そんなことしちゃだめじゃないの？　人の魔力を吸っちゃうんだよ？」

「お前の使う魔法なんて、知れてるだろ。気になるなら俺の魔力を使えばいい。たっぷりあるからどんどん使え」

あ～っ！　その言い方、僕をバカにしている!?　確かに僕の使える魔法は初級魔法三つだけど。もぐもぐもぐ。

「（うぐ、喉に詰まった！）お水！　あ、ありがと」

「大体その魔道具を作ったのはセントラだ。使っていいに決まっている。お前の水の魔力は数値にすると二十しかない。普通ならそんな魔力じゃここには入学すらできないレベルだ。闇の魔力はあるとはいえ、まだ使えないだろ？　それを補うためにその魔道具があるんだ」

えええええええ？　そうだったの⁉　公爵家秘蔵の魔道具の製作者がセントラ⁉

そうか、彼は天才魔法学者だもんね。……ほんと知れば知るほどすごい人だよ。ただの鬼教師だと思っててごめんね。

「魔力二十って少ないの？」

「少ない。普通は貴族なら五百はある。平民でもここへ来るやつらなら三百くらいはある」

「そ、そうなんだ。数値でわかるってすごいね。僕にもわかる？　それって鑑定魔法とかいうやつでしょ？」

体力とか魔力とかのステータスが見えたらゲームっぽいよね。面白そ！

「多分、無理だな。鑑定魔法はどの属性の人間にも使える可能性はあるが、特殊技能みたいなもので、センスがなければ使えない。俺やロイル、リオンは使えるが、ギアやノエルは使えないし、ほとんどの生徒は使えないだろう」

うん、センスなしだから無理だね。わかってる。長年悪役のステータスの低さに付き合ってきている僕にはやる前からわかる。

「さて、じゃあニールとカリムとトリムはとりあえず殺しに行くとして」

え、ダメでしょ。

「お前のお仕置きについてだが」

ん～残念！　もうその話忘れてくれたかと思ったのに！（もぐもぐ、ごくん）。

ごちそうさまでした。コロッケおいしっ！


僕は今、クライスと同じベッドの中にいる。ん？　なんでって？　なんでだろ（涙）

コロッケを食べて、シフォンケーキを食べて、プライマーのお茶を飲んだ後、ソファに座ったクライスが言った。

「こっちに来い」

「ふぇ？　こっちって、え、クライスの膝の上⁉　なんで？」

「言ったろ。お仕置きするって」

「え？　これがお仕置き？　膝の上に乗るのが？」

なにそれ、恥ずかしいんだけど、と思ったけれど、しぶしぶ僕は従った。悪いことしたのは僕だし、まぁ仕方がない。ただ、よいしょと彼の膝の上に向かい合わせに座ると想像した以上に照れてしまう。ち、近すぎるよぉ！

猛烈な照れと闘っていると、クライスが僕の腰に手を回し力一杯抱きしめてきて、苦しさにそれどころではなくなった。

「キルナ、どこにも行くな。今日は俺から離れるな。わかったか」

なんだか彼の様子がおかしい。ああ、そうか、これはあれだ。クライスが甘えん坊モードになっちゃったんだ。火の大蛇の前に飛び出して足に怪我をして、それをクライスに内緒にするために逃げ回ったあげく、結局見つかって余計に心配させちゃったから……

「わかった、よ。んでも、きつい。もちょっと緩《ゆる》くして。腕」

「……ああ」

クライスは僕の胸元に顔を埋めたまま動かなくなり、抱きしめる腕もそのままに、二時間ほどが経過した。クライスと一緒にいることについては了承したものの、一体いつまでこのままなのだろうと困惑する。

っていうかこれ、僕はただ乗っているだけだからいいけど、クライスは大丈夫なのかな？

「あ、のさ、ずっとソファに座ってるのも、どうなのかな？　ずっと同じ体勢じゃ疲れるでしょ。重くて足も痺《しび》れたんじゃない？」

さすがに二時間膝に乗せっぱなしはキツいでしょ。と思って声をかけると、重くない、と返してくる。

「どっか行かない？」

思いつく場所なんてないけれどこのままよりはいいはず。と考えて提案してみると、クライスはわかった、と頷きようやく動き出した。

ほぉ、よかった。やっと少し離れられるなと安心していたら、今度は自分のベッドに寝転んでその隣をぽんぽんと叩き、そこに来るように手招きしてくる。

「な、なんでベッド？　まだお昼だよ？」

「安静にしとかなきゃダメだろ。早退したんだから」

（う～ん……確かにそうだけど。クライスのベッドに二人で寝るって、それ、どうなの？）

「でも、僕、その、汗臭いから」

さっきまで剣術の授業で汗だくになっていたし、このままベッドに寝転ぶなんて汚い、無理。僕は両手を胸の前でブンブン振ってお断りする。

（早退したのだし、寝とけと言われたらもちろん自分のベッドで寝るけど、クライスの隣とかあれだよ、恐れ多いよ）

「じゃあ、魔法で綺麗にしてやる、こっちに来い」

「あ、だ、だって……」

どうしよ。これ以上言い訳が思いつかない。あ、と思った時には腕を引っ張られて、僕はクライスの上にぽすんと倒れ込んでいた。

そしてそこに、信じられない言葉が聞こえてきた。

「キスしろ」

え？　今、なんて？

「心配かけてごめんなさいのキスだ」

まさか!!　聞き間違いじゃなかったの!?

「そ……」

そんなことできるわけない！

なんて王子様なの!!　横暴すぎる!!　って思ったんだけど、あれ？

よく見たらクライス……泣いているの？

眦《まなじり》から溢《あふ》れるのは確かに涙で、彼は自分の腕を目の上に乗せてすぐに隠したけれど、見間違いじゃない。

僕のせいで彼が泣いてる……

彼の涙を見て、自分がどれだけ彼に心配をかけていたのかを知った。何をしているのだろう。彼は僕なんかのために泣いていい人じゃないのに。たくさんたくさん心配をかけてしまった。今思うと、腫《は》れ上がった足を見た時の彼は、僕よりも辛そうで泣きそうな顔をしていた。

「あ、ごめ、んなさい。クライス。ごめん」

——お願いだからもう泣かないで。

そう願いを込めて、クライスの上に覆《おお》い被さり、その唇にそっと口づけをした。

僕から彼にした初めてのキスは、ほんのり切なくて甘酸っぱいプライマーの紅茶みたいな味。

今日はこうしてくっついておこう。

これ以上、心配性な彼を泣かせないように。

クライスが小さくクリーンの魔法を唱えて体を綺麗にしてくれて、そのまま僕たちは一緒に眠った。

エピローグ

瞼の裏がチカッと光ってふと目を開いた。

何かと思って見てみると、七色の光が僕の鼻に乗っている。

(んぇ……妖精？)

まだ眠くて瞼がすぐに閉じそうになる。でも、ふよふよと目の真上を飛ぶものだから、眩しい光が気になって眠れない。

うつらうつらしながら薄目を開け、ぼんやりとその光を追った。ようやく僕の元から飛び立った妖精は、窓から差し込む月明かりの中を優雅に飛び回った後、またベッドの方へと戻ってきた。

そのまま彼女がひらりと腰かけたのは椅子、ではなくて枕元に置いた砂時計。ちょこんと砂時計の上に座った妖精はコロコロと笑いながら「ひっくりかえして〜」と言う。

眠い目を擦りつつ砂時計をくるりとひっくり返したら、白い星砂がサラサラと流れ始めた。

瞼を閉じると、波の音が聞こえる。そこには海がある。七色の海だ。

白い砂浜を並んで歩くのは、まだ五歳の僕とクライスで、砂には二人の足跡が残っている。

キラキラと輝く水面《みなも》に惹《ひ》かれ海水に手を浸《ひた》すと、小さな自分の手が七色に染まって見えた。

視線を前に向けると異世界の海がどこまでも広がっている。

僕はその美しさに勇気をもらい、どうしても欲しいものを彼にねだる。

――ねぇ、クライス。キス……してくれる？

彼は微笑むとゆっくりと近づいて……

甘い甘いシフォンケーキみたいなキスをくれた。

そこから伝わる体温はあったかくて、涙が出るほど優しくて、簡単には手放せそうにない。数年後にはちゃんとお別れしなきゃいけないのに、困ったなぁと思う。

虹色に輝く海は、ここがBLゲーム『虹の海』の世界であることを確信させる。

でも不思議なことに、リアルの彼はゲームのように冷たい眼差しを僕に向けたりしない。

それどころか、僕を大切にしてくれて、僕のために泣いてくれて、毎晩おまじないのキスをしてくれるの。

これから先、『婚約破棄』とか『断罪』とか、悪役令息としてのイベントが待ち受けているけれど、未来がどうなったとしても、僕は今この時の幸せを忘れない。

砂が落ち切るその時まで、ずぅっと一緒にいられますように――

SIDE　クライス

隣で眠っていたキルナが一瞬だけ目を覚まし、何かを寝ぼけ眼《まなこ》で追っていることに気がついた。

彼が目で追った先にはアーチ型の大きな窓があり、月影を映しているがそれ以外のものは確認できない。

「キルナ？　どうしたんだ？」

小さな声で尋ねると「今ここに妖精がいるの」と彼は答え、砂時計をひっくり返すとまたすぐに眠った。俺には見えないものが彼には視《み》える。

彼の世界には当たり前のように妖精がいるのだ。

毒を飲んで倒れ、再生魔法でなんとか息を吹き返した翌朝、彼は起き抜けにこう言った。

『あのね、クライス、僕妖精が見えるようになったの』

可愛らしい婚約者の可愛らしい告白。そうか、妖精か。うん、キルナに妖精。その組み合わせはとてもよく似合うな。って、え？　なんだって？

『妖精？』

『うん。小さくてキラキラ光っていて、とっても可愛いの。物知りな子もいるんだよ。昨日ね、毒を飲んで僕意識がなくなっちゃったじゃない？　その後くらいから見えるようになったの』

『……そう、か』

真剣に話をするその姿に嘘はなさそうだ。

妖精、か。そんなメルヘンなものが実在するなんて俄《にわか》には信じ難いが。確かに魔法は、そもそも妖精が伝えたものだという伝説がある。だから、魔法を大切にしているこの国の中央神殿には妖精殿というものがあり、実際に妖精を祀《まつ》り、彼らが好むという花が飾られているし、年に一度満月の夜には国を挙げて妖精の花祭りが盛大に行われる。

だが実際にいる、と言われると……

『ほら、今僕の髪の毛のとこにも妖精が三人いるんだけどな。わからない？』

え!?　俺は目を凝《こ》らしてみるが、駄目だ。何も見えないし、感じることもできない。

『ふふっ、闇の力が好きなんだよ。だから、僕のとこに集まっているの。うちって花が少ないからか、あんまり妖精っていないんだけど、ここには少しだけいるの』

キルナの頭をもしゃもしゃと触ってみる。が、何もない。なんだか残念だ。キルナに見えるものは俺も見たいのに。

『あとはね、温室にはたくさんいると思うよ。けほっ』

『まだ少し熱がある。もう少し寝ておけ』

僕が元気になったら一緒に見に行こうね、とはにかむキルナ。

俺が贈った温室に、キルナは花をいっぱい植えていた。会えなかった十三年の間、彼が温室で俺を思い出してくれていたのかと思うと、本当に贈って正解だった。

『ああ、早く元気になれ』

本当は回復魔法で一気に治したいが、やりすぎると免疫力が下がるらしい。氷魔法で少しだけ冷やした手でキルナの柔らかくさらさらした髪の毛をよしよしと撫でると、彼は気持ちよさそうに目を瞑った。

しばらくすると、すやすやと寝息が聞こえてきた。

妖精が視《み》える。

普通ではない運命。

決して手を放してはならない。

――キルナを守るために確認しなければならないことがある。

俺はその夜フェルライト公爵の元を訪ね、彼の双子の姉の話を聞いた。その身に宿る闇の魔力と妖精との契約の話も……。

口では「ずぅっと一緒にいてね！　離れないでね！　絶対ね！　絶対絶対だよ」と言うくせに、すぐに俺から離れていこうとする彼を、どうしたら繋ぎ止めておけるのだろう。放っておいたらどこかに行ってしまいそうで、消えてしまいそうで不安になる。

この大切な人を守らなければ――

彼の枕元に置かれた砂時計に目を移した。

美しい星の砂はサラサラと流れ、残りわずかになっていた。なぜか砂が落ち切ることに焦りを感じ、急いでひっくり返すと、白い砂はまたゆっくりと流れ出す。

――よんでる。ぼく、いかなきゃ。

あの日の海を思い出し、絶対に彼を逃さないようにとその小さな体を抱き込んだ。

「キルナ、ずっと俺から離れるな」

彼の額にそっとキスをして目を閉じると、穏やかな波の音が聴こえる気がした。

この作品に対する皆様のご意見・ご感想をお待ちしております。

おハガキ・お手紙は以下の宛先にお送りください。

【宛先】

〒150-6008 東京都渋谷区恵比寿4-20-3 恵比寿ｶﾞｰﾃﾞﾝﾌﾟﾚｲｽﾀﾜｰ 8F
（株）アルファポリス　書籍感想係

メールフォームでのご意見・ご感想は右のＱＲコードから、
あるいは以下のワードで検索をかけてください。

アルファポリス　書籍の感想　検索

ご感想はこちらから

本書は、Web サイト「アルファポリス」（https://www.alphapolis.co.jp/）に掲載されていたものを、加筆、改稿のうえ、書籍化したものです。

いらない子《こ》の悪役令息《あくやくれいそく》はラスボスになる前《まえ》に消《き》えます

日色（ひいろ）

2023年 11月 20日初版発行

編集ー反田理美・森 順子
編集長ー倉持真理
発行者ー梶本雄介
発行所ー株式会社アルファポリス
〒150-6008 東京都渋谷区恵比寿4-20-3 恵比寿ｶﾞｰﾃﾞﾝﾌﾟﾚｲｽﾀﾜｰ8F
TEL 03-6277-1601（営業） 03-6277-1602（編集）
URL https://www.alphapolis.co.jp/
発売元ー株式会社星雲社（共同出版社・流通責任出版社）
〒112-0005 東京都文京区水道1-3-30
TEL 03-3868-3275
装丁・本文イラストー九尾かや
装丁デザインーAFTERGLOW
（レーベルフォーマットデザインー円と球）
印刷ー中央精版印刷株式会社

価格はカバーに表示されてあります。

落丁乱丁の場合はアルファポリスまでご連絡ください。

送料は小社負担でお取り替えします。


ISBN978-4-434-32969-2 C0093